# La révolte
# des filles perdues

DE LA MÊME AUTRICE

La vie sur Terre, *Denoël, 2007*
Mickey Mouse Rosenberger et autres égarés, *Denoël, 2010*
L'île de Jacob, *Fayard, 2020*

Dorothée Janin

# La révolte des filles perdues

*roman*

Stock

Graphisme bande : © Julia Bourdet
Photographie bande : © Astrid di Crolallanza

ISBN : 978-2-234-09509-0

Tous les événements relatés survenus en 1947 sont réels, aucune circonstance n'a été modifiée, aucun détail n'a été inventé. Les citations d'articles, documents et témoignages sont authentiques, leurs sources figurent en fin d'ouvrage. Cependant tous les noms ont été changés, à l'exception de ceux des hauts fonctionnaires ou personnages publics.

Pour Yves Janin

1

[illegible]

# I

*6 mai 1947*

Centre pénitentiaire de Fresnes : la plus grande prison d'Europe, plantée au cœur d'une bourgade champêtre, en ceinture de Paris. Depuis les cellules, à 5 heures du matin, on entend à la fois le chant du coq et le premier train de banlieue s'engouffrer dans le tunnel de la Croix de Berny – tout autour s'étale la campagne, traversée certaines aubes par le convoi d'un condamné à mort. Trois grosses fermes, des villas, des maisonnettes, des bosquets fleuris et les vergers qui embaument. Le parfum du lilas ne franchit pas l'enceinte de la prison : deux murs de cinq mètres et sept mètres de hauteur, séparés par une ruelle de quatre mètres de largeur. Dans les miradors, on a ordre de tirer sur les évadés à la première sommation. La nuit, tous les cent mètres, un projecteur illumine les fortifications, grands découpages jaunes sur fond noir. Les toitures des bâtiments carcéraux brillent dans une aura dorée, la lumière pâlit la ruelle où sont lâchés les chiens. À l'intérieur des remparts, trois divisions parallèles, massives et longues, après une grande allée centrale ; dans chacune, sur quatre étages, environ mille cinq cents hommes. Sur la droite de cette allée, en face de la première division, un petit pavillon, réservé aux services de l'Éducation surveillée. Murs de pierres meulières grises, toit de tuiles rouges, barreaux noirs rapprochés à toutes les fenêtres. Quatre-vingts jeunes filles y vivent depuis l'automne, réparties en cinq groupes toujours séparés, dans des salles de dix mètres de long sur quinze de large : dans ces dortoirs, elles mangent, elles font leur toilette, elles tuent le temps, elles effectuent des travaux de couture, parfois elles ont classe. Jour et nuit elles sont enfermées là sans jamais pouvoir sortir, sauf pour une promenade d'une demi-heure à une heure dans la cour, lorsque le personnel est en nombre suffisant. Toutes sont mineures selon la loi, la plus jeune a seize ans, la plus âgée vingt et un ans. Elles ne sont pas des détenues, elles ne sont pas des criminelles : elles sont de mauvaises filles. C'est pour ça qu'on les a capturées.

Le long de ces grandes salles, il y a une grille, et derrière cette grille court un couloir de surveillance : de là, on peut les observer sans risque. La nuit, les surveillantes ou éducatrices circulent dans le couloir sans avoir le droit d'ouvrir les portes ; des portes sans poignée, car le mécanisme de la serrure ne peut être actionné qu'avec une grosse clef. Consigne donnée pour se déplacer le jour : « Marcher toujours derrière une fille, jamais devant, parce qu'elles pourraient vous attaquer. » Lorsqu'une nouvelle éducatrice, fraîchement nommée par l'Éducation surveillée, est arrivée pour prendre son poste, au début de l'hiver, la directrice l'a prévenue : « Vous allez prendre contact avec mes bêtes fauves ! Je vous souhaite bien du plaisir. Je vous préviens qu'il n'y a rien d'autre à faire que les mater. Ces déchets-là, c'est sans espoir ! »

Rythme des pas, tintement lourd des trousseaux de clefs ; ce matin, comme tous les matins, il a fallu réveiller les pupilles à 7 heures précises. Les tirer de leur lit n'est jamais évident, chaque jour les éducatrices consignent dans un cahier de surveillance comment s'est passé le lever. « Lever difficile. » « Lever rapide. » « Très bon réveil. » « Lever ralenti. » « Lever houleux. »

Mais aujourd'hui les filles ne braillent pas, ne rient pas. On dirait un murmure ; on dirait qu'elles bruissent, comme un essaim ou une petite fièvre. Un poids, une charge dans le regard, la pulsation des lèvres mi-closes sur les dents. Des gestes lents cassés brusquement, à la manière dont cède une branche morte. Maintenant, étalées dans leurs lits ou déjà debout, déhanchées, elles semblent gaies et pensives, enroulent et déroulent des mèches, leurs regards roulent et guettent, glissent contre les murs. Certaines, bras en corolles, retirent délicatement les bigoudis qu'elles se sont fabriqués avec des chiffons, d'autres s'appliquent sur le visage la poudre qu'elles raclent des murs afin de se farder. Étranges Pierrots, a pensé Mlle Sollacaro lorsqu'elle les a vues pour la première fois. Dans le groupe dont elle a la charge, il manque plusieurs filles, elles sont au cachot, où, dans la nuit, c'est à coups de poing et de pied qu'elles sont remaquillées, passées au bleu.

Dans des tiroirs fermés à clef, il y a des dossiers à leur nom, elles y sont classées, étiquetées, rebaptisées par de droites écritures. Toutes dans le même sac, toutes jetées à l'ombre ; soustraites à la lumière.

« Voleuse. » « Fugueuse. » « Caractérielle. » « Nerveuse. » « Inamendable. » « Incorrigible. » « Inéducable. » « Vicieuse. » « Perverse. »

Elles sont parées de beaux soupçons, de mépris et de peur. Tout à l'heure, nues, elles danseront en haut des murs, sur les toits et le chemin de ronde de la prison, les bras décorés de plaies et de franges de sang. Elles rouleront leurs corps au soleil, depuis leurs piédestaux menaceront tout le monde de mort ; tout le monde, le monde entier : qu'il crève. Pour l'instant, elles caressent leur violence, négligemment, comme si elles en flattaient les longs flancs.

Les murmures se changent en mélodies. Les notes s'articulent, les paroles se distinguent et commencent à raconter des choses. Ce sont les mots et les images de toutes les chansons qu'on entend dehors – et le dimanche, on les entend aussi depuis la prison, ces chansons, montant des guinguettes toutes proches du Plessis-Robinson, où l'on danse sous les châtaigniers. Le dimanche, c'est le jour le plus dur, disent-elles. *Reviens-moi mon amour, le temps passe, le temps court...* Les mêmes mots palpitent ici comme de l'autre côté des murs ; ces mots qui font pleurer et défaillir. Dans les voix de plus en plus hautes et fortes des détenues, on reconnaît les mêmes ritournelles qui montent, ailleurs en France, des microsillons et des postes radio pour s'enfoncer dans les rêves des fillettes. Henriette, la petite maigre et blonde, avait prévenu Mlle Sollacaro : tant que les filles hurleraient des refrains obscènes et violents puis fredonneraient des bluettes, il n'y aurait pas de quoi s'inquiéter. Mais le jour où ce serait l'inverse, le jour où dans leurs voix les rubans bleus feraient place peu à peu à l'ordure, alors il faudrait avoir peur.

*7, 8, 9 mai 1947*

Rien ne presse tel est l'avis de M. Ramadier sur le remaniement ministériel Rita Hayworth a été présentée à la presse parisienne hier après-midi elle a paru très jolie femme très élégante très distinguée pas du tout le genre *pin-up girl* en somme et le sourire le plus gentil du monde Stany le tueur défie toujours les policiers et gendarmes la chasse à l'homme continue

Torpédo la casquette chic pour l'auto la moto et le vélo LA PRISON DE FRESNES A ÉTÉ HIER LE THÉÂTRE D'UNE MUTINERIE HURLANTE ET FRACASSANTE DANS LE PLUS PUR STYLE CINÉMA UNE CENTAINE DE DÉTENUES DONT L'ÂGE VARIE DE SEIZE À VINGT ET UN ANS SE SONT RÉVOLTÉES UNE DIZAINE DE BLESSÉES ET CINQ AGENTS HORS DE COMBAT CES JEUNES PENSIONNAIRES LOGENT DANS UN PAVILLON INDÉPENDANT DE LA PRISON PROPREMENT DITE ET SONT ASTREINTES À DES TRAVAUX DANS LA DISCIPLINE HABITUELLE DES MAISONS DE CORRECTION Un incendie dû à un court-circuit s'est déclaré dans une fabrique de chapeaux de paille notre photographe a pu saisir une scène de ce périlleux sauvetage Le nouveau décret Philippe sur la viande un cautère sur une jambe de bois affirment les bouchers ces dispositions ne nous donnent pas hélas la perspective de la moindre côtelette L'étranglée du bois de Boulogne était peut-être marseillaise Sport Sport Sport Sport Sport aujourd'hui Marcel Cerdan est enfin arrivé à Orly avec sa femme et ses enfants il était tout heureux de retrouver Paris et dès ce matin il repart pour Casablanca MAI JOLI MOIS DE MAI NOSTALGIE D'HERBE TENDRE LES PRISONNIÈRES DE FRESNES SE SONT RÉVOLTÉES le printemps leur est monté à la tête Le nouveau dentifrice chewing-gum de Christian Marie dont le goût rappelle à s'y méprendre à celui du meilleur chewing-gum américain est si agréable que vous aussi vous n'en voudrez plus d'autre lorsque vous l'aurez essayé réclamez-le partout J'ai dansé hier à Hiroshima je demandais à ma *taxi girl* et la bombe ? Ne parlons pas du passé m'a répondu Michiko San d'une voix presque dure Sacha Guitry va rentrer à la Radio Luxembourg chaque semaine il se fera entendre dans une émission pleine de bons mots où il démontrera encore qu'il n'a rien à se reprocher la gaine Scandale sponsorisera le programme À FRESNES 70 DÉTENUES IVRES D'ALCOOL ET D'ÉTHER ONT LAPIDÉ LES GARDIENS L'AFFAIRE AVAIT ÉCLATÉ PRESQUE SOUDAINEMENT DEPUIS PLUSIEURS JOURS UN CERTAIN ÉNERVEMENT RÉGNAIT PARMI LES JEUNES PENSIONNAIRES Jeune poète Colmar vingt-trois ans désire correspondre gentille Parisienne joindre photo.

Au printemps, dans cette après-guerre où la guerre pèse toujours le poids d'un cadavre – se décomposant, se désassemblant –, il y avait encore des hirondelles à Paris. En chemin, elles traçaient sans doute des lignes au-dessus de Fresnes, dans le bleu décapité, géométrique, du ciel de la prison. Au Palais-Royal, depuis sa fenêtre, une infirme au regard fendu les regarde attaquer les petites vieilles assises, et prend son stylo plume jaune, pour décrire les oiseaux, décrire les vieilles femmes, décrire la poussière. Soixante millions de morts et les écrivains, automates comme la vie, écrivent. Les mécaniques reprenaient. La mécanique continuait.

*Une vie plus tard*

Siècle suivant, Paris, un autre matin. Serge Valère n'a pas encore atteint l'âge de la fin, mais l'essentiel de son existence gît derrière lui.

Naissance, dates, lieux, événements, couleurs trafiquées de la mémoire : effarement à penser au passé, à son poids, à son peu de poids. Pas encore la fin, ni même la vieillesse dans toute sa nudité, mais sonore et blanche la dérive d'énormes blocs de sa propre histoire, qui deviennent étrangers, à la manière de continents appartenant à des ères géologiques révolues. Il ne pense pas à ça, croit-il. Il fait partie de ces gens que la volonté arrime au présent comme à un gouvernail.

On ne voit plus d'hirondelles à Paris, on ne voit même plus de moineaux à Montmartre, mais sur le large balcon filant de son appartement, devant la balustrade Art nouveau, des mésanges sont apparues, elles picorent les boules de graisse et de graines qu'a accrochées sa femme aux branches d'un petit oranger, et même Serge Valère les regarde en souriant. Quelques grammes de plumes, les têtes d'épingles noires des yeux, qui brillent et le surveillent, lui, l'homme immobile derrière la vitre de la fenêtre. Prédateur attendri, prédateur dénaturé, assis le torse penché, coude sur un genou, menton dans la main. Il se rend compte qu'il est ému. L'âge, se dit-il. Je vais finir sur un banc à jeter du pain à des pigeons. Avant il m'en fallait plus. Pour m'attendrir ainsi la viande, il en fallait beaucoup.

Pour figer Serge Valère, pour interrompre l'action, le saisissement devait être immense – comme ce soir de printemps, au-dessus d'un désert, il y a environ seize ans. Image sans cadre, sans limites, à laquelle il n'avait plus pensé pendant longtemps mais que, depuis quelques mois, il ne cesse de revoir, il ne sait pas pourquoi – il ne sait pas pourquoi mais désormais il l'appelle, et quand elle vient, apparaît, se déploie, sous les côtes et sous les tempes, dans le corps et le crâne, la grande vision, il se sent lui-même à nouveau, unifié. C'était dans le Néguev, au sud d'Israël. Le guide avait mené Serge Valère au cœur d'un des plus importants corridors de migration d'oiseaux au monde, là où par centaines de millions ils passent l'hiver, à la jonction entre l'Afrique, l'Asie et l'Europe. Comme d'autres poursuivent les aurores boréales, l'équipe formée par une guide, un ornithologue et un chauffeur tout-terrain traquait pour des clients patients et fortunés un phénomène précis, qui se produit parfois avant le coucher du soleil, pendant la période où les oiseaux se préparent à reprendre leur voyage. Le deuxième soir, ils avaient trouvé : devant leurs yeux, le spectacle s'était mis en place.

C'est l'avant-crépuscule, encore bleu mais soulevé d'orange et de fils fuchsia. D'abord quelques points, des envols groupés d'oiseaux, brefs, bas. On attend, dans le silence. Les fuites d'encre gonflent dans le ciel. Les étourneaux envolés en masse se regroupent et dessinent de grandes formes mouvantes, charges bombées et noires, qui enflent et se rétractent. Les volumes s'enlacent, échangent et inversent leurs profondeurs, fusionnent, muent sans cesse, comme soumis à de gigantesques courants magnétiques, comme un voilage noir retourné par le vent.

Sans un geste, le petit buisson d'humains regardait ces figures naître et mourir dans la même vague, la même danse, équations sévères et fantastiques. Il n'y avait que le silence et le bruit rassemblé du battement des ailes, personne n'aurait pu parler, le silence paraissait souffler sur des kilomètres, du golfe d'Aqaba jusqu'aux montagnes du Liban, pour une fois les hommes la fermaient, pour une fois ils n'avaient rien à ajouter : c'était là. Tout disparaissait, sauf ça, qui vous rentrait dedans comme directement par la peau. Alors lentement, rapidement, derrière ces passes pointillées, le rose avait envahi le bleu, le rose avait abaissé la ligne des collines – et l'obscurité était venue. En anglais, on appelle *murmurations* ces nuées d'étourneaux. Dans les pays du Nord, on dit aussi *black sun*, soleil noir. Le cœur noir et dilaté du ciel : on savait bien qu'il était là, caché quelque part.

À cette époque, Serge Valère faisait de fréquents allers-retours entre Paris et Tel-Aviv, où vivait l'un de ses clients, le plus important, un milliardaire franco-israélien que la justice française chagrinait à propos du transit en eaux sales de sommes monstrueuses. L'homme d'affaires le payait à prix d'or pour sa défense car, pour une fois, il avait peur : la coopération judiciaire entre Israël et les pays européens progressait, un changement de majorité à la Knesset venait de faire tomber ses protections politiques. Il n'avait pas seulement peur pour sa fortune ; il avait peur de finir en prison. Une récompense aussi massive que cette grande frayeur avait été promise à son avocat, si ce dernier réussissait à faire lâcher prise aux juges.

Ainsi Serge Valère était devenu riche peut-être au moment même où il contemplait, presque médicalement hypnotisé, l'union des oiseaux disparaître dans le ciel, à mesure qu'en sortaient les étoiles : la décision d'acquittement du TGI de Paris venait de tomber – un exploit – et l'argent promis migrait lui aussi de pays exotiques vers son compte en banque, rémunérant son talent d'avocat, sa compromission, son silence. Il ne se débarrasserait jamais des risques qu'il avait pris, il le savait, mais il avait fait ce choix en y réfléchissant posément, froidement. L'argent, et avec l'argent le risque, poids accroché pour toujours à ses épaules. Sur ce dossier, Serge Valère, pour la première fois, avait franchi la ligne rouge. Il n'avait que tardivement commencé à plaider ce genre d'affaires. Pendant vingt ans, il n'avait presque fait que du pénal dit « dur », grande criminalité, trafic de stupéfiants, mais aussi petit sang, petites affaires, petite misère, de temps à autre, entre deux procès d'envergure. Pour ne pas s'enivrer de sa renommée, ne pas être esclave de son nom, et aussi pour continuer à toucher la dureté du quotidien, la vie des gens, démaillée tous les jours, par chaque esquille de chaque jour. Le pénal des affaires au départ ne l'intéressait pas mais, en défendant des hommes politiques véreux ou accusés de l'être, il y était venu, par capillarité. De grands capitaines d'industrie avaient commencé à faire appel à lui. La complexité, les enjeux, le défi, la concurrence des meilleurs de ses confrères avaient fini par l'exciter. Il s'entourait de collaborateurs spécialisés mais il ne déléguait jamais totalement, même les volets les plus ardus, les plus techniques, relevant des domaines les plus éloignés de la connaissance du droit telle qu'il savait le mieux la pratiquer. Il aime le moment où, dans le moteur d'une logique d'accusation, sur une pièce apparaît un vide. Un vide, même aussi fin qu'un fil de toile d'araignée. Ensuite, autour de cet infime manque il faut peser comme une brute et désaxer les éléments solides, les empêcher de remplir leur fonction.

Mais cette fois, en Israël, Serge Valère avait créé la fissure : il avait effacé, remplacé. Dans le bureau vitré d'un immeuble de luxe, avec vue sur la mer, il avait relu et amendé de faux documents, dont il avait lui-même suggéré la fabrication. Si cela était révélé un jour, c'est un confrère qu'il devrait embaucher pour ne pas aller, lui, derrière les barreaux. Sa carrière s'arrêterait net. Il n'avait pas fait ça par goût de l'argent : il avait fait ça pour devenir riche, ce qui dans son esprit était très différent. Il venait de se marier et sa femme était enceinte, il avait décidé de régler une fois pour toutes la question matérielle. C'était fait, maintenant. Serge Valère n'en était pas troublé, pas changé.

Dans le désert, en repartant, la guide lui avait raconté qu'une dizaine d'avions de combat s'étaient déjà écrasés à cause d'une collision avec un oiseau migrateur, des grues le plus souvent et aussi, dans un cas, un pélican, mais qu'heureusement les pilotes s'étaient toujours éjectés à temps. Osseuse et frisée, elle n'était pas son genre mais plus tard, cette nuit-là, en la baisant il avait éprouvé un plaisir anormal.

En ce moment, si longtemps après, à Paris, Valère repense aux *murmurations* d'étourneaux dans le désert du Néguev, lui qui pourtant n'aime pas contempler les envols du passé. Ce mois-ci plusieurs fois, alors qu'il n'arrivait pas à jouir, il a cherché dans sa mémoire et ranimé ces voltes et ces vires dans le ciel. Il se souvient que la vire est le trait de flèche qui tourne en s'envolant. Il se souvient que la vire est aussi le replat d'un rocher à pic. Il aime les mots. Il aime le français. Il lisait le dictionnaire, enfant, quand il était à court de livres, car il finissait trop vite ceux que l'instituteur lui prêtait. C'était ce temps-là, les choses se passaient parfois ainsi. Début des Trente Glorieuses.

Hier soir, Serge Valère a fermé les yeux et il a dû convoquer des souvenirs, penché sur le corps nu et offert de sa femme. Le ciel. Le désert, le rythme des cahots sur le chemin du retour. Les seins lactés de la guide alors que son corps était brun et sec. Elle avait des traces de maillot de bain très marquées, larges, comme si la lune avait surligné les parties importantes de son corps, poitrine, bas du ventre, aine, chemin vallonné des hanches vers le sexe.

Pourtant au lit il n'a jamais eu besoin d'images. Visages angéliques humiliés, chair morcelée en gros plan : il n'a jamais eu recours à ça. Ou à peine. Aucun besoin. Il a toujours vaguement méprisé les hommes qui avaient besoin de fantasmes. En faisant l'amour, il n'a jamais eu besoin de rien d'autre que faire l'amour. C'est nouveau pour lui d'avoir l'idée de penser à quelque chose d'autre.

Ça l'effraie.

Valère, en ce moment. A peur.

# II

Quand je raconte le lever des filles, au matin des événements de Fresnes, je n'invente rien. Tout est vrai, tout vient d'articles ou de témoignages d'époque, de rapports officiels. La description des lieux, les visages des filles talqués à la poudre de mur, les phrases d'avertissement de la directrice, les chansons tristes et tendres présageant le saccage, les mots employés par la jeune éducatrice pour se souvenir. *La petite histoire des vies édifiantes nous a rapporté l'existence des demoiselles de Maintenon, l'histoire scandaleuse des faits divers de ces derniers jours nous rapporte celle des demoiselles de Fresnes*, peut-on lire dans un magazine paru la semaine suivant la révolte. Les journalistes sont inspirés, on sent qu'ils aimeraient en dire plus, mais la bienséance les retient... Et l'essentiel, ils l'ignorent. Cette phrase, plus loin dans le même article : *Mais jetons un voile pudique sur ces événements dignes de l'imagination déréglée d'un écrivain hyperréaliste.* Je veux lever le voile, et je commence à savoir où chercher, je commence à trouver. Plus loin – enfoui, scellé, étouffé –, ce que les articles ne disent pas.

Quand j'ai débuté le travail pour Serge Valère et découvert leurs hauts faits, je me suis juré de ne pas transformer ces filles en marionnettes, de ne pas tirer les grosses ficelles de mes propres fantasmes pour modifier, interpréter leurs mots et leurs actes. Elles sont sans doute mortes, ou presque toutes, et c'est mal élevé de jouer avec les cadavres – c'est mal élevé aussi de manipuler les vivants, mais au moins ils peuvent se défendre. Ça me gêne toujours quand je vois ça dans un livre ou un film – l'auteur prend une personne réelle, qui a vécu réellement, et l'empaille avec de la fausse matière, avec sa propre substance mitée ou trop clinquante. J'entends toujours quelque chose qui grince. Ce nom, cette vie, que l'on triture comme une mince ferraille. Imaginez que plus tard on invente de quelle façon vous avez aimé un corps, comment vous avez pleuré dans les rayures de votre oreiller, ce que voir les ombres sur la mer vous faisait. L'intimité. C'est à vous dégoûter d'exister.

Je ne voulais pas voler leur histoire. Mais comment faire autrement ? Je ne suis pas « un écrivain hyperréaliste » : pourtant je sais qu'imaginer c'est ma tare, ma compétence d'incapable. Alors tout en ayant peur de dénaturer, de trahir, penchant sous mes scrupules, je ne peux m'empêcher d'avoir des visions. On est toujours fidèle à ses tares. Loi numéro un. Loi numéro deux, très complémentaire : plus on avance, moins on a le choix.

J'avance. Deux coups légers du bout des doigts sur une touche de clavier et clic, magie phénoménale à laquelle je ne m'habituerai jamais, les pages jaunies de vieux journaux sortent de l'écran de mon ordinateur. Je les lis, ces longues colonnes d'articles, ces petits encadrés plaqués dans le quotidien d'alors, et dans toutes ces versions contradictoires – qui racontent ce qu'elles ont fait et ce qui s'est passé –, je cherche une piste. Sur mon autre bureau, je veux dire celui qui n'est ni virtuel ni portable – je veux dire cette surface plane située dans ma cuisine, ce rectangle encombré où nuit après nuit les canettes vides édifient la maquette d'un quartier d'affaires, où jour après jour, au fond des tasses, le café froid retourne à l'état solide –, il y a d'autres vieux journaux. Ceux-là n'ont pas encore été transformés en millions de pixels, je les manipule avec précaution car ils sont fragiles et friables. Leur papier est coloré par le temps comme par une grande fournaise, un grand désert. L'ocre pâle du centre vire à l'orange en bordure des pages ; on dirait que les pourtours et les pliures ont brûlé. En général, je les reçois serrés entre des feuilles de papier cristal et de carton car ils sont rares, difficiles à trouver. Je les achète assez cher. Il faudra que je demande à Serge Valère de me rembourser, il me dira ce n'est pas pour ça que je vous paye, je lui dirai ça dépend comment on voit les choses, il me dira c'est moi qui décide comment on voit les choses c'est étrange que vous n'ayez pas encore compris à votre âge, c'est le principe ça s'appelle être embauché pour un travail, il soupirera enfin bon.

On verra. Il n'est pas radin, j'ai pu le constater et il n'a pas l'air non plus pressé. Comme si ça l'arrangeait que je sorte des rails.

Il y a donc la presse d'époque, et puis le reste qui n'en finit jamais ; plusieurs jours par semaine, on m'amène des cartons sur des chariots métalliques jaillis des entrailles des entrepôts d'archives, je retourne à ma table et aux lampes basses des salles de lecture, j'ouvre des dossiers, des classeurs, des boîtes numérotées, je touche des papiers texture bristol ou feuille de cigarette, l'encre va du noir à l'azur, parfois soulignée au crayon rouge. Ça sent le sec moisi ou la moisissure sèche : la différence est subtile. Cette odeur ne me dérange pas, je la trouve même assez agréable, séduisante. Ça pourrait être un parfum de bougie onéreuse pour personne radicalement snob. En tout cas je suis mieux là que dans une librairie ou une bibliothèque, car récemment je me suis aperçue, ô stupeur, que je trouvais tous les livres trop longs.

Pourtant, quand j'étais plus jeune, adolescente, et encore plus enfant, j'aimais les gros livres, les romans-fleuves, les romans-masses. J'adorais ce moment où la fatigue tape à gros coups sur la nuque et appuie sur les yeux qu'on écarquille, le livre résiste : on ne peut l'achever, c'est lui qui vous achève. On est obligé de le poser. On est obligé de le lâcher ; comme dans un tableau du XIXe la main tombée à la renverse lâche le mouchoir brodé, le rameau vert ou un chapelet de bois, à côté du lit de mort. Mais c'est tout le contraire. Pour les enfants très tôt initiés aux mystères de la honte, exaltés en secret, c'est un lit de naissance. Si je n'avais pas eu la lecture, qu'aurais-je été ? Une personne sans recours. C'est pour ça que j'ai souvent l'impression de les comprendre, ces jeunes prisonnières ; quel était leur recours ?

Dans les magazines de divertissement comme dans les quotidiens, en 1947, on parle encore énormément de ravitaillement, de coupons de nourriture, des stocks de charbon qui manquent. La pénurie est partout. Encadré, au milieu d'une page de une, délimité par le dessin de saucisses en guirlande (j'imagine le tout avec une voix de speaker des années quarante, rapide et circulaire) : *Le service du ravitaillement a validé des tickets de viande, nous savons trop ce qu'il en résulte. Enfin, voici une ration théorique : 100 g avec os ou 80 g sans os, 100 g de conserve de viande contre le DE, 100 g de charcuterie contre le DB.* On parle des incidents d'Indochine, en passe de s'arranger, le sang coule à Madagascar. Affiches de films,

Deborah Kerr, John Ford, Jean Gabin… Les petites annonces encore, que je lis toujours avec attention… *Demoiselle quarante-six ans belle situation usine importante épouse monsieur distingué cultivé situation au rapport écrire Madame André 55 rue de Rivoli.* Grande histoire, petites histoires, le quotidien, le hors du commun. Si j'avais su qu'un jour je serais payée pour lire de vieux journaux. Moi qui paierais pour ça. (J'entends dans ma cervelle la voix de Serge Valère me dire payée pour ça pas tout à fait, je viens de vous le dire.) Je lis des vieux journaux et dans les rues, dans les parcs, je regarde l'effet de la lumière à travers les feuilles des arbres, alors parfois le chagrin prend moins de place, le vide se repeuple, des silhouettes, des échos. Leur écho. Leur révolte, leur colère qui me remonte les veines, à la manière d'une transfusion sanguine.

Le lendemain et le surlendemain de la rébellion, on retrouve, dans tous les articles, plus ou moins les mêmes éléments d'information et le même vocabulaire, ils ne sont pas signés et on voit que les sources des journalistes sont identiques, sans doute utilisent-ils aussi des dépêches d'agence qu'ils réécrivent dans leur voix, en complétant avec quelques phrases grappillées par téléphone de-ci de-là. Une info est corrigée parfois : l'infirmerie ayant été épargnée, il n'y pas eu ce jour-là de vol d'éther, la drogue à la mode. Les versions diffèrent peu et même si l'on ne peut s'y fier entièrement, justement parce qu'elles ont les mêmes sources, elles donnent une première idée du déroulé et de l'intensité de l'explosion. J'ai toujours aimé les collages, les effets de collage. En superposant mentalement tous ces articles, parus dans la quinzaine de journaux nationaux et régionaux qui relatent la mutinerie, en coupant et assemblant les phrases pour recréer un ordre et une vision globale, un kaléidoscope se forme, à travers lequel je vois les facettes d'un même événement se mouvoir, en même temps que m'environne le ton de l'époque, la façon dont on écrivait. Et que se rapproche de moi l'année 1947. Les auteurs racontent dans leurs papiers que tout a commencé par *des murmures dans les rangs* au moment où certaines sortaient de leur dortoir sous la surveillance de leurs gardiennes. Puis le passé simple troue les pages des quotidiens et rive les bribes de récits que j'assemble, comme des clous de couleur hérissés :

> Et soudain la révolte gronda. – Certaines fortes têtes refusèrent d'obéir aux ordres qui leur étaient donnés. L'intervention des surveillantes, loin de calmer les révoltées, ne fit qu'aggraver le mal. En effet toutes les prisonnières se solidarisent avec les mutinées. – Elles commencèrent à courir comme des filles folles à travers la prison, poussant des cris obscènes, chantant des chansons plus obscènes encore. – Une trentaine s'étaient emparées d'une hache, elles brisèrent les portes de l'économat et du laboratoire

de l'infirmerie. À l'économat, il y avait du vin. Elles le burent. À l'infirmerie, de l'éther : elles le burent aussi. Elles menacèrent la directrice, les gardiennes, qui échappèrent de justesse à leur fureur. – Devant les 15 surveillantes impuissantes les détenues se précipitèrent vers les pièces où sont entreposées des victuailles et en particulier les boissons. Il y avait un tonneau de vin : on devine le reste. – Sous l'effet de ces excitants, elles se livrèrent à toutes sortes d'extravagances bientôt imitées par leurs compagnes. – Les flacons circulèrent de bouche à bouche et bientôt sous l'effet de la boisson la révolte prit un tour de bagarre. Les vitres volèrent en éclats, des briques arrachées au mur de clôture, des pierres ramassées au hasard, furent lancées sur les gardiens : le pire était alors à redouter. – Un gardien fut appelé en hâte et installa la lance d'arrosage. Les filles coururent sus au jet d'eau, incitant par des gestes et des mots indicibles le gardien à viser juste. – La mutinerie prit un tour de sauvagerie incroyable : les gardiens accourus sont lapidés, le directeur de la prison bombardé de projectiles divers. – Se livrant à des écarts de conduite difficiles à rapporter les rebelles tinrent tout l'après-midi en respect les gardiens. – Le directeur de la prison lors d'un moment d'accalmie chercha toutefois à les haranguer mais il dut bien vite fuir le combat en rougissant comme un collégien sous les lazzis d'un genre un peu spécial que lui lançaient ses redoutables administrées. À l'arrivée des pompiers elles furent copieusement douchées. – Finalement l'administration pénitentiaire débordée par le mouvement demanda l'aide de la police. Des cars d'agents furent aussitôt envoyés.

– Complètement ivres, menaçant de se jeter sur les policiers arrivés de Choisy-le-Roi et de Paris, essayant de s'emparer d'eux pour les convier à partager leurs ébats, se dévêtant complètement, montant au fait des murs de ceinture, ameutant les passants, les détenus des autres bâtiments, reprenant leurs couplets, leurs invectives, leurs gestes qui n'étaient même plus équivoques, elles finirent par arracher des tuiles des toits et en bombardèrent ceux qui tentaient de les approcher pour les maîtriser. Il est 5 heures de l'après-midi, le commissaire Verdaveine, de Choisy-le-Roi, paraît avec son principal, M. Palan. Quand les cars de police-secours arrivent sur place le tumulte est à son comble. Les gardiens de la paix sont accueillis à coups de tuiles et surtout par une bordée d'injures. – Quarante-deux filles folles ! Quarante-deux filles ivres ! On en vint tout de même à bout. Cinq d'entre eux furent blessés par des coups de pied bien placés ; pendant la bagarre les détenus n'avaient cessé d'entonner des chansons les plus représentatives du répertoire local. – Les infernales jeunes personnes durent capituler non sans avoir proprement assommé un représentant de la force publique. – Par leurs chants et leurs insolences elles ont organisé un désordre inouï, toutefois, il n'y a pas eu de blessé grave. – Dans la soirée l'émeute était matée après un combat qui avait duré plusieurs heures. – Finalement les 120 gardiens de la paix réussirent à emmener dans les cars les révoltées. Ils les conduisirent au Dépôt où une certaine agitation ne cessa de régner toute la nuit. Le commissaire de Choisy-le-Roi a ouvert une enquête.

Le lendemain de la révolte, « à la suite d'informations erronées publiées dans la presse », le ministère de la Justice publie un communiqué :

> Hier, 6 mai, un groupe de quarante délinquantes, appartenant à l'institution corrective de Clermont, sinistrée et repliée provisoirement à Fresnes, a tenté de se mutiner. Il s'agit des éléments les plus difficiles confiés à l'Éducation surveillée en application des articles 66 et 67 du Code pénal, toutes âgées de plus de dix-huit ans. Elles ont commis des destructions, des vols à l'économat, des excès et des violences qui ont nécessité le recours à la force publique et ont entraîné leur transfèrement au Dépôt jusqu'à leur nouvelle comparution devant le tribunal. Trente-sept autres délinquantes ont refusé de se joindre au mouvement et sont volontairement restées sous la surveillance de leurs éducatrices.

C'est faux : certaines n'ont que seize ans, mais surtout le mot « délinquantes » est plaqué sur une réalité beaucoup plus complexe. Les mutinées étaient enfermées jusqu'à leur majorité, vingt et un ans à l'époque, mais le plus souvent sans avoir jamais été condamnées à une peine précise ; je suis en train de le comprendre en lisant les fiches conservées sur elles, les décisions de justice, les dossiers de procédure que je retrouve, et les bouquins d'historiens expliquant la manière dont on bouclait les jeunes filles considérées comme une menace pour elles-mêmes comme pour la société.

Certaines d'entre elles sont bien de petites délinquantes, comme Jacqueline, fille de ferme, qui a volé quelques centaines de francs pour aller rejoindre son amant, ou Marcelle, employée de maison qui a subtilisé des vêtements de sa patronne. Issues de familles moins pauvres, ou si elles avaient paru plus convenables, elles auraient été rendues à leurs parents après avoir été grondées. D'autres mineures se sont prostituées – ce qui n'est pas, à l'époque comme aujourd'hui, un délit pénal. Pour cela, il suffit parfois d'avoir accepté les cadeaux d'un amant ou d'un soldat américain, ou d'avoir partagé son hôtel. Beaucoup ont été coffrées pour vagabondage : une notion floue dépénalisée en 1935 qui, concernant les mineurs, permet à la justice de sanctionner les fugues par un placement en institution jusqu'à la majorité, surtout si elles sont aggravées par des suspicions de prostitution ou seulement une tendance à la « débauche » : fréquentation de bals, fêtes foraines, guinguettes, cafés, dancings, liaisons avec des garçons, avec un homme jugé louche, ou parfois, encore pire, un homme nord-africain. Un juge peut donc décider d'enfermer en institution corrective toutes ces adolescentes, qui ont très souvent fui la violence familiale, des abus sexuels ou la grande pauvreté. On commence à utiliser la notion fourre-tout de « prédélinquance. » Selon leur attitude, on peut les y laisser jusqu'à leur majorité, les remettre à leurs parents ou les placer chez des employeurs, le plus souvent comme bonnes à tout faire, « domestiques de peine » ou gardes d'enfant avec interdiction de quitter leur emploi. Avant les vingt et un ans, la majorité, il n'y a pas de limite à la mainmise du juge. La décision est même parfois prise à la demande des parents mécontents de la conduite de leur progéniture, au titre de ce qu'on appelait « la correction paternelle ». Ce sont donc dès le départ avant tout leur moralité, leur comportement, leur milieu d'origine jugé déficient ou dangereux, qui valent à ces mauvaises filles d'être à l'ombre, pas les délits qu'elles ont ou n'ont pas commis, ni les articles du Code pénal. À Fresnes comme ailleurs, certaines sont ainsi enfermées depuis plus de dix années et, avant ça, derrière les murs depuis l'enfance, élevées dans des couvents, des « refuges ».

À cette époque, les jeunes garçons délinquants ou fugueurs étaient envoyés dans des institutions correctives publiques, mais l'immense majorité des filles se retrouvaient enfermées dans des internats tenus par des bonnes sœurs, en particulier ceux de la congrégation de Notre Dame de Charité du Bon Pasteur, appelés couramment les Bons Pasteurs, ordre religieux catholique créé au XVII^e^ siècle pour prendre en charge les « filles repenties », les « débauchées », devenus depuis établissements dits de « rééducation », et répartis dans les grandes villes de France ; dans les mêmes congrégations existaient des sections destinées aux petites filles et adolescentes, abandonnées, orphelines, ou retirées à leurs familles. Enfermées elles aussi, soumises comme les « filles de Justice » à la clôture, à l'isolement du monde profane que ces religieuses ont choisi pour elles-mêmes et leur impose, aux règles et règlements draconiens, comme par exemple l'interdiction de dormir avec les bras sous les couvertures par crainte de la masturbation – des petites filles placées racontent qu'on leur liait les mains afin de s'assurer au matin que le nœud n'avait pas été défait pendant la nuit. La séparation entre les sections était étanche ; mais si l'on fuguait et devenait suspecte, on pouvait passer dans la section corrective, après la décision expéditive d'un juge. Le but premier était le même : façonner, rendre conforme. Sociologues et historiens l'ont mis en lumière, la masculinité d'un garçon délinquant n'a jamais été remise en cause, elle devait seulement être canalisée : mais une fille délinquante ou déviante dans sa façon d'être – violence, insoumission, indépendance ou sexualité estimée scandaleuse –, est une fille contre nature, pervertie, qui doit être dressée pour revenir à l'essence de la féminité : douceur, obéissance, vertu et continence sexuelle, accomplissement premier et suffisant dans le mariage et la maternité. L'affaire des religieuses ; qui de plus efficace pour inculquer ces valeurs ? Dans les congrégations où l'on envoyait, jusqu'à la fin des années soixante, ces jeunes filles par décision de justice, la discipline était terrible, humiliations et brutalités formaient le quotidien de la plupart des établissements. Examens gynécologiques brutaux à l'arrivée, prénoms changés ou remplacés par un numéro, travail obligatoire éreintant – de couture, de buanderie, de rempaillage –, fournissant des revenus à la congrégation, cachot, coups, insultes, tonte de cheveux en guise de punition, uniforme grossier et confiscation de tout effet personnel, courrier intercepté, rupture des liens familiaux et amicaux – l'extraction du milieu –, interdiction de se promener par deux, de manger face à face au réfectoire, silence obligatoire, messes quotidiennes obligatoires, rares sorties en rang, tête baissée, sous escorte des bonnes sœurs, avec interdiction de se parler. Recluses, sans contact avec l'extérieur, les pensionnaires se retrouvaient sous l'autorité de fer de religieuses obsédées par la répression de la sexualité et du désir. Parmi les méthodes dont des femmes traumatisées à vie témoignent aujourd'hui, on retrouve la bastonnade devant les autres filles, sur le ventre et à moitié dénudée, la montée d'escaliers à genoux, bras en croix ; on y entendait des injures comme « fille de poubelle ». Les arts ménagers étaient presque partout au centre de l'enseignement, même si dans quelques villes les religieuses se souciaient de fournir une réelle formation professionnelle aux jeunes filles et faisaient preuve de plus de bienveillance. Les méthodes différaient, la maltraitance physique ou psychologique n'atteignait pas toujours le même niveau. Mais l'objectif était partout le même : l'intrusion de la contrainte jusque dans l'intimité, le contrôle total sur le corps et l'esprit. Une rééducation à la norme que pratiquaient aussi, avec des méthodes de coercition extrêmement sévères et dans un environnement carcéral – tout aussi claustral –, les deux seules institutions correctives publiques pour filles qui existaient après la guerre : celle de Cadillac, installée dans un château fortifié en Gironde, et celle de Clermont, au nord de la France, la plus sévère, née également dans un château insalubre surnommé par la presse « le château des filles maudites » ou « le donjon des filles perdues ». Comme à Cadillac, le lieu avait longtemps été une prison pour femmes avant d'être transformé en une maison de correction, baptisée d'abord « école de préservation », puis IPES, Institution Publique d'Éducation Surveillée. La même appellation nouvelle que pour les colonies pénitentiaires pour garçons où sévices, parfois mortels, et travaux forcés avaient déclenché dans les années trente d'importantes campagnes de presse et d'opinion contre « les bagnes d'enfants ».

En 1941, le château de Clermont est en partie détruit par un bombardement. L'IPES et ses pupilles sont repliées provisoirement à la prison de Rennes – un provisoire qui s'éternise –, puis sont transférées à Fresnes en octobre 1946. Les effectifs se renouvellent et celles qui ont connu le château disparaissent, libérées à leur majorité, mais une mentalité de fronde, de défi, de dures à cuire, se transmet et se perpétue. Ce sont des pupilles que les autres institutions, Bon Pasteur et Cadillac, renvoient ou refusent de recevoir qui remplacent peu à peu les anciennes. Évasions, tentatives d'évasion, « mœurs spéciales » et autres « amitiés particulières » – l'amour lesbien, qui obsède et terrifie les surveillantes et les bonnes sœurs –, insultes, violences, bris de matériel ou simple insolence, être considérée comme ferment de désordre, fauteuse de trouble : peu importe. Autant de preuves de leur déviance, de leur dépravation, qui leur valent d'atterrir là. Avant la mutinerie, les filles de Fresnes sont donc déjà considérées comme coriaces, réfractaires.

Place Vendôme, au ministère de la Justice, à l'étage où est installée la direction de l'Éducation surveillée, toute la journée du 6 mai 1947, on est sur le pied de guerre : au matin de la révolte, l'information est rapidement remontée depuis Fresnes. Des notes conservées dans les archives que je retrouve peu à peu, dans des liasses sans chronologie claire, rendent compte des coups de fil et des déplacements. Je les remets dans l'ordre, j'essaye de comprendre l'enchaînement, l'escalade, et les tentatives vaines, au moment où l'action a lieu, pour empêcher l'embrasement. Un peu avant 11 heures, Mme Dumont, directrice de l'IPES, téléphone place Vendôme pour signaler des incidents et l'envahissement du chemin de ronde du pavillon, elle demande qu'un représentant de l'administration centrale soit dépêché sur les lieux. Cinq minutes plus tard M. Jégu, secrétaire de la direction de l'administration pénitentiaire, prévenu par M. Garnier, le directeur de la prison de Fresnes, téléphone lui aussi pour donner l'alerte ; le sous-directeur de l'Éducation surveillée, M. Synvet se rend sur place en urgence, laissant sur le bureau du directeur un mot griffonné à la hâte sur feuille arrachée : *Grave incident à Fresnes, je m'y rends.*

À 11 h 35 il arrive à Fresnes, retrouve la directrice et, sur ses indications, se dirige vers le chemin de ronde. Note dactylographiée de sa part, datée du jour, à l'intention de Jean-Louis Costa, directeur de l'Éducation surveillée : *Une trentaine de mineures se trouvaient là et leur attitude se bornait à opposer la force d'inertie aux tentatives faites par le personnel pour les faire retourner dans leurs locaux.* Du premier mur d'enceinte il observe ensuite une quinzaine d'autres filles, qui, agrippées aux barreaux des fenêtres, chantent à tue-tête. Il a déjà dû se déplacer pour des incidents du même genre, la situation ne lui semble pas tellement différente de celles qu'il a déjà pu constater. Ayant pénétré dans le bâtiment, il constate que des mineures se sont blessées aux poignets ou aux mains en brisant les carreaux des fenêtres. Deux éducatrices sont auprès d'elles et essayent de les calmer.

> Revenu dans le chemin de ronde, après avoir essayé moi-même, avec l'aide des éducatrices, de ramener les filles à de meilleurs sentiments, j'ai cru devoir demander au directeur des prisons de

Fresnes, qu'accompagnait un groupe important de gardiens, de ne pas essayer de faire rentrer les filles par la violence dans des locaux dont les portes étaient brisées.

M. Synvet explique qu'il est à ce moment persuadé qu'une telle méthode ne peut qu'*envenimer l'atmosphère*, et que les jeunes filles, qu'il a déjà rencontrées pour certaines, lui ont promis de réintégrer d'elles-mêmes le bâtiment. Vers 13 h 15, par petits groupes, elles commencent effectivement à regagner la cour. Certaines d'entre elles vont même déjeuner. *Voyant la tournure apparemment favorable que prenaient les événements*, il renonce à rendre compte immédiatement au directeur de l'Éducation surveillée. Mais la situation bascule : *Malheureusement, vers 13 h 45, l'agitation a repris et s'est étendue à un autre groupe. C'est alors qu'ayant conféré avec M. Garnier, j'ai pris le parti devant cette situation inquiétante de vous téléphoner.*

Jean-Louis Costa se rend alors immédiatement sur les lieux. Ce haut fonctionnaire, ancien résistant, est le premier directeur de l'Éducation surveillée, une administration créée après la Libération : il est le fer de lance des réformes majeures lancées à partir de 1945, dans le but de faire prévaloir le volet éducatif sur la répression. Le secteur cesse à ce moment de dépendre de l'administration pénitentiaire. Avant-guerre,

Jean-Louis Costa a eu l'occasion de visiter la colonie pénitentiaire pour mineurs d'Eysses. Il a été révulsé par ce qu'il y a découvert : des enfants fugueurs ou des fortes têtes dans les mêmes rangs que des criminels endurcis de quarante ans, les sévices, la discipline et les brutalités dignes des pires bagnes. À la suite des campagnes d'opinion dénonçant ces abus, les choses ont évolué, mais c'est pour réformer en profondeur qu'il est là, soutenu par l'élan de générosité qui prédomine alors : l'opinion publique a conscience des ravages de la guerre sur le psychisme de la jeunesse, renforcés par la difficulté des conditions matérielles d'existence. Quartiers détruits, crise massive du logement, familles brisées, traumatismes de la guerre et de l'Occupation, aggravation de la misère, petite délinquance liée aux pénuries et trafics de même acabit associés à la présence des troupes américaines et de leurs bases. L'idée qui est dans l'air est de protéger avant de sévir. Mais pour les filles la mainmise des religieuses sur la « rééducation » demeure presque totale, et les rares structures publiques ne sont pas adaptées ; habitudes pénitentiaires, locaux délabrés dans des forteresses ou dans des prisons. Au château de Cadillac, une réforme a été lancée en 1944, sous la houlette d'une nouvelle directrice formée à la psychologie et aux nouvelles pédagogies. Elle introduit des méthodes novatrices et ambitieuses axées sur la formation professionnelle et une plus grande proximité avec les pupilles. Mais pour bénéficier de ces changements, il faut le mériter : *L'éducation dans les Maisons de rééducation paraît devoir être en liaison avec le classement des pupilles en divers groupes selon leur perversité*, écrit l'un des maîtres d'œuvre de cette réforme, qui recommande de séparer en groupes distincts les *amendables*, les *perverses*, et les méritantes. La directrice observe. La directrice jauge. La directrice trie. Et envoie *les moins intéressantes*, c'est-à-dire les plus perturbatrices, les plus perturbées, les trop « vicieuses », celles ayant des liaisons homosexuelles, à la prison de Rennes rejoindre les filles de Clermont. À Fresnes, où elles finissent par échouer, la mutinerie des plus rebelles, des plus abîmées, fait exploser le couvercle. Au détour d'un long entretien donné à une chercheuse par Jean-Louis Costa sur son parcours, sa carrière et les débuts de l'Éducation surveillée, je suis tombée sur ses souvenirs du jour de la mutinerie. Ses mots sont retranscrits, exactement, avec la vivacité de celui qui raconte à mesure qu'il se souvient, qui revoit les scènes devant lui, sans la révision, le recul, du langage écrit. On croit l'entendre. Il connaît le parcours de ces filles, il sait que Fresnes est « un dépotoir », comme le dit une ancienne éducatrice dans un autre entretien – un cul-de-sac de la justice des mineurs. Quand il débarque à la prison en urgence, dans l'après-midi, la situation a déjà dégénéré. Il est stupéfait par ce qu'il découvre. Pour Jean-Louis Costa, il ne s'agit pas d'événements anodins, c'est un spectacle catastrophique, un scandale lourd de conséquences vis-à-vis de sa hiérarchie, des responsables de la prison, et des médias :

> J'avais les brigades de choc de la préfecture de police, les pompiers avec les lances, des scènes indescriptibles quand ils braquaient les lances sur les filles – elles levaient leur jupe en disant « vise bien ». Ça a été une journée abominable et si on m'avait prévenu à 8 heures du matin, ça commençait à peine, je pouvais intervenir et arrêter la chose dans l'œuf... Mais à 10 h 30 - 11 heures, c'était trop tard, le feu était parti ! Et les gens de la pénitentiaire n'étaient pas mécontents ; ils étaient goguenards, ils nous regardaient faire... « Y a qu'à, y a qu'à, nous, nous savons les mater. »
>
> Évidemment à ce degré-là, il n'y a que la force, alors ça a été la force dans un premier temps.
>
> Cela a été ma première prise de contact avec l'actualité parce que bien entendu les journalistes s'en sont emparés !

Les journalistes s'en emparent, et commencent à enquêter. Pour expliquer la mutinerie, au départ c'est la thèse du caprice ou du coup de lune qui prévaut. Les hypothèses sont égrenées : locaux trop exigus, *ne correspondant pas au désir de ces demoiselles*, ou bien une ration de pain estimée insuffisante, alors que les prisonnières sont *copieusement nourries*, ou encore tout simplement la sève nouvelle, qui enivre les esprits : *Les détenues de Fresnes, perverses, lucides et irréductibles, sont les victimes du printemps.* Mais assez vite certains cherchent à en savoir plus. Dans les dossiers de la direction de l'Éducation surveillée, on retrouve des formulaires répercutant leurs demandes d'entretiens, de reportages dans les lieux, auxquelles il n'est pas donné suite. Le 8 mai, deux jours après la révolte, un article du *Parisien libéré* est le premier à changer de ton et à chercher les responsabilités du côté de l'administration. Les grandes révélations, celles qu'on va chercher à étouffer, restent à venir, mais l'auteur retrace plus justement le parcours et le statut des jeunes filles, ces *gamines qui se morfondent au Dépôt,* ou les autres, restées à Fresnes, *toutes punies, privées de leur unique et si faible joie, la promenade dans la cour.* Il met en cause l'ordre administratif qui les a envoyées à Fresnes, *sous l'étrange prétexte qu'on ne pouvait les loger nulle part ailleurs, et qu'il fallait absolument mettre dans une cage ces têtes folles,* avant de s'interroger sur le sort qui va leur être réservé : la direction de Fresnes n'avait accepté *ces invitées* que sur ordre formel du ministère de la Justice, peut-on lire : elle n'en veut plus *à aucun prix.* Le journaliste a réussi à approcher M. Garnier, le directeur de la prison, qui lui aurait confié : *La place de ces gamines n'est pas ici, elle est où les règlements prévoient qu'elles soient, au grand air et dans une maison qui ne soit pas une geôle.*

L'affaire de la mutinerie de Fresnes est remontée au sommet de l'État, et quand l'article lui passe sous les yeux, André Marie, le garde des Sceaux de l'époque, l'un des plus importants personnages de la République, lui-même mis sur la sellette, est furieux : il décroche son téléphone et passe un savon au directeur de la prison de Fresnes, qui nie farouchement. Tenu de se justifier par écrit, il raconte avoir été « assiégé » par le journaliste et deux photographes auxquels il a refusé l'autorisation de prendre des photographies, mais n'avoir pu les empêcher de lui poser des questions. Il ne nie pas avoir expliqué clairement que l'administration pénitentiaire s'était bornée à mettre un bâtiment à disposition de l'Éducation surveillée, ni d'avoir ajouté : *Mon grand désir serait que ces locaux me soient rendus le plus rapidement possible pour y installer les détenus dont j'ai la charge. Pour de plus amples renseignements adressez-vous à la direction de l'Éducation surveillée, 4 place Vendôme. Voilà, Monsieur le ministre, la vérité exacte au sujet de l'interview de l'article incriminé.* On imagine M. Garnier dicter à sa dactylo, après ce coup de griffe : « Et vous me soulignez "exacte" ! »

Jetées dans des fourgons, les rebelles sont envoyées au Dépôt de la préfecture de Police, dans le sous-sol du palais de Justice. Dans ces cellules puantes et insalubres, on en a vu d'autres. Les pires criminels, les terroristes anarchistes, les gros caïds, plus récemment la pourriture collaborationniste... Mais ce qui s'y passe alors, le chaos que ces adolescentes et ces jeunes filles y déchaînent, on ne l'a jamais vu. À mesure que je lis tous les documents que je réussis à retrouver, je commence à voir apparaître leurs silhouettes, les phrases qu'elles ont lancées aux flics, aux juges… À chaque fois je me demande si celle qui est décrite, celle qui parle, qui rit, qui injurie, qui chante, celle qui a les mains en sang et les vêtements déchirés, est la femme que je cherche.

# III

C'est lorsqu'il est devenu riche que Serge Valère a acheté un très grand appartement haussmannien, pour y vivre, et un autre, de la même taille et dans le même immeuble, qu'il avait mis en location. En stock il lui restait plusieurs tableaux et du mobilier d'art issus de la collection anarchique de son homme providentiel d'Israël, le client qu'il avait miraculeusement extrait des mains des juges français. Il les avait reçus en complément du virement principal, au terme d'un nébuleux parcours. Des bureaux Louis XV d'une grande famille d'ébénistes, de l'art contemporain moche mais à haut potentiel spéculatif, des petits maîtres impressionnistes, dont un Signac assez beau mais de la mauvaise période, un Warhol mondain représentant un tigre sibérien, auquel le Franco-Israélien tenait beaucoup – c'était la part sentimentale du paiement – et que Valère trouvait laid, presque aussi laid que l'immense Baselitz représentant un homme – ou un cadavre ? – à l'envers. Rien dont il aurait du mal à se séparer lorsqu'il déciderait de les vendre. En tout, il y en avait pour plusieurs millions d'euros. Il avait pris ce lot disparate à la place d'un petit Monet, une vue de la mer depuis une falaise de Dieppe, avec l'horizon et le soleil couchant en caresse, auquel il se serait déraisonnablement attaché à cause d'un certain bleu, qui passait sur le cœur.

Son bienfaiteur aurait ri si on lui avait dit que c'était ça, être riche.

Valère avait acheté comptant l'appartement. Sa femme avait choisi le quartier, il s'en moquait. Elle avait choisi le XVII^e^, à côté du parc Monceau. Le cabinet d'avocats de Valère était rue du Bac, près de la Seine, il était satisfait que ça ne soit pas dans le même coin. Il lui avait aussi acheté un fonds de commerce afin qu'elle ouvre une galerie photo, comme elle l'avait réclamé. Sa femme était donc devenue galeriste. Galeriste, paraît-il. De temps en temps, il doit faire acte de présence à un vernissage, son idée du supplice et de la punition longue, étirée en cercles concentriques d'ennui et d'irritation, et d'efforts pénibles pour être un minimum poli. Il insiste pour qu'il y ait de vrais verres et du bon champagne, la première fois l'assistante de sa femme avait choisi des flûtes en plastique et du mousseux, pendant toute la soirée il n'avait pas décoléré. Il souffrait déjà suffisamment, c'était la goutte de laideur en trop. Les œuvres : en général du noir et blanc qui réussissait l'exploit d'être criard – l'Inde, l'Afrique, beaucoup d'enfants foncés dépenaillés et souriants –, parfois des nus un peu sexy dont on voyait les seins ou les fesses mais pas le pubis, tout ça se vendait moyennement bien à des gens qui voulaient décorer un salon et avaient les moyens de lâcher quelques milliers d'euros.

Sur le balcon, la mésange, toujours accrochée à la toute petite branche de l'oranger nain qui, dans sa poterie vernissée, tente de survivre à la pollution parisienne, a dû venir du parc Monceau, à une rue de là. Bleu mésange, jaune mésange, elle remue son petit masque noir, son masque de carnaval. Elle s'affaire, agite sa tête légère par saccades. Et Serge Valère se rend compte que de nouveau il est en train de sourire doucement en la regardant et il ressent au-dessus du plexus comme un pincement – ou une dilatation, c'est un sentiment mêlé –, il se rend compte qu'il est ému.

Le banc, le pain sec, les pigeons, l'œil larmoyant de la vieillesse, se secoue-t-il de nouveau.

Sa femme a fait pousser une forêt frêle sur le balcon. Des tulipes en flammes, toutes différentes, satin déchiqueté ou pétales aussi lisses qu'un cierge. Une glycine, et des plantes dont il n'a jamais retenu le nom, qu'elle nomme parfois, elle lui dit tu as vu le – machin – ?, le – truc – ?, il a fleuri, il est malade mais je vais le requinquer, il est mal en point, oh il est encore plus beau que je le pensais, regarde ça, Serge ! Parfois, dans le salon crème, à la place des gros bouquets qu'elle se fait livrer chaque semaine par abonnement, il y a des couleurs au bout d'une tige dans un soliflore et des petites feuilles, qui n'auraient pas existé sans elle. C'est sans doute pour cela qu'il l'aime, qu'il l'aime, pense-t-il. Ou : qu'il y est attaché. Ou : qu'il n'a jamais pensé à la quitter. Ou : qu'il supporte de vivre avec elle. Sa manie de se déguiser en jardinière pour embellir un balcon – un tablier, d'accord, mais pourquoi des bottes de pluie ? –, d'y prendre son plaisir, de salir ses ongles manucurés, si souvent manucurés qu'il ne sait pas qu'elle a des ongles de la même nature que ceux d'un homme, que ses propres ongles, carrés, écrasés. Elle est, comme on dit, comme on le conçoit, exactement, une présence féminine, ce qu'il a longtemps considéré avec effroi en imaginant cette présence liée à l'endroit où il dormait, mangeait, travaillait – l'idée de parler lorsqu'il rentrait chez lui, prisonnier, empoissé d'une attente, une attention, lui semblait être la chose la moins désirable au monde – avant d'être pris à cette glu discrète : le talent domestique. La puissante étreinte des petites habitudes qui vous enserre, en traître.

Aujourd'hui, précisément, il la hait. Il voudrait qu'elle disparaisse avec ses bulbes plantés en novembre, la voir enterrée dans ses gigantesques pots de fleurs – ses bulbes, munitions du printemps, attendant dans l'obscurité les ordres d'une planète de lave.

Il voudrait la savoir rentrée dans son pot pour l'hiver.

Serge Valère se dit j'aurais dû rester seul, avec mes amantes mariées, les avocates stagiaires de mes collègues, mes amies demi-putes.

Car aujourd'hui il est traîné pour la seconde fois chez un thérapeute familial. Lui. Serge Valère. Chez le docteur Krakowski. Car il a un fils. Théo. Son fils à lui, Serge Valère.

Son fils, paraît-il.

Présentement terré à l'autre bout de l'appartement crème, et qui n'en bouge plus depuis des mois. Théo. Enfermé dans sa chambre à l'extrêmité du couloir comme une grosse araignée pond ses œufs.

Le thérapeute familial que sa femme avait trouvé, lorsque Théo Valère était sorti de l'hôpital Sainte-Anne, où il continue à se rendre chaque semaine pour être suivi par les psychiatres du service qui l'avait accueilli, n'avait pas convenu à Serge Valère. Il avait radicalement refusé d'aller le voir. Tout d'abord, un homme : pas possible. Se trouver en situation d'infériorité devant un homme ; un homme qui allait lui donner des leçons sur comment être père.

Non.

Il avait demandé le numéro d'une psychologue à son plus proche ami, Alain Feldheim, le parrain de Théo.

« Je suis gynécologue-obstétricien, tu sais, ce n'est pas mon rayon, ton fils a dépassé le stade fœtus.

– Lorsque je le vois en ce moment j'en doute. Ça n'est pas certain, pas évident. C'est du mouvement fœtal, c'est de la vie fœtale. Il a le cordon ombilical relié à sa mezzanine. Tu comprends c'est ça que je cherche comme psy, quelqu'un qui va lancer les contractions pour qu'il soit expulsé hors de sa foutue chambre, il garde toujours les rideaux à moitié tirés, c'est sombre comme dans un ventre. Un utérus si tu préfères. Il macère bien au chaud. »

Récemment, pour lui expliquer pourquoi il était preneur de cette absurde idée de thérapie familiale et de recherches généalogiques, Théo a dit à son père :

« Je veux savoir d'où je viens.

– Ce n'est pas important, de savoir d'où l'on vient, avait répondu Serge Valère. L'important est de savoir où l'on va. C'est ce que tu maîtrises. L'origine te domine, le passé te tient en esclavage. Sois libre. Agis.

– Personne n'est comme ça, tu te mens, tu me mens, tu te mens et tu me prives de savoir. Tu n'es pas seul, tu n'es pas pétri directement de la glaise ! »

Serge Valère ne sait plus. Des racines laissées derrière lui le contournent sous la terre comme les tentacules de la glycine, soulevant des pierres et crevant les dalles, attaquant les fondations des murs. Son fils. Fragile, menacé d'éboulement. Pour le protéger, le guérir, Valère avait accepté de remonter à la souche.

Valère avait lâché à Alain Feldheim que pour la psy il voulait un nom juif. « Mme Marlet, Mme Marlet... ça ne va pas du tout. » Il avait eu un geste de consternation, paumes vers le plafond :

« J'ai du mal à entendre ce que tu viens de me dire, avait répondu Feldheim en riant. Pourquoi veux-tu un psy juif ? Dans ta bouche, vu la considération que tu as pour les psychologues (Valère était souvent horripilé par les comptes-rendus des experts psychologues auprès des tribunaux, de la soupe disait-il), je ne suis pas sûr que ça soit flatteur pour les Juifs. En quoi ça te dérange que celle-ci soit peut-être de pure ascendance gallo-romaine ? C'est le souvenir de ton client aux œufs d'or ? C'est moi ? Tu crois que nous portons chance ? Cela fait longtemps que je m'interroge sur tes sympathies pour le peuple élu. Mon analyse est que tu te crois élu toi-même, ou que tu as une fibre diasporique, qui te vient peut-être de tes origines floues...

– S'il te plaît ne commence pas à sonder mon inconscient, ça va être suffisamment pénible comme ça. J'imagine que tu visualises la scène, moi, devant une thérapeute familiale... Tu me demandes pourquoi une psy juive. Pourquoi ? Je ne sais pas, tiens, et pourquoi, si je voulais déguster des sushis, n'irais-je pas chez le Roi du Couscous ? Si je veux apprendre le ski, pourquoi ne foncerais-je pas faire appel, de préférence, à un quadruple amputé n'ayant jamais vu la neige ? "Pourquoi", tu te moques ! Ne fais pas l'innocent, "pourquoi, pourquoi" ! »

Feldheim prenait un air consterné, riant toujours.

« Dis-moi, tu es inspiré aujourd'hui.

– Ravi de t'amuser, mon ami.

– Détends-toi, fais comme moi, sois rond, apprends à faire des compromis... Essaye de faire un peu semblant. C'est pas la fin du monde, ça fera plaisir à ta femme.

– Tu veux que je devienne mou. »

Serge Valère avait dit ça d'un ton badin mais ne souriait plus. Son visage s'était contracté, et d'un coup il avait tapé du plat de la main sur la table, sans le faire exprès, comme quand on est très irrité et qu'un muscle se détend violemment, qu'une envie de frapper un mur dévie dans un geste anodin trop brusque.

« Ça ne va pas Valère ? Quelque chose te travaille ? Don Juan fatigue ? Si ta virilité décline, ne t'inquiète pas il y a des solutions... La médecine peut voler à ton secours. Je te ferai discrètement des ordonnances.

– Dieu m'en préserve, de tes solutions. Je n'ai pas besoin de ça, pas encore. »

Serge Valère se dit : je pense que je me tirerai une balle dans la tête si ça m'arrive. Au fusil de chasse, plus efficace, au pistolet on se rate plus souvent qu'on ne croit. Un lieutenant de police lui avait raconté des scènes où l'apprenti suicidé au visage emporté par la balle bougeait la langue à travers un trou, au milieu d'une mare de sang. Les bouts d'os du crâne fichés dans le plafond et le fatigué de la vie cligne d'un œil, l'autre arraché.

Il réfléchit une seconde au moyen de se procurer un fusil de chasse, et considère qu'il connaît des gens capables de lui fournir une arme et disposés à lui rendre ce service sans poser de questions. Puis il pense au reste. Aux faiblesses du Don Juan vieillissant. C'est ce que je suis, formule-t-il. Les sensations avaient changé. Ce n'était plus aussi simple. Il avait d'abord cru que c'était lié au ressentiment contre sa femme, mais c'est pareil avec les autres. Ses érections n'avaient pas faibli mais l'orgasme peinait à venir et son plaisir était plus faible. Ensuite il dormait jusqu'au matin. Elles étaient loin, les nuits brûlant jusqu'à l'aube. Il avait pris rendez-vous avec son généraliste, se demandant si cela ne révélait pas un problème de santé, et, humilié, lui avait parlé de ces changements. « Normal, lui avait dit le médecin. Vous avancez en âge, il y a des changements qui sont physiologiques. La sexualité change. Estimez-vous plutôt chanceux, cela arrive beaucoup plus tôt à beaucoup d'hommes. »

Alain Feldheim avait finalement passé quelques coups de fil pour trouver une psychologue spécialisée en thérapie familiale et avait donné trois noms et numéros de téléphone, Mme le docteur Krakowski, Mme le docteur Muhlrad, Mme le docteur Grynbaum. L'adresse de Mme le docteur Krakowski était la plus proche.

Plus d'hirondelles à Paris mais le docteur Krakowski peut faire penser à Colette, qui savait décrire exactement leur vol, le saisir pour toujours. Les cheveux en pyramide, roussette et cheveux crépus – les yeux et la bouche longs et fins, le visage en triangle. Quel âge ? se demande Valère. La soixantaine. Ses seins sont gros, étonnamment jeunes, serrés sans froissement de peau, pressés vers le haut par une lingerie dont Valère se demande combien elle vaut. De luxe, suppose-t-il. La douve de chair descend profondément dans la croisée de la robe portefeuille au-dessus de laquelle est jeté un châle, comme de bien entendu. Motif jacquard – il aurait pu le deviner. Le cou, lui, est fripé. Le nez est sémite, le teint mat, les yeux clairs et soulignés au khôl. Serge Valère contemple ce nez, il se dit qu'il la regardera bien de profil lorsqu'il le pourra. Le nez lui fait penser au nez fantôme – au nez disparu sans doute au sortir de l'adolescence – d'une avocate américaine avec laquelle il avait travaillé, nez envolé pour laisser place à une virgule photogénique dans son joli visage. Le nez frais avait ce petit pincé qui trahissait la substitution. C'était une *Jewish princess* de Manhattan, passée par Stanford. À la dérobée, lorsqu'elle se remaquillait, se recoiffait, et qu'il était encore allongé sur le lit de la chambre d'hôtel, il se demandait : à quoi ressemblait-elle, avant ? En plaçant le menu du room service en travers d'un de ses yeux et en fermant l'autre, il essayait de la regarder en oblitérant son nez, d'imaginer son aspect d'origine. Après avoir remis son mascara et tracé un trait au coin de ses paupières, elle se tenait immobile devant la glace cinq secondes, très droite, en touchant ses boucles d'oreilles. Comme si elle voulait forcer son reflet à sortir de la glace. Pour lui arracher les yeux. Ou lui voler quelque chose de précieux, un bijou. Elle faisait semblant de jouir. Même lorsqu'elle jouissait elle faisait semblant de jouir. Son nouveau nez était exactement le même que la fille d'un ancien client de Valère, un Syrien d'Arabie saoudite vivant dans un hôtel particulier de l'île Saint-Louis et qui magouillait dans les contrats d'armement, l'achat de ministres de la République française et la libération d'otages. Elle, elle ne faisait pas semblant d'éprouver du plaisir, elle en avait, mais elle restait très silencieuse. Elle lui avait demandé de l'étrangler pendant l'amour. Elle était voluptueuse. Son métier était de très bien faire la charité avec l'argent de son père, comme une bonne musulmane. Œcuménisme des cabinets de chirurgie esthétique : les maris peuvent s'entr'assassiner mais leur progéniture, leurs épouses successives, se font couper le nez par le même scalpel. Dans quelle zone du cauchemar vivent les nez coupés ? Se regroupent-ils parfois, tous ensemble amassés, acérés, palpitants, pour revenir certaines nuits attaquer leurs anciennes propriétaires, comme les oiseaux de Hitchcock ? Valère avait déjà eu ce genre de rêveries en s'approchant d'un beau visage rectifié.

Mme Krakowski, remarque Serge Valère, a disposé des sulfures sur sa table, comme Colette sur les consoles de son appartement. Elle le fait exprès, c'est sûr, pense-t-il. Cette femme a des chats.

Peut-être regarde-t-elle le cœur versicolore des boules de verre, difforme et merveilleux comme autant de belles névroses, de traumatismes rares, auxquels elle aimerait avoir affaire au lieu de patauger dans les éternelles geigneries, les inconscients aussi originaux que les magasins de chaussures dans un centre commercial de périphérie, des plaintes insignifiantes, répétitives, marron, étalées comme la banale boue d'un trottoir sur les kilims qui ornent le sol de son cabinet.

« Comment réagissez-vous à ce que vous a dit votre fils au cours de la dernière séance ? »

Mon Dieu. Moi. Assis là, se dit Serge Valère. Au fond, le canapé forcément recouvert d'un tissu exotique. Les statuettes ethniques. Forcément. Le tableau prudemment abstrait. Pas de figuratif qui aurait pu me distraire : bravo, bravo et merci madame Krakowski, ma vue ne sera pas captée et mon attention restera intacte, intacts ma souffrance et mon ennui tournoyant sous forme de colère et d'humiliation. Son agacement est extrême. Il est irrité, irrité comme par un parasite ou un tissu qui gratte : ce moment lui est un tissu qui gratte, porté à même la peau. Il voudrait ne lui parler de rien. D'un rien massif, total. Indestructible. Il voudrait vivre mille ans avant l'invention de la psychanalyse, et entendre Guillaume d'Aquitaine chanter les premiers poèmes de troubadours.

*Je vais faire un poème sur le pur néant :*
*Ce ne sera pas sur moi ni sur d'autres gens,*
*Ce ne sera pas sur l'amour, sur la jeunesse,*
*Ni sur rien d'autre ;*
*Il vient d'être trouvé alors que je dormais*
*Sur mon cheval.*

Mme Krakowski fait silence, elle attend une réponse. Elle ne cille pas. Finalement : « Vous n'avez rien à dire, ça ne vous inspire rien ? Vous avez pris le temps d'y réfléchir ? » Lorsqu'elle s'adresse à Valère, elle se tourne vers lui en orientant les épaules en même temps que le cou, comme si elle était désarticulée à la taille, et que le torse pivotait sans entraîner le bassin. Elle fait ça dans son châle.

Rien. *Farai un vers de dreyt nien.* Vous ne voulez pas savoir ce que cette conversation m'inspire. J'ai envie de me lever et d'enfoncer ma main entre vos gros seins. Pour voir jusqu'où ils vont, si le soutien-gorge est trompeur, si la promesse n'est pas menteuse. J'ai envie de retourner travailler. De faire ce que je sais faire, d'être là où je dois être. Ma place n'est pas ici. Votre vocabulaire m'offense. Ces problèmes ne sont pas les miens. Ils sont petits, médiocres, filandreux. De mauvaise qualité. Ils sont d'époque. Je ne suis pas de ce monde. Je n'ai pas choisi de faire partie de ce monde. Le mien est rude, tranchant, le langage y est beau, les enjeux y sont la vie et la mort, la bascule d'une vie. On voit les existences basculer, comme si la vie jouait aux échecs, plus forte, plus réelle, plus essentielle – réduite à son essence. L'os, la moelle de l'os. Coupable. Innocent. Jugé. L'événement est compact. Le décor est graphique. Un damier, un échiquier, les couloirs droits, les volées de marches ivoire. Les halls vastes, les plafonds hauts. Même une prison est bien définie, à sa façon sinistre et délabrée.

Rien.

« Je comprends que Théo veuille en savoir plus sur mes origines, qui sont aussi les siennes, comme vous l'avez souligné, et comme il le manifeste avec une véhémence qui n'est pas sans me rassurer sur son état. Oui, Théo, ça me rassure sur ton état de te voir désirer quelque chose, ce n'est pas de l'ironie. J'admets que je ne voyais pas ainsi les choses, je voyais la question de mes origines comme un point qui me concernait moi, principalement, une question intime que j'avais légitimement le droit de régler à ma façon et sans en faire part à la Terre entière, oui je sais bien qu'il y a une différence entre mon fils et la Terre entière, mais je suis prêt à aller dans ce sens. À avancer et à m'impliquer, comme vous me le suggérez. J'ai donc réfléchi et décidé de faire effectuer des recherches sur ma mère, c'est tout ce que je peux faire, je n'ai rien d'autre que son nom, du côté géniteur aucun indice. Et comme il se trouve que mon filleul, Jonathan Feldheim – rictus de Théo Valère, qui jette son regard au sol, Serge Valère remarque le rictus, marque une pause et reprend –, le fils de mon ami Alain Feldheim qui est lui le parrain de Théo, est à la tête d'une entreprise de généalogie, l'étude Chevilly, c'est à eux que je me suis adressé. L'entreprise appartient à la famille de sa mère depuis cinq générations, c'est la plus grande entreprise de généalogie de France. Comme vous le voyez, j'ai cherché des gens compétents, efficaces. Ils font de la généalogie patrimoniale, recherche d'héritage, ce genre de choses, mais il a détaché l'une de ses employées qui a l'habitude d'effectuer des recherches dans d'autres domaines, il m'a dit qu'elle aurait ainsi une vision un peu plus large. Il lui a libéré du temps, elle se consacre en partie à ça.

Elle a déjà commencé, mais je n'ai pas encore d'éléments intéressants. »

(À Jonathan, Valère avait dit :

« J'espère que ce n'est pas une ratée. Tu es sûr que tu ne me recommandes pas une amie ratée pour lui trouver quelque chose à faire ?

– Pourquoi dis-tu ça ? avait demandé Jonathan.

– Présentée comme tu l'as présentée, ça vient à l'esprit, forcément : "Je vais mettre sur le coup une amie rencontrée en droit, qui a bifurqué vers le journalisme, vécu en Israël plusieurs années et qui est en reconversion." Si je me souviens bien c'était la phrase exacte. Pas très engageant, tu l'admettras. »

Tiens, probablement encore une Juive, avait pensé Valère, Feldheim a peut-être raison.

« C'est sûr qu'elle a un parcours pas vraiment classique mais elle sort de formation, elle a l'habitude de l'enquête, lorsqu'elle travaille, elle travaille. Surtout, c'est une amie et j'ai toute confiance en elle. Ça m'a semblé important. Par capillarité ça me concerne, ça me touche. Je superviserai.

– Ne t'en mêle pas, je verrai ça avec elle. Ne perds pas ton temps, tu comprends bien que je me lance dans cette histoire contraint et forcé, je n'ai pas le choix. »)

Mme Krakowski hoche la tête. « Ai-je un bon point, madame Krakowski ? » Mme Krakowski recule dans le dossier de son fauteuil sans répondre.

« Il y a de grandes chances qu'elle soit morte, bien sûr. Si jamais elle est vivante, je tiens à vous prévenir que je ne m'engage pas à la contacter, je ne me vois pas surgir dans la vie d'une inconnue, une femme que je n'ai jamais vue. » Théo Valère intervient :

« Tu n'en sais rien si tu ne l'as jamais vue, peut-être que tu étais avec elle au début, avant d'être placé.

– Bébé tu veux dire ? Bébé ça ne compte pas. »

La femme de Serge Valère, Kathrin Valère, souffle bruyamment par le nez, hausse les sourcils et regarde la psy en écarquillant les yeux, l'air de dire vous voyez ? Vous voyez je vous l'avais bien dit.

« Je fais ça uniquement pour toi », dit Serge Valère en se tournant vers son fils, dont il entraperçoit le visage dévoré d'une monstrueuse acné, derrière une herse de cheveux châtains luisants d'huile.

# IV

Au lieu d'avancer en ligne droite dans le boulot que m'a confié M^e^ Valère, depuis qu'en effectuant mes recherches sur sa mère, Madeleine Lauris, j'ai découvert, croisée peut-être à son chemin, la mutinerie de Fresnes, je m'arrête et je plonge. Y a-t-elle participé ? Je me rends compte que je l'espère avec une sorte de foi naïve ; foi en je ne sais quoi. J'ai bien sûr demandé à la mairie du lieu où elle est née si un acte de décès était joint à son acte de naissance ; vivante ou morte, c'était la première question. Mais les registres d'état civil de la commune où elle est née, un bled des environs de Reims, ne sont pas informatisés, j'ai dû envoyer la demande par courrier. J'attends la réponse. Comme je suis assez bloquée pour l'instant, j'ai cherché toute la presse de mai 1947, à la BNF, les premiers comptes-rendus de la révolte, puis, à mesure que j'avançais dans le temps, jour par jour, j'ai découvert la suite. Autant dire que, de mon propre fait, je m'emploie à des recherches que personne ne m'a demandé de faire.

Pour me justifier, je me raconte que Jonathan m'a demandé d'effectuer les recherches les plus larges possible, d'aller plus loin que la recherche généalogique. Quand il m'a embauchée au départ, c'était parce qu'il me pensait capable d'aller au-delà de l'état civil, la source reine, mais que l'on doit maintenant de plus en plus compléter par des témoignages, aujourd'hui primordiaux pour orienter les recherches ou exploiter les résultats, car les parcours de vie actuels sont bien moins classiques qu'il y a un siècle : on est obligé d'interroger longuement les familles, il faut savoir croiser les informations, recouper les indices sans être trop intrusif... Il pensait que ma formation de journaliste, en ramassant les miettes de mes études de droit, pouvait donner quelque chose.

En continuant à lire les journaux, j'ai appris qu'au Dépôt, où l'on avait emmené en panier à salade les filles ayant participé à la mutinerie, la révolte s'était poursuivie, tout aussi déchaînée, tout aussi résolue, tout aussi impériale. *Quoique difficiles à terroriser, les gardiens du Dépôt ont passé vingt-quatre heures bien désagréables avec les quarante-deux détenues mineures de Fresnes, qu'on leur avait amenées à la suite de leur révolte de mardi. Elles ont brisé les bat-flanc, éventré les matelas, repris en chœur des chansons de corps de garde et tenté d'assommer la sœur supérieure, et nous en passons. Comme elles avaient réussi à dissimuler quelques bouteilles de vin dérobées à l'économat de Fresnes, leur frénésie n'a presque pas subi d'interruption.* On relate avec une indignation particulière le traitement réservé aux sœurs de la congrégation installées au Dépôt, qui, tenues par leur mission auprès des prisonniers, *veillent sur les âmes perverties de ces jeunes personnes énervées par le retour du printemps,* ces religieuses *en butte aux quolibets* ou plus que cela, pour celle qui les dirige : *L'une de ces chéries a tenté de blesser la sœur supérieure qui était venue l'inciter au calme. En proie à une vive colère, la détenue s'est emparée d'une planche qu'elle a jetée dans la direction de la religieuse.* Quand je lis ça, je pense aux violences, aux humiliations, que beaucoup de ces mutinées ont subies de la part d'autres religieuses, dans les Bon Pasteur ou couvents divers où elles étaient enfermées pendant leur adolescence, des cachots où elles ont été traînées par des vierges voilées, de la réclusion qui leur a été imposée, rythmée par les messes obligatoires et les punitions. Dans la presse, je le remarque, car cela saute aux yeux, le vocabulaire de la sorcellerie et de la possession satanique revient sans cesse. Ainsi, aussitôt après leur arrivée, pour dire que la révolte continue, je lis que *le sabbat recommence.* Revient aussi l'expression d'une pudeur offusquée : *Elles quittent leurs vêtements et hurlent des propos que la plume se refuse à transcrire.* La cour intérieure de la promenade du quartier des femmes est jonchée de débris de toutes sortes, car les révoltées *ont bombardé de projectiles divers tous ceux qui passaient par là,* racontent les journalistes qui tentent de recueillir les miettes du spectacle et des témoignages de première main : *J'ai réussi à m'introduire, oh, très brièvement, au Dépôt. Les gardiens sont muets comme des tombes. Leurs jeunes pensionnaires par contre sont beaucoup plus bruyantes, on peut les entendre chanter, déverser des bordées d'injures à l'adresse des surveillants.* Les dégâts sont considérables, 300 000 francs de l'époque, l'équivalent de 17 000 euros. Mais les jeunes filles *continuent de terroriser leurs gardiens,* que les lecteurs sont appelés à plaindre, avec des formules qui m'amusent :

> Les mutinées de Fresnes ne sont nullement calmées et les fumées de l'alcool en se dissipant ne les ont pas rendues plus raisonnables. La cour du Dépôt a retenti toute la nuit et continue de retentir ce matin de leurs cris, de leurs chants tantôt languissants, tantôt résolus, tantôt obscènes. Les employés que leur travail oblige à rester dans le voisinage de ces demoiselles ont la tête farcie. Ils arborent un sourire résigné sans doute, mais non sans s'interroger : quand va-t-on nous en débarrasser ? Les gardiens littéralement deviennent fous et parlent d'attacher les mutinées, un tampon sur la bouche.

Gardiens dont les paroles sont citées, choisies différemment selon le ton et l'angle des articles : *Nous préférons avoir affaire à un corps d'armée de gangsters qu'à ces jeunes enfants,* aurait dit l'un d'eux à un journaliste. *Bah, elles ne sont pas si terribles*, aurait soufflé un brigadier à un autre. *Avec nous, elles se calment immédiatement. Nous en avons conduit plusieurs à l'identité judiciaire, elles n'ont pas dit un seul mot grossier.*

Quand j'ai lu ça, j'ai filé aux archives de la préfecture de police, enfin, façon de parler, j'ai marché en lignes embrouillées et parfois en rond jusqu'au Pré-Saint-Gervais, où elles sont conservées, j'espérais retrouver les photos, avec peut-être, jackpot, celle de Madeleine Lauris, la mère de Valère, mais je suis rentrée bredouille, terriblement déçue : à part pour les grosses affaires, les crimes de cette période, rien n'avait été conservé.

Des questions, des pistes apparaissent finalement dans les colonnes serrées – je me demande si les gens avaient une meilleure vision, plus perçante et plus agile, en 1947, ce sont toujours des caractères nains, des mises en page épileptiques – des journaux de la semaine suivant la mutinerie *: On se demande encore quels sont les motifs exacts de la mutinerie sans précédent qui a éclaté à Fresnes avant-hier. On sait que la nourriture ne laissait pas à désirer, le fait est confirmé. La nostalgie d'un printemps libre, probablement. Mais un surveillant nous a déclaré : La discipline de l'établissement où s'est produite la mutinerie me semble un peu trop sévère...*

Parallèlement au début de questions de certains journalistes, une enquête interne est confiée en urgence à un inspecteur de l'Éducation surveillée. Je ne sais ce qui remonte au grand patron, le directeur, Jean-Louis Costa, mais il a visiblement des sueurs froides : il demande une audience en urgence au garde des Sceaux. En l'attendant, il lui écrit, afin d'*attirer respectueusement* son attention sur les conséquences que pourrait avoir l'adoption de la procédure de flagrant délit dans *l'affaire des mutinées de Fresnes*. Il est de son devoir de lui exposer ce risque, explique-t-il :

> Il est possible et même vraisemblable qu'à l'audience de mardi prochain, des avocats, se prévalant de l'apparente précipitation de la Chancellerie, mettent en cause mon administration sur des renseignements inexacts. L'enquête administrative que j'ai diligentée sur votre ordre n'est pas encore terminée, l'inspecteur commis devant entendre de nombreuses personnes et faire la part entre des thèses contradictoires. L'information judiciaire, de son côté, n'a pu être que sommaire et risque de ne pas apporter au tribunal tous les éléments d'appréciation qui lui permettraient de distinguer les critiques justifiées de celles qui ne le seraient pas. J'avais eu l'honneur de vous faire part personnellement de mon avis sur la procédure à suivre et de mon vif désir de faire toute la lumière. Si mon administration était mise en cause mardi prochain, je crois pouvoir demander que des instructions soient données au procureur de la République pour qu'il n'hésite pas à l'audience à requérir un renvoi de l'affaire pour complément d'information. S'il devait

en être ainsi, je suis convaincu que vous m'autoriseriez à faire devant la justice une mise au point nécessaire.

En haut lieu, on l'écoute. Mais on choisit une autre stratégie. Des instructions sont probablement données : je n'en ai pas retrouvé la trace, car ce type d'ordre est oral, mais il faut éviter que les mutinées parlent en public, que leurs voix sortent à l'air libre. On ne doit pas entendre ce qu'elles pourraient dire pour se défendre. C'est donc en catimini qu'on les juge.

Depuis le Dépôt, les six mineures pénales, moins de dix-huit ans, ont été transférées dans une prison pour femmes, la Petite Roquette, avant d'être renvoyées devant le juge des enfants. Ces audiences ont toujours lieu à huis clos, rien à redouter de ce côté. Une instruction est ouverte contre elles par le juge Gollety, connu comme la terreur du palais de Justice pour son acharnement à poursuivre les femmes ayant avorté, les médecins les ayant aidées et les faiseuses d'anges, et redouté pour sa sévérité, son tempérament glacial, son ton féroce face aux inculpés. Un médecin a déjà essayé de se suicider après un interrogatoire. On peut se douter de la manière dont il accueille les jeunes filles. Au bout de trois jours, cloîtrées dans leurs cellules en sous-sol, les majeures pénales, elles, sont déférées devant la 17e chambre correctionnelle de Paris, en procédure de flagrant délit. Les rebelles sont conduites à l'audience tôt le matin, *en grand secret,* constate la presse, à l'heure où le palais de Justice est désert, sans les curieux et importuns qui le fréquentent. Une forme de huis clos de fait, non de droit, est organisée. Un imposant cordon de police, *service d'ordre compact et inflexible*, est déployé devant la chambre. Presque aucun journaliste n'assiste à l'audience, car la date de celle-ci, à dessein, n'a été fixée que la veille au soir. La plupart de ceux qui sont présents sont priés de rester dans les couloirs, au prétexte de n'avoir pas été accrédités. Ils peuvent cependant apercevoir *les exaltées de Fresnes*. Les mutinées attendent leur comparution dans les couloirs, derrière le cordon de sécurité, menottées, gardées par des gendarmes. Les unes après les autres, au fur et à mesure que leur nom est appelé par le greffier, elles se détachent des petits groupes dans lesquels elles étaient réparties. *Les vierges folles s'étaient calmées et à voir le visage innocent que présentent certaines d'entre elles, on n'aurait jamais pensé qu'il puisse s'agir des furies qui se livrèrent quarante-huit heures durant à des sarabandes démoniaques.* Une escouade d'agents les introduit devant le président Combier. En une heure quinze, l'audience est bouclée. Trois minutes à peine pour chacune, le temps de leur enlever et remettre les menottes. Poursuivies selon les cas pour tentative d'évasion, bris de prison, outrages et violences à agents de la force publique dans l'exercice de leurs fonctions, vol, recel. Elles sont condamnées, leurs peines vont de trois à huit mois de prison ferme.

Elles s'appellent Odette, Antoinette, Solange, Marie, Renée, Jacqueline, Yvette. Les prénoms des jeunes filles de l'époque défilent. Elles ont de dix-huit à vingt et un ans, elles viennent des quatre coins de France. Les jugements retranscrits ne varient que de quelques mots. Ils m'attendaient dans un cahier vert épais de trente centimètres – toutes les audiences correctionnelles de la semaine –, boulevard Serrurier, aux archives de Paris.

> Attendu qu'il résulte des documents de la cause et des débats la preuve que le 6 mai 1947 à Fresnes, la fille Busteau a tenté de s'évader en brisant des carreaux, qu'il résulte des mêmes documents la preuve que dans les mêmes circonstances de temps et de lieu la susnommée a outragé un agent de la force publique dans l'exercice de ses fonctions en le traitant d'enculé, qu'il résulte des mêmes documents la preuve que dans les mêmes circonstances de temps et à Fresnes la susnommée a en toute connaissance sciemment recelé du chocolat provenant d'un délit commis à l'économat de la prison de Fresnes et au préjudice d'autrui, que ces faits d'ailleurs reconnus par l'inculpée constituent les délits de tentative d'évasion par bris de prison, outrage à agent et de recel [...]

La litanie du langage de la justice se déroule, jusqu'aux condamnations, notes finales de cette musique mécanique. Autres cas, même rengaine, *a frauduleusement soustrait du vin, du chocolat et de la margarine au préjudice d'autrui, a outragé par la parole et a exercé des violences à l'égard des agents de la force publique dans l'exercice de leurs fonctions en les traitant de vaches salauds enculés et en leur jetant des pierres et un vase de nuit* et même chute, la prison. Huit mois pour Odette. Quatre mois pour Solange. Six mois pour Renée. Le tribunal, dans une scansion monocorde, « condamne », « condamne », « condamne ». Je tourne les pages, je continue de lire, et me frappe le contraste baroque entre la dénomination légale des faits et leur réalité. Jugement après jugement, le langage de la justice m'apparaît de plus en plus irréel, comique, même si le martèlement des peines prononcées est loin de me faire rire. Recel de denrées alimentaires notamment du chocolat et du vin, soustraction frauduleuse de confiture et de sucre au préjudice d'autrui, outrage à l'égard des agents de la force publique dans l'exercice de leurs fonctions en les traitant notamment de cons, de bandes de vaches ou de salauds… Quand j'imagine ces mots, ces condamnations, tomber dans la solennité d'une salle de palais de Justice, prononcées austèrement par un juge, je soupire.

Les journalistes décrivent ces scènes et les accusées dans le box : *Quel spectacle ce matin au palais de Justice ! Polies mais narquoises, les mutinées de Fresnes ont comparu devant leur juge.* À chaque condamnation les prévenues répondent *Merci Monsieur le Président,* ou encore *Merci bien Monsieur le Président, vous êtes bien aimable,* ponctuant cette exclamation soit *d'un rire rageur,* soit *d'un sourire impertinent.* Elles défilent, on les dévisage, on les jauge. *Parfois un regard plus franc ou un sourire moqueur rappellent que ces filles ont à peine vingt ans.* Lorsque la condamnation leur a été annoncée, elles sont emmenées et marchent avec peine, *les pieds encore endoloris,* est-il supposé dans un article, *de certains sévices employés lors de la révolte pour les calmer.* L'attention s'attarde sur l'une d'elles, désignée comme l'une des meneuses :

> Damia la gitane, de son vrai nom Odette Louadi, qui paraît-il incita ses compagnes à la rébellion et au sabbat et qui se montra l'une des plus enragées dans ses actes et dans ses cris, s'est appliquée à rester très réservée devant les magistrats, elle arborait toutefois un sourire un peu insolent. Bah, les autres, les vêtements en loques, ont bien essayé de crâner un peu mais l'hystérie de la veille était loin.

Odette a cassé une porte à coups de hache, *mais elle a assuré que ce n'était pas pour s'évader devant le tribunal, cabrant sa poitrine qu'elle a généreuse, le poing sur la hanche.*

Géo London, la star des reporters judiciaires, a réussi à assister à l'audience :

Il faudrait un Callot ou un Toulouse-Lautrec pour dépeindre l'aspect de ces créatures déchues qui apparaissent à tour de rôle, échevelées, les vêtements en loques. Les unes sont en corsage, les autres en combinaison. Un mot d'ordre avait visiblement circulé parmi elles : narguer le tribunal mais demeurer polies, car dans un prétoire le manque de courtoisie peut coûter cher. Ainsi, au rappel de leurs méfaits par le président Combier, aux observations du substitut Barc, elles ne répliquaient pas avec leur véhémence naturelle. Toutes, sans exception, s'abandonnèrent à un rire forcé, plus tragique que les larmes qu'elles auraient pu verser ou les injures qu'elles auraient pu proférer.

Un journaliste rapporte une scène saisie au vol. *Au sortir de l'audience, l'une d'elles a crié : « On en avait marre de la directrice et de son jules, ils se mêlaient de ce qui ne les regardait pas. » Les gardes se sont précipités pour l'emmener.* Sur trente-quatre inculpées, vingt-et-un reconnaissent les faits et acceptent de se laisser juger immédiatement, sans avocat. *Ces jeunes mégères échevelées ont été aussitôt conduites à la Petite Roquette.* Quatorze autres, *plus rouées*, se prévalent du droit de préparer leur défense, obtenant un renvoi d'audience de trois jours : *Un peu tard peut-être.*

Trois jours plus tard, *le dernier carré de mutines*, celles qui ont eu le culot de demander un avocat, comparaît donc. Même cordon de sécurité, même tentative d'organiser une publicité réduite, mêmes jugements expédiés en trois minutes. Un journaliste s'insurge : *Les débats se sont déroulés en dépit des règles élémentaires du droit. La publicité de l'audience a été escamotée par des barrières installées dans les couloirs du palais que ne pouvaient franchir que des personnes accréditées.* L'audience s'ouvre, au mépris également des règles du droit, sur un réquisitoire *implacable,* prononcé en dehors de la présence des inculpées. Quelques journalistes tiquent ; ils ont maintenant entendu parler de la situation de ces filles, leur enfance et leur adolescence usées d'institution corrective en institution corrective, trimballées de couvents en prisons, toujours derrière des murs, familières des geôles et des cachots. Sous certaines plumes, la compassion affleure, renforcée par les conditions de ces comparutions :

> Lorsqu'aujourd'hui elles furent introduites dans le box, c'était en vain qu'elles promenaient leur regard vers l'assistance pour trouver leur avocat. Un seul s'était donné la peine de se présenter à l'audience. Quant à ses confrères, ils avaient pensé que le jeu n'en valait pas la chandelle, car la défense de la veuve et de l'orpheline n'a plus d'autre valeur que celle d'une vaine formule.

On a cette fois le temps de regarder les fameuses rebelles de près, de peaufiner les descriptions et le coloris du style. Ce sont les fantasmes et les images de maisons closes qui surgissent et s'étalent ; la figure de la grisette, de la fleur viciée des bas-fonds, de la fille de joie, fille de noces, que l'on retrouve, comme ces tableaux de l'amour vénal sans cesse raffinés par les écrivains de la Belle Époque. Et la question est toujours la même, celle de l'esthétique : on discute leurs charmes. Sont-elles attirantes, ces jeunes filles ? Sont-elles laides, sont-elles belles ? Un journaliste, qui répond longuement à cette interrogation semble-t-il essentielle, en les voyant entrer une à une dans le box, en trouve certaines jolies, d'autres déjà enlaidies, écrit-il, par une vie de débauche.

> Il y a là tous les types de la courtisane : la coquette, la violente, la docile aux yeux d'herbivore, la vicieuse, la luxueuse et la luxurieuse. Il y a la belle fille rousse dont les cheveux voilent une moitié de visage, la belle fille au teint de lait à la poitrine abondante et lourde, aux yeux bleus ensorceleurs, au sourire à la fois charmeur et méchant. Une Nana 1947, la mouche d'or épanouie sur le fumier : elle aurait inspiré Zola.

Le journaliste décrit aussi leurs voix et leurs attitudes, lorsqu'elles opposent, face au juge et au sort qu'il leur réserve, *une indifférence goguenarde* : voix de fillettes ou de femmes mûres, censément abîmées par l'alcool, voix de contralto de l'une qui annonce qu'elle fut incarcérée pour vagabondage, voix refrénant ostensiblement un éclat de rire d'une autre – *au torse de matrone, un bras mollement abandonné sur le bas-côté du box, un poing sur la hanche* –, lorsqu'elle lâche au président des *Oui M'sieur, non M'sieur, merci M'sieur.* À l'une d'entre elles que le journaliste observe remonter un peu trop haut sa jupe, un garde souffle, dit-il, *« Veux-tu baisser ta robe ».* Le journaliste ponctue ainsi la scène : *Ce matin elles sont peut-être nues sous leurs robes, mais elles ont une robe.* C'est un homme qui écrit. Un homme qui détaille leur apparence, appuyant le regard. Sa collègue de *Paris-Presse* les a vues d'un autre œil, moins égrillard, mais beaucoup plus violent : le contraste des deux visions est presque comique, n'était la cruauté des mots de la femme qui toise les déchues : *J'ai vu leurs pauvres gueules abruties, crâneuses ou stupides*, écrit-elle, *alors qu'elles comparaissaient en correctionnelle, durant ces audiences bâclées.* On retrouve l'obsession de l'aspect esthétique : *Naturellement, les pauvres ne sont guère sympathiques,* dit-elle, en parlant, pour illustrer ce fait, exclusivement de leur aspect physique, comme s'il n'y avait rien d'autre pour comprendre qui elles sont que leurs silhouettes et leurs traits. Presque toutes laides, affirme-t-elle, décrivant des visages ingrats, *sans menton, yeux saillants, bouche ouverte.* L'allure, le corps, tout les accable : *Trapues, sans grâce, déformées par la cellulite, maladroitement fardées, insolentes, brutales, ce ne sont pas des* pin-up girls. La description est pleine de mépris, tout sentimentalisme est révoqué. *Il est puéril d'en faire des héroïnes de roman-feuilleton*, insiste la chroniqueuse, qui pourtant dénonce la désinvolture avec laquelle on les juge, alors que *les expériences de l'Occupation ont montré que même une fille de trottoir peut servir ou trahir son pays.* L'article pointe avec véhémence une responsabilité collective – en insistant sur celles des hommes :

> Quelle image ces jeunes filles pourraient-elles bien avoir de la société, compte tenu de leur expérience ? Mauvaise ambiance, dangereuse hérédité, misère physique, abandon, elles ont vagabondé, souvent elles se sont prostituées, mais elles ne l'ont pas fait toutes seules : elles avaient quinze ou seize ans, mais l'homme qui a été leur complice, lui, était déjà d'âge responsable, électeur quelquefois et le citoyen vertueux et respectable qui aura peut-être à siéger un jour dans le jury qui condamnera ces filles.

Les comparutions s'enchaînent, les journalistes adoptent à leur égard un ton oscillant entre le mépris, le paternalisme, l'amusement, la cruauté, l'émotion, plus ou moins bienveillants, plus ou moins accusateurs envers les inculpées ; tous s'accordent néanmoins pour souligner le côté surréaliste des audiences :

> « Vous avez rapporté de vous-même ce qui restait du chocolat volé par vous à l'économat. Pour ce

bon geste, on sera indulgent, huit jours de prison. » On se prend à sourire de tant de puérilité judiciaire autour de ces diablesses qui se soucient en vérité de ce chocolat comme d'une pomme, et partent en riant, clamant dès le seuil du couloir : « J'en ai pour six mois, j'en ai pour huit jours, y a-t-il pas de quoi se marrer ? »

Ils s'amusent à raconter les dialogues improbables auxquels ils assistent, consternés ou goguenards. *« Vous êtes poursuivie pour bris de prison et tentative d'évasion, reconnaissez-vous les faits ? – Je n'ai pas cherché à m'évader. »* Cette réponse revient *comme une antienne*, note le journaliste. *« Mais vous avez mangé du chocolat ? constatait le président. – Bien sûr, puisque c'était la révolution ! – Quatre mois de prison. »* À chaque fois, avant de continuer l'abattage, le juge conclut la comparution par un sonore « *Garde, reconduisez la condamnée !* » Condamnée qu'entourent, dès qu'elle est dehors, la grappe de visages de celles qui attendent encore : *« Qu'est-ce que t'as ? »*

Le journaliste qui leur trouve un air à la Nana écrit, en parlant d'une fille de dix-neuf ans, bouclée depuis ses quinze ans en institution, qui sort du palais de Justice condamnée à deux mois de prison ferme : *Pour elle, ces quatre ans de détention, que lui vaut sa lubricité mise au service du vagabondage, sont un titre de gloire auquel elle tient comme un bon certificat.* La lubricité mise au service du vagabondage… d'une fille de moins de quinze ans. En lisant ça, on serre la mâchoire. Au fur et à mesure que j'avance dans mes recherches, l'alternance se répète : un coup je souris, un coup mes poings se ferment. Il serait ridicule de m'identifier à elles, de me demander ce que j'aurais fait à leur place, si avec leur histoire, leur passé, leur milieu accrochés aux épaules, je m'étais retrouvée à leur place. Je ne suis pas à leur place et ne l'ai jamais été. Mais je sais que je me sens à leurs côtés, de leur côté. Je suis avec elles et ce n'est pas pour rien, cela ne vient pas de rien. Ce n'est pas un hasard si je suis bouleversée, atteinte : conquise.

Je trouve qu'elles ont du cran. Je trouve qu'elles ont de l'allure.

Et j'ajoute au passage que toute personne ayant passé une ou plusieurs nuits en cellule sait qu'au petit matin on ne fait pas le malin, et que l'on ressemble davantage à Saddam Hussein extrait de sa cache après deux mois de cavale enterré dans des trous qu'à une « *pin-up girl* ».

Après chacune des deux séries de jugements, le 9 mai et le 13 mai, le procureur de la République fait un rapport au procureur général, et le rassure : *Aucun incident n'a marqué la comparution de ces détenues à l'audience.*

La mère de Valère n'a pas demandé d'avocat. Madeleine Lauris. Elle est bien là. Je retrouve, déclinés par le président du tribunal, son nom, son état civil et la nature de ce qu'on lui reproche. Au cours de la mutinerie, Madeleine a cassé des carreaux : tentative d'évasion par bris de prison, donc. Rien de spécial dans le jugement. Trois mois ferme.

# V

Lorsque Jonathan m'a parlé de la recherche que lui demandait de faire son parrain, le célèbre M^e^ Valère, sur ses origines, j'ai d'abord cru que cela serait impossible. J'avais lu des portraits, des articles, qui, retraçant son parcours, racontaient que Serge Valère était un enfant abandonné ; ça faisait partie de sa légende – car si les journalistes ont inventé l'expression « une légende du barreau », c'est pour parler des avocats comme lui. Enfant de l'Assistance, devance l'appel à dix-sept ans, après l'armée fait des boulots de toutes sortes à Marseille tout en préparant sa capacité en droit, ce qui lui a permis d'entrer à la faculté en cours du soir sans avoir le bac. Je savais même qu'à cette époque il relisait *Le Tour du malheur*, où Kessel transpose sa vie sous le masque de Richard Dalleau, brillant avocat à la vie tourmentée, et qu'il s'était dit : si je dois être malheureux, c'est ce malheur-là que je veux. Comme Valère, le tome sur l'affaire Bernan, les plaidoiries inventées par

Kessel, inspirées par celles de son ami l'avocat Henri Torrès, dont j'ai ensuite lu les mémoires, m'avait attirée vers le monde de la Justice dès l'adolescence. Moi aussi, le malheur de Kessel m'aimantait davantage que la plupart des rêves de félicité qu'on vend aux petites filles : je me voyais croquer des verres avec des princes de la pègre dans les bouges de Montmartre, fraterniser avec des trafiquants d'opiums, des âmes sombres à l'ivresse poétique ou des révolutionnaires fiévreux, frôler ces cohortes de trompe-la-mort à l'existence magnifiquement brûlée, des vallées hostiles d'Afghanistan aux coupe-gorges de Guatemala City en passant par la Mer Rouge des pirates, de la cour du Négus à l'Irlande insurgée. Mais il se trouve que pour une femme, l'aventure c'est le viol. Si moi, à vingt ans, comme Kessel, j'avais fréquenté L'Aquarium, cabaret de Vladivostok, déchirée à la vodka et aux lamentos tziganes, j'aurais fini la tête enfoncée dans la neige par les cosaques de l'ataman Semenov. C'est d'ailleurs pour cela que les récits d'aventurières sont presque tous ennuyeux ; elles font des trips mystiques, rencontrent des bonzes, ce genre de trucs, restituent les perles de sagesse millénaire recueillies de la bouche d'individus au tempérament pacifique, ça se passe souvent en hauteur, vers les cimes, elles se sont fait des cloques aux pieds sur le chemin. Bien sûr, elles ne peuvent pas raconter des choses vraiment intéressantes, comme une murge avec des *garimpeiros* dans un bordel du Mato Grosso, sinon elles auraient fini en perchoir à perroquet, pendues nues, tête en bas, à une liane, un morceau d'or des fous dans la bouche. J'ai toujours eu conscience de ça. (Toutes les filles ont conscience de ça.) Lorsque Serge Valère avait décroché le barreau, le grand Émile Pollak, avocat préféré des truands marseillais, le dernier des improvisateurs de génie avait pris Serge Valère sous son aile et plus tard l'avait recommandé à Paul Lombard, autre grand pénaliste dont il avait été le mentor, et qui s'était établi à Paris. Valère avait commencé sa carrière à ses côtés, avant de rapidement se mettre à son compte. Si on lit les journaux et que l'on s'intéresse aux grandes affaires criminelles, on connaît la suite, Valère est l'un des rares avocats que le grand public identifie, on a entendu son nom, même si l'on ne reconnaît pas toujours son visage. Je suis plusieurs fois allée le voir plaider, pendant mes études et après, parfois avec Jonathan, parfois seule. J'ai toujours été trop impressionnée pour demander à Jonathan de me le présenter, et puis je n'aurais su que lui dire. Je l'admirais. J'admirais son talent. J'admirais les combats qu'il menait à côté des affaires criminelles ; les combats de sa génération, et ensuite le Rwanda, puis tout son travail auprès de la Cour pénale internationale.

Si sa mère l'avait abandonné dès la naissance, je savais que l'équivalent de l'accouchement sous X, qu'on appelait alors « accouchement sous le secret », protégeait de manière absolue l'identité de celle-ci. Il était en théorie impossible d'avoir accès à quoi que ce soit. Jonathan m'avait dit :

« Tu sais, il a le bras long et sait être très persuasif.

– Non je t'assure, c'est bouché, si ça remontait à longtemps encore, il y a cent ans, mais pour une personne née en 47, c'est pas possible, le secret est un dogme, on ne peut pas contourner ça.

– De toute façon, la situation n'est pas celle que tu crois, a lâché Jonathan. Ce n'est pas ce que je croyais non plus... Il a un nom. Il a un nom. Il m'avait toujours raconté qu'étant un enfant abandonné, son second prénom lui servait de nom de famille, il faisait même des blagues là-dessus en disant que ses prénoms, on ne savait pas d'où ils sortaient, peut-être sa mère avait choisi au hasard et s'était rappelé un camarade de classe, ou était amoureuse de Serge Reggiani, peut-être l'officier d'état civil avait une grand-mère qui s'appelait Valérie... Eh bien surprise, surprise : pas du tout. Effectivement, Valère est son deuxième prénom mais il avait également un nom de famille : il est né de père inconnu, c'est vrai, mais sa mère n'avait pas demandé le secret sur sa propre identité. Sur l'acte de naissance de mon parrain, il y a le nom de sa mère. C'est lui qui a décidé de supprimer ce nom de famille et d'utiliser son second prénom, Valère, à la place. Il l'a fait dès le début de sa vie professionnelle et ensuite il a réussi à rendre ça officiel. Tu verras ça en marge de l'acte de naissance, le changement de nom, c'est écrit noir sur blanc.

– Mais depuis quand tu sais ça ? »

Jonathan m'a expliqué que Théo Valère avait, on ne sait pas exactement quand, sans doute l'année passée, fouillé dans les affaires de son père ; il avait fait tous les fonds de tiroir du bureau de son appartement, et les classeurs sur les étagères. C'était avant sa dépression et son hospitalisation. Ce n'était qu'ensuite, après sa sortie de Sainte-Anne, qu'il avait lâché le morceau, pendant la thérapie familiale. En fouillant dans les papiers, il était tombé sur l'acte de naissance intégral de son père. Il avait découvert cette histoire de changement de nom, et le fait que Serge Valère n'était pas un enfant né sous X, que sur l'acte de naissance il y avait le nom de sa grand-mère, que Valère lui avait toujours caché, comme il lui avait toujours menti sur sa naissance. Personne n'était au courant. Ni sa femme ni ses amis les plus proches. Sa femme et Mme Krakowski lui sont tombées sur le dos, sur le thème : Aaaah, c'est le secret, le voilà le secret qui était au cœur du malaise de Théo. Jonathan m'a dit : « Théo en veut terriblement à son père, il a expliqué que c'est pour ça qu'il n'avait pas voulu que Valère lui rende visite à l'hôpital. » Valère accompagnait sa femme mais Théo refusait qu'il monte. La psy avait embrayé sur toute une idée de thérapie par la psychogénéalogie, ou un concept approchant, que Serge Valère qualifiait bien sûr de fumeux, par l'exploration de l'arbre familial et des traumas enfouis y étant liés ; pour cela, il fallait que Valère accepte de connaître ses racines. Comme il avait été pris la main dans le sac et était inquiet pour son fils, il était obligé de donner des gages, de faire preuve de bonne volonté en s'embarquant dans une recherche généalogique. D'où le recours à Jonathan Feldheim, d'où mon arrivée dans le tableau.

J'ai demandé à Jonathan comment il était possible que son parrain ait fait toute sa carrière sous un faux nom, un pseudo depuis le début, donc, même avant le changement de nom officiel, et que personne parmi ses proches n'ait jamais vu ses papiers d'identité avant qu'il les fasse modifier, ça me semblait totalement invraisemblable. Jonathan m'a ressorti la phrase sur le bras long et les talents de persuasion de Valère, ajoutant qu'en 1981, avec l'arrivée de Mitterrand au pouvoir, un politique à qui il avait rendu de grands services avait obtenu un gros poste au ministère de l'Intérieur. « Les choses n'étaient pas aussi réglo que maintenant, c'est le moins qu'on puisse dire. C'est le ministre de l'Intérieur lui-même – Gaston Deferre à l'époque, que mon parrain connaissait par un de ses clients marseillais – qui a donné directement l'ordre, ça a pris une semaine et Lauris a disparu en tant que nom de famille officiel, le prénom Valère a eu une promotion et a glissé d'une case. Changement de nom à l'état civil, papiers d'identité expurgés, et hop. Comme tu le sais, si ta formation express en généalogie n'était pas trop une arnaque et que je te paye pour une raison valable (– Mais t'es fou, ai-je objecté, j'ai fait les six mois intensifs, tu m'as dit toi-même que c'était suffisant pour commencer et que tu me formerais pour la suite, pour l'instant je me débrouille ! – Formation privée et je ne sais pas ce que ça vaut, on verra, pour l'instant prends conscience que je ne t'ai mise que sur des trucs d'attardée mentale), la mention du changement ne se retrouve que sur l'acte intégral, ça ne sert jamais et lui seul a le droit d'y accéder. J'ai eu du mal à lui tirer les vers du nez pour qu'il me raconte tout ça, mais maintenant il a l'air décidé à jouer franc jeu. Je ne sais pas s'il se sent coupable, ça m'étonnerait le connaissant ou en tout cas il ne doit pas se l'avouer, mais il a vraiment flippé pour son fils. Au début, il prenait ça par le mépris parce que Théo a fait une tentative de suicide bidon, genre avaler les somnifères de sa mère, et qu'il parlait de la mort, mais un psychiatre lui a expliqué que contrairement à ce qu'on dit ce ne sont pas ceux qui parlent le plus de suicide qui ne le font pas : c'est même le principal signal d'alerte. Ils en parlent ! Ça et donner des objets personnels. Théo venait de distribuer tous ses livres au Secours populaire, Valère avait piqué une énorme colère en l'apprenant, mais *a posteriori*, quand le médecin, lui a parlé des signaux d'alerte, ça l'a fait paniquer. Il a enfin pris son fils au sérieux. Je sens qu'il est bizarre en ce moment. Il a pris un coup, même physiquement je le vois, il n'a pas pris dix ans dans la gueule d'un coup mais il est, comment dire... plus flou. Il a aussi une amie proche qui est morte cette année, une amie de jeunesse. Mais à propos de ça, je ne peux pas en dire plus, c'est une histoire spéciale. Une personne qui a beaucoup compté dans sa vie, je ne sais pas tout de l'histoire mais ça, je le sais, que c'était quelqu'un qui comptait pour lui. »

J'ai insisté pour en savoir plus, il ne m'a rien dit. Ça ne lui ressemblait pas, Jonathan Feldheim est une pipelette, une pipelette férue d'arts martiaux mais une pipelette.

Jonathan m'avait donc déjà fait un état des lieux quand il m'a présenté Valère. Il nous avait donné rendez-vous à l'étude généalogique et nous a reçus dans son très grand bureau, avec vue sur la Seine. Jonathan était assis, renversé dans son fauteuil design, en train de faire défiler des cases sur l'écran de son téléphone. Valère était debout contre la fenêtre, presque dans les plis du gros rideau brun, en costard gris foncé, les mains dans les poches de son pantalon. On avait l'impression qu'il avait envie de poser le front sur la vitre, et s'en empêchait par un effort de raideur. Jonathan nous a présentés, Valère s'est avancé, m'a serré la main, il avait perdu subitement son attitude raide, comme s'il s'en était secoué au moment où j'étais entrée dans la pièce et où Jonathan avait prononcé mon nom, sa démarche était souple. Lorsque nous sommes allés nous installer dans un coin aménagé type salon, il a écarté un fauteuil afin que je m'y asseye, attendant que cela soit fait avant de prendre lui-même place sur le canapé, à côté de Jonathan.

Jonathan a redéfini brièvement l'objet de la rencontre, puis a dit qu'il avait à faire avec le comptable et qu'il nous laissait discuter.

« Vous connaissez Jonathan depuis la fac, c'est ça ? m'a dit Valère, une fois Jonathan parti.

– Oui c'est ça. Première année, on était en travaux dirigés ensemble. »

Valère m'a demandé si je voulais un verre, Jonathan avait des bouteilles et un minibar pour la glace et les *soft drinks*. Je voulais un verre mais je n'ai pas voulu avoir l'air d'une alcoolique alors j'ai dit non merci je veux bien une eau gazeuse s'il y en a, la mort dans l'âme. Il s'est servi un whisky et s'est assis, penché en avant, a regardé les glaçons dans le verre, son front s'est plissé. Seconde phrase de Valère : « Jonathan vous a parlé de mon fils ? »

Je me suis demandé si je devais mentir, mais je n'ai pas menti.

« Oui, il m'en a parlé. Rien d'indiscret, ce n'est pas du tout son habitude (faux, très faux, et pas seulement en l'occurrence) mais c'était pour m'expliquer le contexte de votre recherche, et puis c'est un ami, il m'a souvent parlé de vous, vous n'êtes pas un client lambda. J'espère que ça ne vous gêne pas... Il se sent impliqué.

– Vous savez que Théo est resté trois semaines à l'hôpital psychiatrique ? Je ne sais pas pourquoi je vous dis ça. Enfin si, je vous dis ça parce que vous allez éventuellement être amenée à le rencontrer, il vaut mieux que vous sachiez à quoi vous attendre. Il a été hospitalisé trois semaines et on l'a ramené à la maison le mois dernier. Maintenant il va mieux, officiellement. Au passage, moi, je ne trouve pas que ça aille mieux, mais bon. Il va mieux, paraît-il. Moi je ne pense pas qu'il soit dans une bonne direction, dans une direction de guérison, de reprise en main, je pense qu'il s'installe dans un état. Il continue un traitement en ambulatoire, il retourne pour ça deux fois par semaine à Sainte-Anne, il reste tout l'après-midi là-bas parce que ensuite il faut être alité sous surveillance médicale et être évalué. Il est suivi par les psychiatres du service où il a été hospitalisé mais voyez-vous, ma femme s'est mis en tête de nous embarquer dans une thérapie familiale. Elle prétend que c'est un désir de Théo, que les médecins de Sainte-Anne trouvent que c'est une bonne idée, ce dont je doute, le seul que j'ai rencontré là-bas n'avait pas l'air chaud du tout, il a dit qu'il valait mieux stabiliser les choses avant. En tout cas, c'est pour ça que je fais ces démarches, ces recherches, et c'est pour ça que vous serez peut-être amenée à le voir : je n'ai pas pu être présent lors des premières séances mais je pense que ma femme, Théo et Mme Krakowski, la psychologue, s'étaient mis d'accord. M'obliger à faire ces recherches sur mes origines, en faisant participer Théo si possible, sans le tenir à distance du processus... "Faire du lien." Je déteste ce genre de vocabulaire. Quand je lui ai parlé des séances, le père de Jonathan a dit : "Ah, je vois, c'est l'atelier où tu sors les squelettes du placard..." Je vous explique tout ça, je préfère que vous soyez prévenue, mais je ne vois pas à quoi il peut vous servir, je ne vois pas quelle aide mon fils pourrait vous fournir alors que l'urgence serait qu'il s'aide lui-même. Et puis vous devez aussi comprendre pourquoi je n'aurai, *a priori*, jamais l'air enthousiaste en votre présence, il ne faut pas le prendre pour vous. En toute sincérité, j'ai l'impression d'être tombé dans un traquenard.

– Je comprends. Pour ce qui est de faire participer votre fils, je vais réfléchir. Pour l'instant, j'en suis au stade où je lance des pistes, donc je ne vois pas trop mais je vais essayer de trouver un moyen d'être en relation avec lui, même si ça doit être plus ou moins un prétexte.

– Bien. Jonathan m'a demandé si j'avais d'autres papiers, d'autres éléments que mon acte de naissance pour vous aider. J'ai réfléchi, je n'ai rien. J'ai été placé à l'Assistance publique, comme vous devez le savoir, j'imagine que Jonathan vous l'a expliqué. Je ne sais pas où j'étais avant. Je ne sais même pas précisément à quel âge je suis arrivé dans ce circuit, avant l'âge des souvenirs en tout cas. Je suis arrivé dans une famille du Morvan, l'Assistance publique plaçait énormément d'enfants là-bas dans le temps. Les gens faisaient ça comme travail, rien à voir avec une adoption, c'étaient des familles d'accueil, ils étaient motivés par l'argent. C'était une tradition, il y avait plein de gamins comme moi dans les familles du village. Je suis passé dans deux familles d'accueil, mais le principe était que les parents nourriciers, on appelait ça comme ça, ne sachent pas d'où venaient les enfants. Donc je n'ai aucun indice. S'ils savaient quelque chose, ils ne me l'ont pas dit et je ne suis pas resté proche d'eux, aujourd'hui ils sont morts de toute façon, ça ne sert à rien que vous fouilliez par là.

– J'avais entendu parler de cette tradition, Jean Genet a eu le même parcours.

– Exactement, trente ans plus tôt. J'ai croisé Genet, dans les années soixante-dix, il était venu à une audience soutenir un gauchiste que je défendais. Vous vous intéressez à Genet ? Vous aimez ses livres ?

– Oui, beaucoup, une de mes grandes émotions littéraires, quand j'étais adolescente. Quand je l'ai relu adulte, certains aspects qui m'avaient plu ado m'ont laissée froide, j'en étais revenue, mais son génie, je n'en suis jamais revenue. Son écriture me fait toujours le même effet.

– Jonathan m'a dit que vous aviez vécu quelques années en Israël, ça ne vous dérange pas ? Genet n'aimait pas Israël. Sur les Juifs non plus, pas très clair, non ? Vous êtes juive ?

– Oui, je suis juive, ma famille maternelle. J'ai fait mon alyah mais un peu tard, à trente-quatre ans, j'ai vécu cinq ans là-bas.

– Je suis allé plusieurs fois en Israël. J'y ai eu un très gros client, une de mes plus grosses affaires.

– Oui je vois, j'ai un peu suivi ça dans la presse.

– Et ça ne vous dérange pas, l'attitude de Jean Genet ? Envers Israël ? Envers les Juifs ?

– Si on aime les Palestiniens et les Arabes, je peux comprendre qu'on ne soit pas amoureux d'Israël. Ce n'est pas si simple, bien sûr, il y a d'autres raisons, plus profondes, plus spirituelles, plus intimes... donc littéraires en somme. Les patriarches, les Tables de la Loi... Il parle du peuple dont l'origine se veut à l'Origine, qui veut demeurer l'Origine, du peuple qui se désigne Nuit des Temps. Jean Genet étant Jean Genet, je ne vois pas comment il pouvait ne pas regarder les Juifs depuis l'autre rive. Il n'y a jamais, jamais, un antisémitisme excrémentiel à la Céline, vous voyez. Je ne le sens pas antisémite. Les antisémites, on les sent. Il était sur l'autre rive. Mais vous savez, il a écrit un passage sublime, fasciné, sur des assassins du Mossad, un commando arrivé de nuit au Liban par la mer. Il les décrit blonds et radieux, cheveux longs, sortir des eaux à Beyrouth, déguisés en couples homosexuels occidentaux, pour atteindre les demeures des chefs de l'OLP sans éveiller les soupçons et les tuer. Ils arrivaient en s'embrassant, alanguis l'un sur l'autre, en secouant leurs boucles, et une fois devant le bâtiment, ils tuaient le garde du corps et montaient liquider les cibles. Il y a ce passage aussi où Genet s'imagine circoncis à la naissance et devenu un vieux rabbin, en prière et en pleurs, et puis aussi un autre, où il écrit qu'il voit sur un mur un petit graffiti "Israël vivra" sous un grand graffiti "Palestine vaincra", et qu'il estime la première inscription infiniment plus juste, plus belle. De toute façon, si on commence à prendre Genet à la lettre... Dans ses chefs-d'œuvre, il exalte la grâce de gens qui ont découpé des enfants en morceaux, or il me semble évidemment qu'il ne prône pas l'assassinat et la torture d'enfants. Et puis finalement, lui n'a jamais fait de mal à quiconque dans sa vie, au contraire. Il sortirait sans doute de sa tombe pour me donner des baffes s'il entendait ça, mais c'était un homme droit. Fidèle en amitié, le cœur fervent, sensible à l'extrême, incroyablement désintéressé et généreux.

– Il m'avait impressionné quand je l'avais vu. Je défendais un militant d'extrême-gauche en correctionnelle. Genet avait participé avec lui et d'autres gauchistes à l'occupation du siège du patronat pour protester contre la mort de cinq travailleurs africains dans l'incendie de leur foyer, un taudis. Tout le monde avait été embarqué en panier à salade, mon gars, le militant, avait essayé de s'enfuir vers un bois à un carrefour, les policiers l'avaient coursé à travers l'herbe et tabassé, ils lui avaient cogné la tête sur la tôle du fourgon.

Bien sûr c'est lui qui avait été inculpé pour violences. Au procès j'ai appelé Genet à témoigner mais il n'avait rien vu de précis, et le président du tribunal refusait tout discours politique, il tenait à rester sur les faits. Genet arrive à la barre, dans son blouson de cuir, il avait quelque chose dans sa dégaine qui faisait cow-boy, il dégageait une tension, rien que sa présence créait d'emblée un défi, une confrontation. Comme s'il insufflait partout un sentiment de dérision, de dérision violente. Donc il vient à la barre, il parle, le juge le ramène sur les faits en lui demandant ce qu'il a vu précisément. Genet s'arrête de parler, il se prend le front dans les mains, il se tait. Au bout d'un moment le juge croit qu'il fait un malaise et lui demande monsieur Genet, vous vous sentez mal ? Genet relève la tête et lui lâche "monsieur le président, je réfléchis, je réfléchis… Vous m'avez demandé de dire ce que j'ai vu, de dire toute la vérité et rien que la vérité. Eh bien ce que j'ai vu en premier, ce sont les pas noirs des flics sur une pelouse interdite !" Le président l'a fait sortir. Une présence hors du commun. C'est très rare que j'aie cette impression, et pourtant dans mon boulot, on en voit… Enfin, on pourrait en discuter longtemps… À l'occasion peut-être. Vous aimez la littérature ?

– J'ai beaucoup lu. Je n'ai jamais étudié les lettres mais j'ai pas mal lu.

– Mon fils aussi avait tout le temps la tête dans un livre. Mais il ne lit plus. C'est fini. Il passe son temps sur Internet à faire un site… un site, une page, je ne sais pas comment on appelle ça... Laissons cela. Quelle va être votre démarche à partir des données dont vous disposez ?

– La première chose que je vais faire, c'est demander à la mairie concernée l'acte de naissance de votre mère pour savoir si un acte de décès y est attaché. Ensuite, je vais essayer d'avoir accès à votre dossier de placement et de suivi, les dossiers de l'Assistance sont passés à l'ASE, l'Aide sociale à l'enfance. D'ailleurs, il faudra que vous signiez une demande, je remplirai tout le reste, mais officiellement c'est vous qui devrez faire la démarche directement. Ça peut prendre assez longtemps avant d'avoir une réponse, je ne me suis pas encore bien renseignée sur les conditions et la procédure. Vous n'avez jamais cherché ni fait une demande ?

– Jamais. Madame Horta... (Je l'ai coupé : Mademoiselle.) Désolé, mademoiselle. Mademoiselle Horta... Elvire, c'est ça ? Je préfère vous appeler Elvire, comme vous êtes une amie de Jonathan, ça me paraît plus naturel. (J'ai fait signe que ça ne me dérangeait pas.) J'ai beaucoup de travail. Beaucoup de travail. Si vous pouviez m'éviter les corvées... je veux bien signer ce que vous voulez mais occupez-vous de la paperasse.

– Je vous préparerai tout. Vous savez, le fait que votre acte de naissance mentionne le nom de votre mère change tout. Même si je ne sais pas pour l'instant sous quel statut vous avez été placé. Ce qui est sûr c'est qu'il n'y a pas un secret absolu, comme c'est le cas pour les enfants abandonnés dès l'accouchement, dans ce cas parfois la mère n'était même pas enregistrée à l'hôpital sous son nom. Dans votre situation, il est tout à fait possible qu'on trouve des renseignements importants, je suis assez confiante.

– Ne me regardez comme si vous espériez une réaction, je vous ai prévenue de ne pas vous attendre à des manifestations d'enthousiasme. Il faut me croire quand je dis quelque chose, en général ça n'est pas dans le vent.

– Entendu. Je comprends.

– Bon. Nul besoin d'étaler davantage ma vie. »

Valère m'a donné son acte de naissance. Serge Valère, du sexe masculin, né le douze décembre mille neuf cent quarante-sept, avenue de la Division Leclerc numéro 1, à Fresnes, département de la Seine, de Madeleine Christiane Lauris, née à Bezannes, département de la Marne, le treize avril mille neuf cent vingt-sept, domiciliée à Fresnes (Seine).

« Je n'ai que ça. Mais apparemment c'est le grand mensonge originel, de l'avoir gardé pour moi, j'imagine que vous êtes au courant de la manière dont mon fils est tombé dessus. Selon la psy, il faut que je fasse "réparation". Je trouve l'expression complètement ridicule. »

Il s'est levé et s'est rapproché de la fenêtre, puis il a continué à me parler, sans toujours me regarder.

« Voyez, Jonathan ne savait rien, et lui n'en fait pas tout un drame.

– Mais ce n'est pas votre fils.

– Non. Enfin bon, c'est pareil, je ne me suis pas occupé de lui non plus. Je plaisante. Je dis ça car ma femme me fait ce genre de reproches, de ne pas m'être assez occupé de Théo, surtout quand il était petit. C'est ridicule, Feldheim travaillait au moins autant que moi. Chef de service, on ne le devient pas comme ça. »

Quand j'avais dit à Jonathan que pour moi, c'était fini, que j'arrêtais les fécondations *in vitro* – qu'est-ce qui déconnait dans mon corps, avec quel homme : peu importe, puisque le résultat est que je ne donnerai pas la vie – je ne donnerai pas la vie – et que seule cette donnée a un sens – seule cette donnée a un sens –, Jonathan a voulu que je consulte son père. Il m'a aussi dit que je devais rentrer en France, changer d'horizon, repartir sur un nouveau projet professionnel. Il m'aiderait. Il m'a parlé du job dans son cabinet, de la formation à laquelle je pouvais m'inscrire. Alain Feldheim dirige le service de FIV ayant la meilleure réputation en Europe, à Clamart. Jonathan pouvait me faire passer en haut de la liste d'attente. J'avais déjà failli demander un rendez-vous, lorsque j'avais encore de l'espoir. Espoir tordu, agonisant, comme la poiscaille sur le pont d'un bateau.

Mais ce n'était plus la peine, apparemment. Je l'ai dit à Jonathan. Israël a de nombreux soucis mais pas celui de la qualité de ses médecins. Après deux ans d'essais infructueux, j'avais demandé directement au professeur Lev-Ran, chef de service FIV de l'hôpital Wolfson, l'hôpital de secteur où j'étais suivie, en bas de Jaffa – la vieille ville arabe en marge de Tel-Aviv, aujourd'hui plus ou moins mixte selon les quartiers – où je m'étais installée après avoir quitté la France, si j'avais plus de chances ailleurs, dans un grand service comme celui d'Alain Feldheim.

Les derniers sursauts d'espoir sont morts avec sa réponse et ses explications.

Maintenant mon espoir est bien crevé. Raide mort, le sang aux ouïes. Pourri, odeur de pourri. J'en ai tous les jours l'odeur plein les narines.

« Je peux vous assurer qu'Alain n'était pas plus présent que moi, continue Valère, et Jonathan va très bien. »

Intérieurement, je n'acquiesce pas. Intérieurement, je me souviens de Jonathan, la nuit, lorsque nous avions été colocataires pendant quelques mois, il avait un immense appart et m'avait loué une chambre à un moment où j'étais entre deux déménagements, avec salle de bains et toilettes séparées, c'était très important pour lui, et pour moi aussi d'ailleurs.

Je me souviens : Jonathan regardant *Rocco's World*, la téléréalité de Rocco Siffredi devant son écran plasma géant à 3 heures du matin, dans une odeur de vinaigre, en tenue de sport. Le vinaigre et pas la Javel, parce que la Javel donne envie aux chats de marquer leur territoire en urinant là où elle est versée – ce qui était une douleur pour Jonathan, car Jonathan aime la Javel. Il achetait des litres de vinaigre ménager, des tas d'éponges, des tas. Les éponges étaient toujours neuves. Jonathan vivait avec son gel antibactérien et ses trois chats, dont un incontinent. C'était avant qu'il ne ramène son chien de Grèce où il l'avait trouvé, errant sur un quai d'Athènes ; un bâtard efflanqué, roux et blanc, si on peut appeler ça comme ça, avec un œil crevé. Dans sa cuisine de psychopathe – il y avait du papier alu tendu sur sa table de cuisson, avec des trous découpés pour les feux, afin qu'aucune tache ne s'incruste –, trois gamelles débordaient de pâtée et de poils.

Il faut dire que l'émission de Rocco Siffredi était parfois assez drôle. Les caméras suivaient Rocco dans ses fonctions de directeur et fondateur d'une école de hardeurs à Budapest. Un peu comme une *Star Academy*, mais pour le porno. Une scène nous avait fait beaucoup rire. Rocco reçoit un aspirant hardeur italien et lui demande ce qui l'intéresse dans cette industrie. Le jeune homme, en parlant des films qu'il aspire à tourner, prononce le mot *trama* : « intrigue » en italien. En entendant *trama*, il y a un zoom sur Rocco qui lève un sourcil et prend un air perplexe, comme s'il ne comprenait pas le mot, comme si l'aspirant porno star avait soudain dit le mot « patate », ou « astronomie ».

Sacré Rocco.

Jonathan : je crois qu'il m'a assimilée à un chat malade. Il a constaté chez moi cette alternance de léthargie, regard perdu dans le vide, atonie, et d'accès d'énergie et de vitalité complètement déplacés, indomptables. Un chat normal, en fait. Normal pour un chat.

Jonathan ne jure que par l'analyse darwinienne des choses, ça ne le pousse pas du tout à l'apologie de la loi du plus fort, comme le pensent ceux qui ont mal compris Darwin. Il pense que si la sélection n'a pas éliminé une caractéristique chez les individus d'une espèce, c'est parce que cette caractéristique a un intérêt pour l'évolution. Un revers de la médaille qui aurait son avers doré. Même les inaptes, même les inadaptés. À vingt ans et quelques, nous étions ensemble en TD d'anglais juridique, je crois, le chargé de TD nous lançait à l'oral sur des sujets polémiques, par exemple les lois mémorielles, les limites à la liberté d'expression et d'opinion. Jonathan était toujours sur une ligne libertarienne, libérale-libertaire : le rôle de l'État n'était pas d'interdire, la responsabilité relevait de l'individu, contrepartie à sa liberté. Il était contre la ceinture de sécurité obligatoire, et si on lui disait que c'était l'État qui assumait le coût en santé publique des accidents, il disait qu'il était contre le système de sécurité sociale obligatoire, il voulait pouvoir choisir de ne pas mettre sa ceinture et de se payer une assurance pour se faire réparer les vertèbres, ou choisir de prendre le risque d'être tétraplégique. Il était pour le droit à la gestation pour autrui, pour l'autorisation de toutes les drogues, pour le droit à l'injure publique et à la diffamation.

Je suis assez timide, même souvent timide à un point totalement extravagant. Sauf pour parler de bouquins ou pour m'engueuler avec des inconnus, ce que nous faisions régulièrement en cours, d'accord ou pas, on s'arrangeait pour avoir des avis opposés à défendre. Il était très beau, je me disais que je n'allais pas le draguer car je ne pensais pas pouvoir lui plaire, et parce que, même s'il était beau, il était aussi un peu effrayant, trop grand, trop musclé, le visage trop anguleux. C'est lui qui m'a proposé d'aller prendre un café. Il aimait exposer ses multiples théories, souvent difficiles à suivre et qui le poussaient dans des positions politiquement acrobatiques ; par exemple, il avait des positions royalistes sur le plan théorique, et critiquait l'idée d'égalité des chances comme objectif politique – qui est à mes yeux le combat essentiel –, car selon lui, si l'on se plaçait du point de vue de l'évolution, une société avec une mobilité entre les classes sociales, les ordres, était une catastrophe pour le peuple. Les classes supérieures aspiraient les éléments les plus intéressants en raison de leur aspect physique ou de leurs capacités intellectuelles, de leur dynamisme, et les classes populaires étaient dépouillées, siphonnées, de leurs élites propres. Plus de jolies bergères, plus de révolutionnaires musculeux et cultivés. Il ne fallait pas que les élites s'uniformisent et fusionnent. Je répliquais que tout le monde ne souhaitait pas rejoindre la bourgeoisie et les classes dites dominantes. Il se gaussait. Mais en même temps, poussant sa logique, il était pro-immigration, car il disait que dans une société démocratique le sang neuf viendrait d'autres continents et que le métissage élèverait heureusement le niveau de la population française dans son ensemble, esthétiquement il le constatait déjà tous les jours dans la rue, disait-il ; à la fin, il nuançait ce qu'il venait de dire car il redoutait un monde où le métissage généralisé – là il se plaçait à + 5 000 ans – conduirait à la disparition de types ethniques qu'il appréciait, massaï ou scandinave, par exemple.

Une nuit, à l'époque où l'on se connaissait à peine, via la fac, on s'est croisés dans une fête, on a partagé un taxi à plusieurs pour rentrer, on l'a déposé, on a déposé tout le monde, j'étais la dernière et, au coin de ma rue, j'ai dit au taxi d'aller ailleurs que chez moi, car il m'est apparu impossible d'aller me coucher, une impossibilité totale, physique, existentielle. Quelques heures passent : dans des endroits fermés, lumières rouges, éclats dorés, fumées, je danse. On diffame la nuit. Elle perd. Elle sauve. Je ressors du dernier lieu vers 6 heures du matin : un jour enfoncé en plein dans le gris de l'hiver, ciel ventre bas, température idiote. Il ne fait pas même froid. L'aube, montée comme un couperet ; son fil d'acier.

Machinalement les oiseaux de nuit se protègent la gorge. Un taxi passe, je donne mon adresse, arrivée devant ma porte, toujours impossible de rentrer chez moi, je lui dis : « Demi-tour ! » et lui donne l'adresse de Jonathan, dont je me souvenais, étrangement. La gardienne sort de l'immeuble au moment où j'arrive. « Je n'ai pas le code », dis-je. J'explique que je viens voir Jonathan Feldheim mais que j'ai oublié le code et que mon téléphone est cassé, ce qui, à cette heure et vu les circonstances, est peut-être vrai. Je la regarde, elle me regarde avec suspicion, son regard est comme une langue qui sort et s'allonge démesurément et je ne sais pas ce qui me prend, je beugle : « C'est mon cousin ! » Je ne sais pas non plus ce que ça déclenche chez elle, souvenir d'enfance, nostalgie d'un inceste dans le Poitou mais subitement elle s'éclaire, me sourit et m'ouvre la porte, m'escorte jusqu'à l'ascenseur. Elle me regarde ascensionner vers ma vie de famille factice. La porte de l'ascenseur écrase son visage, sa silhouette, les disperse. À Jonathan, que je réveille, je dis : « J'ai oublié mes clefs. »

Après tout, j'avais sans doute, en plus d'un des talons hauts de mes chaussures, effectivement perdu mes clefs, ma carte bleue, certaines strates de ma dignité, l'indulgence de mon conseiller bancaire, des connexions neuronales qui auraient pu m'être utiles par la suite.

Il me regarde et me dit « Qu'est-ce que c'est que ça ? » en désignant mon bras droit.

J'ai regardé l'intérieur de mon bras ; de la saignée du coude jusqu'au poignet un beau bleu ovale et large s'étendait et s'arrêtait juste là où les veines se voient à travers la peau, sinuent, se ramifiant vers la paume de la main, on aurait dit qu'un lac enfermé sous la glace s'écoulait vers mes lignes de vie.

« Ça ? Eh bien je ne sais pas. J'ai dû me cogner.

– Non, qu'est-ce que c'est que ÇA ! » dit-il en en retournant mon bras.

J'ai regardé l'autre côté de mon bras, le côté épaule, triceps, coude, puis mes jambes et tous les bouts de corps qui dépassaient de mes vêtements. Il y en avait beaucoup, j'étais très légèrement vêtue. Toute ma peau était couverte de calligraphies arabes. J'ai eu un flash, effectivement à un moment, cette nuit, avec d'autres personnes, j'avais croisé dans la rue un groupe de jeunes gens allure banlieue et nous avions célébré, dans un esprit de fraternisation, de mixité sociale enfin accomplie sous forme d'épiphanie nocturne – « épiphanique-ta-mère », s'était d'ailleurs écriée une voix familière qui était peut-être la mienne –, en décidant qu'ils allaient écrire sur moi : souriants et concentrés, ils m'avaient entourée et avaient inscrit au feutre des phrases sur ma peau, entre leurs cils d'assassins, des regards doux-coulants glissaient et suivaient la boucle des lettres noires.

« Mon Dieu, je préfère ne pas savoir ce qu'ils ont bien pu écrire », m'a dit Jonathan. Il m'a couchée dans sa chambre et est parti dormir sur le canapé. Je me suis dit il est homosexuel, mais j'étais présomptueuse. Je l'ai compris car on a quand même fini par baiser ensemble une fois, presque par acquit de conscience, pour que ce soit fait. J'ai eu l'impression de me taper Patrick Bateman. J'ai ressenti qu'il calculait mon indice de masse corporelle au lieu d'y être vraiment.

On a vu.

On n'a jamais recommencé.

La voie était libre : on pouvait devenir amis.

Vingt ans plus tard, nous le sommes toujours. Comme il sait qu'en ce moment je marche au moins quatre heures par jour, sans but, que je n'arrive plus à m'arrêter de marcher, c'est une drogue, il a eu l'idée de me demander de promener son chien.

« Ça te fera du bien. Tu vas voir.

– Je sais ce que tu es en train de faire, Jonathan. Tu es en train d'essayer de me pousser à remplacer un enfant par un clebs.

– J'essaye surtout de profiter de ton désarroi pour améliorer l'existence de mon chien, mon chien que j'aime tendrement. »

Il m'a attrapé la manche et l'a tirée un peu, en m'immobilisant, puis m'a posé la main sur l'épaule et m'a tapotée en penchant la tête. C'est sa manière de. Il était à son maximum. « Si tu marches quatre heures par jour, autant que cela serve à quelque chose. »

Après le rendez-vous avec Serge Valère dans le bureau de Jonathan, je quitte l'étude Chevilly en même temps que l'avocat. Au moment où nous sortons de l'immeuble, en me voyant mettre sa laisse à Odin (le dieu Odin a un œil crevé, ce qui explique le choix du nom du chien, on avait échappé à Moshe, pour Moshe Dayan, je lui avais expliqué qu'en Israël ça aurait fait rigoler les gens, mais qu'en France il ne pouvait pas crier en appelant son chien Moshe, Moshe ! Ça pourrait être très mal pris) qui attendait dans le hall, il me dit : « Je vois que Jonathan a réussi à vous refiler son vieux cabot. » Sur le trottoir, marchant dans la même direction, nous passons devant un café, au pied de l'une des tables est allongé un petit chien blanc nuageux, que ni Valère ni moi n'avons vu, mais qu'Odin a vu. Odin passe devant le petit chien, et en une milliseconde tourne le cou, le prend dans sa gueule, sans serrer les crocs, le lève en l'air le plus haut qu'il peut, le secoue extrêmement fort et le repose. Le maître, saisi de stupeur, hurle, se lève, ramasse son chien et essaye de donner un coup de pied à Odin.

« Qu'est-ce que c'est que ce monstre ! Je vais vous faire un procès moi !

– Eh bien vous donnerez ma carte à votre avocat, et puis voilà pour votre frayeur, dit Valère en lui sortant sa carte et un billet de cent euros.

– Mais j'en veux pas de votre argent », répond l'homme, en prenant la carte pour la lire et en approchant le billet de lui dans un mouvement réflexe.

L'homme se rassoit. « Faut le faire piquer ! » Le mouvement réflexe se poursuit, et le billet disparaît dans la poche de sa veste, que l'homme rajuste. « Là, là, dit-il au chien. Papa est là. »

« Brave chien », dit Serge Valère quelques mètres plus tard, en caressant la tête d'Odin. Odin remue la queue. Et se soulage contre un mur. Valère secoue la tête. « Je ne m'y ferai jamais. Les animaux en ville. » Quelques mètres plus tard. « Je ne comprends pas qu'on ait des animaux en ville. »

# VI

J'ai rempli les papiers pour Serge Valère afin de solliciter l'autorisation de consulter son dossier de placement à l'Assistance publique. Avant cela, j'ai cherché à quoi correspondait son adresse de naissance. J'avais pensé à la prison. J'y avais pensé, forcément. Fresnes. Comment ne pas penser à la prison de Fresnes ? J'ai rapidement appris qu'il y existe un hôpital pénitentiaire où il y avait, dans le temps, une maternité. Mais en consultant Google Maps j'ai découvert que l'adresse de sa naissance était celle d'un mur. 1 avenue de la Division Leclerc, il n'y a rien : c'est un long mur en bordure de la départementale qui traverse la ville. Pas de porte, pas de maison, rien, un long mur blanc. Derrière le mur, si l'on bascule en mode oiseau, il y a de gros pixels flous. Un gros tas de pixels flous : l'établissement pénitentiaire de Fresnes, dont les détails sont masqués sur la carte et dont l'adresse n'est pas celle-ci. À la mairie, où j'ai téléphoné pour me renseigner sur l'adresse qui était attribuée aux enfants nés à la prison, on m'a donné le contact d'un ancien employé, qui travaillait là du temps où des femmes accouchaient là-bas. Je l'ai contacté, il m'a expliqué que le numéro disparu de l'avenue de la Division Leclerc avait correspondu dans le temps à une entrée de l'hôpital de la prison ; accès depuis longtemps supprimé. Si j'avais longé le mur jusqu'au bout, j'aurais fini par remarquer un portail condamné.

J'ai eu le net sentiment que M^e^ Valère se foutait nettement de ma gueule. Comment, lui qui s'était rendu des centaines et des centaines de fois à la prison de Fresnes pour des parloirs avec ses clients, avait-il pu ne rien deviner à la seule vue de son acte de naissance ? Est-ce qu'il n'était jamais passé par l'avenue de la Division Leclerc ? Est-ce que ça ne lui avait rien dit, est-ce qu'il n'avait jamais fait attention ? Est-ce qu'il me prenait pour une conne ? Il n'a pas vraiment nié lorsque je lui ai posé la question par e-mail, en termes plus nuancés.

> Bonjour Elvire.
>
> J'ai effectivement pensé que mon adresse de naissance semblait bien proche de la prison et l'idée m'est venue que ma mère avait pu être une prisonnière, je ne vous le cache pas. Mais je n'ai pas été plus loin dans mes recherches. Comme je vous l'ai dit, j'ai décidé très tôt de respecter la décision qui a été la sienne : disparaître.

Avez-vous réfléchi à propos de la participation de Théo à vos recherches ?

Cdlt,

Serge Valère

Aux archives du Val-de-Marne, à Créteil, dont dépend la prison de Fresnes, j'ai dépouillé les registres d'écrou, qui recensent chronologiquement toutes les personnes incarcérées dans un établissement pénitentiaire, pour voir si je tombais sur Madeleine Lauris, énorme boulot si l'on n'a pas de date précise ni même d'année certaine. Ça me convient. Ça me permet de perdre du temps, d'en user, d'échapper au vide, de le meubler. Une aubaine. Je tourne les pages comme je fais des pas : pour ne pas stagner chez moi, je veux dire pour ne pas résider dans ma tête. Pour m'échapper de moi-même. Faire diversion devant mes neurones, jeter des seaux d'eau entre les connexions. Les rues qui tournent, les pages de journaux, des énormes registres, autant de capes jetées devant mes yeux, de tentatives pour y arrimer mes cellules cérébrales désastrées. Je m'y accroche comme à des morceaux de radeau après une tempête, quand plus rien ne reste, que l'eau plate, l'étendue de mercure, à perte de vue, sans une terre, sans une voile, sans un souffle. Je n'ai rien trouvé, mais pour consulter les registres concernant les mineurs, il fallait peut-être regarder ailleurs, voire demander, encore une fois, des dérogations, et je n'ai pas l'habitude de consulter des documents pénitentiaires, c'est une masse énorme et je m'y perds un peu.

Comme je n'avais aucune nouvelle des services de l'état civil de la ville de naissance de Madeleine Lauris, où les employés de mairie avaient visiblement commencé une sieste de plusieurs semaines, j'ai pensé à consulter en attendant les registres paroissiaux du diocèse de Fresnes à la recherche d'un éventuel acte de baptême, qui m'aurait permis de retrouver un nom de parrain, de marraine, c'est-à-dire un fil possible vers la mère de Serge Valère, sa famille, son histoire. Ils sont conservés aux archives de catholicité du diocèse de Paris. Les baptêmes peuvent être célébrés bien après la naissance, j'ai donc feuilleté le registre sur un an, à partir de la date de naissance de Serge Valère, ça m'a pris la journée. Je n'ai pas trouvé son nom mais j'ai remarqué au passage plusieurs actes de baptême qui se ressemblaient, trois exactement : mère seule, même parrain et même marraine. Cela m'a intriguée, j'ai tout de suite pensé qu'il pouvait s'agir de détenues. Je voulais comprendre comment fonctionnaient les naissances à la prison de Fresnes pendant les années d'après-guerre, ce que l'on faisait des bébés, des mères, mais je n'ai pas réussi à identifier un service ou une personne susceptible de m'éclairer. En attendant des réponses aux quelques e-mails que j'avais envoyés – à un spécialiste de l'histoire des prisons de la région parisienne, au service des archives de l'administration pénitentiaire et ailleurs, je ne sais plus où –, j'ai joint le curé de la paroisse dont dépendent les détenus, Notre-Dame de la Merci. Les curés sont bien placés pour connaître les vieux paroissiens, les retraités lancés dans la collecte de souvenirs historiques, ce qui incluait forcément, dans le cas de Fresnes, des informations sur la prison. Il y en a toujours un ou deux : il y a des obsédés de tout, même de l'histoire du bled le plus inintéressant – ce qui est loin d'être le cas de Fresnes. Et j'étais intriguée. Le père Vasseur m'a écoutée et m'a gentiment proposé de passer le voir à l'église. Qui sait, peut-être a-t-il entendu surnaturellement les couinements de mon âme et s'est-il frotté les mains à l'idée me faire entrer dans l'espérance ? Ça valait le coup de se déplacer. Lorsque j'étais journaliste, j'étais plutôt une mauvaise journaliste car j'avais toujours peur de déranger les gens, d'être indiscrète ; mais en exerçant ce métier, j'ai tout de même appris que c'est en bougeant son cul et en discutant face à face que l'on apprend des choses qu'on ne soupçonnait pas. Sinon, on ne tombe que sur ce qu'on cherche, sur ce qu'on croit déjà savoir.

J'y suis allée dès le lendemain. Obéissant à ma cinglerie du moment, j'y suis allée à pied. Ma vie : des trajets. C'est tout ce qui m'apaise, la fatigue qui coule du réel dans mes jambes. La mécanique des pas, le déplacement comme preuve de mon existence physique et preuve que le temps et l'espace ont une réalité. Je traîne ma pensée sur des kilomètres pour l'empêcher de se ramasser sur elle-même et de grouiller. J'ai bien essayé de m'accrocher à la leçon salvatrice du camarade Marcel : à tout moment nous pouvons enfanter le monde, être créateurs à la place de Dieu, le remplacer, par la seule force du regard, en combattant pour la singularité de notre regard et de notre pensée. Il a accompli sa mission en grand, en écrivant *La Recherche*, attentat-suicide au cœur des salons d'une fausse élite sociale, temples de la singerie, du conformisme et de la soumission au regard de l'autre ; à nous de l'accomplir au long de nos vies trop vaines. On ne possède rien d'autre, rien d'autre n'est possible, la vraie puissance est là. Mais Proust l'incendiaire, le dynamiteur, qui m'a aidée toutes les fois où ma vie semblait me filer entre les doigts comme du sable, où un sentiment d'impuissance m'accablait, ne m'aide pas en ce moment. Car en vérité je ne vais pas mal. Je ne vis pas ces moments, ces jours où le jour suivant ne viendra pas. Je ne vais pas mal. Techniquement. Je suis dans un autre état. Je me lève, je me lave, je travaille, je fonctionne, mais penser, réfléchir ; surtout pas. Sauf en laissant la pensée passer par moi, sans l'arrêter, sans lui demander d'emprunter un sens, ni d'être utile à rien. Sauf à penser à n'importe quoi, à ce qui me passe par la tête au hasard de la percussion de mon regard avec des choses, des bâtiments, des silhouettes, des mots, des noms, les souvenirs de lectures, de films, d'images – marabouts de ficelle que je pourrais considérer comme un écheveau intime, donc précieux, à travers lequel je vois le monde. Mais non. Mais non car j'évite absolument les souvenirs personnels, je secoue physiquement la tête lorsque je me souviens de moments de ma vie, surtout les plus beaux, les plus bouleversants, les plus radieux.

La tristesse.

Je ne veux pas la distraire avec les trésors du passé, les souvenirs. Je ne peux. La beauté et les instants de bonheur irradiants, je ne dois pas les regarder ni les voir, car sinon je me souviens de tout et alors les émotions renaissent et explosent, comme la douleur dans les doigts réchauffés après un froid glacial, lorsque le sang revient. Les terminaisons se réveillent et la douleur explose.

Je ne pense pas à la nuit au cœur de Jaffa, dans mon appartement en haut d'un petit immeuble de deux étages, vieil immeuble blanc et carré. Le soir, la musique arabe montait de la sono des voisins du rez-de-chaussée, installée dehors, une grande famille, grands-parents, parents et enfants, bébés, ils vivaient tous ensemble et investissaient l'impasse comme leur salon, ils discutaient tard dans la nuit – la musique arabe, toujours avec une ligne tenue et funèbre, comme une vibration sourde, avec par-dessus la courbe gaie, festive, de la mélodie ; la voix par-dessus la ligne funèbre, malgré tout : la voix, le rythme et la mélodie par-dessus la note de fatalité et de mort qui vrombit, dense et droite, comme un soutènement, une fondation. C'étaient des Arabes chrétiens, le vieux Fouad était moustachu, le blanc de l'œil jaune ; un jour, je m'assieds à côté de lui devant la maison, il avait l'air abattu, il me dit je bois trop. Je lui dis allez, ça va… en haussant les épaules. Il me dit si, je bois trop. Je bois à 7 heures du matin. Je lui dis ah. Assis sur un banc tous les deux.

La musique, le soir. Du jasmin poussait sur la façade et j'avais une immense fenêtre dans mon salon, la moitié du mur ouverte sur le ciel, un cadre. Un rectangle, un pan bleu au-dessus de ma tête, à mi-hauteur de la pièce, sur toute sa longueur et montant jusqu'au plafond. J'avais essayé de détourner une branche du jasmin, de l'attacher à un fil afin qu'elle pousse autour de la fenêtre, je n'avais pas réussi. Et elle a fini par le faire seule, suivie d'autres épaisses branches grimpantes étoilées par les petites fleurs blanches. Le jasmin est monté sous ma fenêtre, bordant le cadre, frise invisible de l'intérieur. La chaleur de la nuit de Jaffa, de Tel-Aviv. On sait que la mer bat à quelques centaines de mètres, derrière les quartiers de la ville. On ne la sent pas, il y a ce bras de ville entre la mer et le petit immeuble, mais on le sait, il suffirait de marcher dix minutes pour y être, pour aller la rencontrer, et recevoir le secours ultime qui est là, à portée – les vagues. C'est la nuit et la chaleur dingue, irradiant de l'intérieur du corps ; la puissance d'un amant. Le parfum du jasmin alors, à travers le grand cadre de nuit, se déplaçait en blocs aussi compacts qu'une matière solide et entrait chez moi, pénétrait la pièce et la remplissait. L'odeur du jasmin dans la nuit avec la puissance, comme la seconde explosion sur un lieu de carnage, si le carnage était la joie, la nuit, la vie.

Oh non, je n'y pense pas, je ne peux pas y penser, sinon mes veines se réchauffent, le sang circule et j'ai mal et je pleure dans la rue à tous les coins de rue, sur le chemin, en chemin vers l'avenir qui n'existe pas, que je ne trouve plus, même pas sous forme d'espérance, car je ne sais pas quoi espérer, je ne sais absolument plus quoi espérer ; je suis vide de ça. Absents les joyaux du passé, et absente la pensée de l'avenir possible, les rêves de même trame, de même éther, que l'espoir.

C'est pour ça que je marche des heures, pour ça que ce travail sur les archives, les vieux journaux, m'est précieux, que la rencontre avec ces jeunes filles mortes est un trésor pour moi, un autre trésor avec son éclat sous la poussière – mais cela devient maintenant autre chose encore, car je croyais que je me tenais à distance de ma vie en me penchant vers la leur, vers leurs jours, alors que j'y entends une voix que je connais ; qui m'a parlé déjà.

# VII

Distance du trajet à pieds entre mon domicile et Fresnes : dix kilomètres. Je suis donc arrivée à peu près détendue. Première impression : l'église Notre-Dame de la Merci est très moche. Ce genre de bâtiment de la fin des années cinquante qui ressemble à un parking de station de ski et dont le béton hésite entre le brutalisme et le rustique. Harmonie de gris et de marron. Grands vitraux abstraits.

« Intéressante architecture », ai-je dit au père Vasseur, qui m'a proposé une petite visite guidée avant de me recevoir dans son bureau et d'examiner les pages de registres que j'avais photographiées et imprimées. L'intérieur était très sobre, briques, dénudé, presque industriel.

« Vous avez bien fait de venir… Il faut savoir que notre église est intrinsèquement liée à l'histoire de la prison, c'est l'abbé Popot qui l'a fondée, il a même en partie aidé à la construire de ses mains, or il était l'aumônier de la prison avant de devenir curé de Fresnes. La petite église Saint-Éloi, juste en face, était devenue trop petite, les grands ensembles apparaissaient, auparavant c'était la campagne ici. L'apostolat de l'abbé Popot est la racine de notre église. Tout porte sa marque spirituelle, même si, depuis que l'aménagement a été revu, sa trace matérielle est moins visible... Tout évoquait la prison, peut-être un peu trop selon certains paroissiens. » Arrivé dans son bureau, il a sorti un gros classeur, d'où il a extrait une brochure, sur la page de garde était reproduite une citation. *En souvenir de mes captifs, j'ai songé à dédier ce lieu de culte à Notre-Dame de la Merci. Père Jean Popot.* On voyait ensuite une photo de l'intérieur de l'église avant sa rénovation. L'autel était situé au centre du chœur, une croix en fer forgé le surmontait. Un immense tableau recouvrait presque entièrement le mur. Sur une autre page, on voyait une reproduction pleine page du tableau. Une madone, mais version Bernard Buffet du pauvre : c'est dire. C'était laid, si laid. « Notre-Dame de la Merci, secours des réprouvés... m'a dit le curé. Voyez ces chaînes qui pendent à ses mains. C'est une référence aux prisonniers. Et la croix a été fabriquée par d'anciens détenus sous la houlette de l'abbé Popot. Vous remarquerez, sur la peinture, les hommes en tenue de prisonniers à gauche de Marie et à droite des femmes et quelques enfants... Cela évoque les mères qui étaient incarcérées à Fresnes avec leur petit, le quartier s'appelait le quartier des Nourrices. Cela nous ramène à notre affaire, montrez-moi ces registres... »

Le curé s'était renseigné auprès des membres du conseil pastoral de la paroisse, de vieux fidèles pour la plupart, habitants de la ville de très longue date. L'un d'eux avait reconnu dans le nom du parrain des trois bébés l'ancien trésorier du catéchisme, aujourd'hui décédé ; quant à la marraine, l'une des paroissiennes avait évoqué l'idée qu'il s'agisse d'une des sœurs de Marie Joseph, congrégation qui officiait à Fresnes auprès des détenues, et avait en charge justement le soin des mères incarcérées avec leurs enfants.

Soudain le curé a eu un déclic. « Mais attendez, l'abbé Popot en parle dans ses mémoires, du quartier des Nourrices ! Attendez. » Il a saisi un livre sur une étagère et l'a feuilleté. « Tenez, là ! Il parle précisément des enfants nés dans la prison. » En la soulignant de son doigt, il m'a lu une phrase : *C'est en pensant à ces petits nés en prison que j'ai accepté plus tard d'être curé de Fresnes. Au moins je pourrais m'assurer qu'au moment du baptême leurs noms seraient couchés sur un registre paroissial.* Il a refermé le livre, l'a regardé avec émotion.

« Je vous en conseille la lecture, c'est un formidable témoignage. L'abbé a assisté les condamnés à mort dans leurs derniers moments, il les accompagnait jusqu'au poteau d'exécution… Un soldat de Dieu, qui est allé porter le message du Christ au plus profond des ténèbres. C'est magnifique, bouleversant. J'en ai plusieurs exemplaires, je peux d'ailleurs vous en prêter un, mais promettez-moi de me le rendre ! »

J'ai promis.

J'étais trop fatiguée pour rentrer de Fresnes à pied et je devais passer chez Jonathan, qui était en déplacement, pour sortir Odin. J'ai donc décidé de prendre le RER pour regagner Paris. Comme j'étais passée devant la station en arrivant, j'ai repris le chemin par lequel j'étais venue qui, je m'en suis aperçue au bout de dix minutes, n'était en fait pas celui par lequel j'étais venue. J'ai sorti mon téléphone : la carte du quartier avec le petit rond indiquant ma position apparaît, tremble, et la batterie de mon téléphone rend l'âme, l'écran devient noir. C'est le moment précis qu'ont choisi les habitants de Fresnes pour tous disparaître, les rues se sont vidées. J'ai aperçu au loin un passant mais je n'ai pas osé courir ni le héler. J'ai marché. Au bout d'une demi-heure à tourner en rond, je n'avais plus aucune idée d'où j'étais. Je me suis retrouvée devant les grilles d'un parc. OK, ai-je pensé. J'imagine que j'ai plus de chances de trouver une indication du RER à l'intérieur du parc. Devant le château, j'ai compris que c'était le parc de Sceaux, ma géographie de la banlieue sud n'était pas à jour, je n'aurais jamais mis Sceaux et Fresnes à côté, alors que les villes sont mitoyennes. J'ai fait une pause, tout en haut des marches. Dos au château, je me suis tournée vers la grande allée qui descendait loin, bordée de marronniers taillés droit. Un corbeau est arrivé par-derrière sur ma gauche, à hauteur de ma tête il a arrêté son vol, est resté en suspens, ailes déployées, posé sur le vent. Il n'avançait pas, il planait sur place face au vent. Après l'avoir vu, je me suis remise à regarder dans la même direction que lui, vers le bout du beau parc derrière lequel on voit des immeubles gris, des secondes ont passé sans que nous bougions et il s'est envolé ailleurs. Je me suis sentie bien. C'était moins bien qu'en automne, quand les feuilles des marronniers sont rouge pomme, quand les feuilles sont de toutes les couleurs des variétés de pommes. Mais quand même.

Après avoir sorti Odin je suis rentrée chez moi et j'ai commencé à lire le livre dont le titre est tout simplement *J'étais aumônier à Fresnes.* C'est ainsi que j'ai découvert l'existence de l'IPES de Fresnes, mais pas tout de suite. Avant, j'ai fait un séjour dans ma haine.

J'ai lu. J'ai remarqué l'*imprimatur* de l'évêché de Paris, au verso de la page de titre ; les autorités ecclésiastiques avaient donné leur accord à la publication. Je n'ai fait que feuilleter les pages des premiers chapitres, sur l'enfance de l'abbé, la découverte de sa vocation, sa foi, sa vie durant la guerre pendant laquelle il faisait confiance au Maréchal, sans rien faire de notable, tranquillement, sans se poser de questions inutiles. *Il y avait bien les rafles, les grands ramassages de Juifs. On entendait des bruits de bottes et de camions. On surprenait parfois une chasse à l'homme dans les couloirs du métro. Mais que savait-on de précis ?*

J'ai très vite saisi que je n'allais pas bien m'entendre avec l'abbé Popot. Je n'ai commencé à m'intéresser au livre qu'au moment de sa vie où, courant 1946, il est nommé aumônier de la prison de Fresnes. C'est à la demande du cardinal Suhard, archevêque de Paris, qu'il a accepté cette mission, avec enthousiasme et ferveur. Pendant la guerre, le cardinal Suhard n'a pas été le pire, il n'a pas non plus été le meilleur. Pétainiste, loyal à Vichy, il a cependant adressé en 1942 au Maréchal, au nom des cardinaux et archevêques de France assemblés à Paris, une lettre de protestation de l'Église de France à propos des persécutions contre les Juifs. Cela ne l'empêche pas, en février 1944, de donner sa bénédiction à la déclaration des évêques de France qui condamne la résistance armée, d'accueillir le maréchal Pétain à Notre-Dame en avril de la même année et d'assister ensuite, alors même que la France est déjà en partie libérée, aux funérailles du ministre de l'Information et de la Propagande du gouvernement de Vichy, Philippe Henriot, abattu par la Résistance. À la libération de Paris, le 26 août 1944, le général de Gaulle, sur les conseils d'un prêtre résistant, a décidé de l'exclure de la cérémonie du *Te Deum* de Notre-Dame en le maintenant confiné à l'archevêché. Vexation passagère et sans suite. Il avait le soutien de Rome.

Lorsque l'émissaire du cardinal Suhard propose à l'abbé Popot de devenir aumônier de la prison de Fresnes, il lui précise l'esprit de cette mission, sa raison d'être : *Il y a dans cette prison des hommes qui ont exercé en France une très grande influence. Son éminence les estime, les aime.* Ces hommes sont les têtes pensantes et les chefs de la collaboration avec l'occupant allemand, condamnés ou en attente de jugement. L'abbé Popot accepte avec enthousiasme. Il rencontre le cardinal Suhard, qui, selon l'abbé, lui confie en personne : *Là-bas, à Fresnes, ce qui se passe est abominable. Ces hommes, dont certains me sont très chers, souffrent injustement. On est haineux, et la haine rend aveugle. C'est en pensant à tous ces grands serviteurs de l'État que je connais – j'ai travaillé avec nombre d'entre eux pour le bien de tous –, c'est en pensant à eux que je vous envoie. Vous leur porterez immédiatement toute mon affection. Vous leur direz que je leur garde toute mon estime...*

Dans les années d'immédiate après-guerre, à la prison de Fresnes, il y a les fantômes des héros, des martyrs de la Résistance, et il y a l'immondice, en plusieurs couches ; toutes les strates de la collaboration. La France, l'anti-France : l'histoire vient d'intervertir la légende sous l'image, les portraits officiels sont devenus des avis de recherche. Presque tous les collaborateurs arrêtés sont passés par Fresnes ou y macèrent ; les intellectuels, les littérateurs, belles raclures de l'esprit français trempées à l'hitlérisme, à l'eau du Rhin, les dignitaires du régime, les tortionnaires de la milice.

La commune de Fresnes, où se situe ce qui est à l'époque la plus grande prison de France, ne compte alors guère plus de 5 000 habitants. L'abbé raconte que les voitures de paille passent dans les rues traînées par des chevaux de labour. Elle est ceinturée de grands champs de blé et de cultures diverses. C'est avec son âne qu'un des habitants descend, dès le chant du coq, vendre ses légumes au marché. Un autre a l'habitude de se rendre au tabac avec son oie. Le site est charmant. Depuis les maisons étagées sur le coteau droit de la rive de la Bièvre, on peut contempler la vallée et les collines de la rive gauche, avec au loin les bois de Verrières et du Plessis-Robinson.

Au détour de ce décor champêtre, on arrive devant un café au-dessus duquel est accrochée une longue enseigne, sur laquelle on peut lire le nom de l'établissement : *Ici… mieux qu'en face.* En face, ce sont les toits de la prison, qui dépassent des murs d'enceinte. En entrant, l'abbé Popot découvre les trois divisions pénitentiaires, parallèles, de quatre étages chacune. Il y a 450 cellules par division. À l'intérieur, chaque division est scindée par des coursives, s'élevant au-dessus du rez-de-chaussée formant comme un grand hall. Comme tant d'autres visiteurs et détenus, l'abbé a l'impression de pénétrer dans un paquebot. L'odeur âcre le prend à la gorge, une odeur particulièrement insupportable les jours de pluie, précise-t-il, l'eau suinte, le sol est humide. La prison a été construite sur un fond de marais.

Au rez-de-chaussée de l'aile nord de la première division se trouvent les quartiers des condamnés à mort et ceux de haute surveillance. Ministres, généraux, amiraux occupent le quartier le plus haut – que l'abbé rebaptise ses *Champs-Élysées* – et circulent la plupart du temps à leur guise. Beaucoup de portes y restent ouvertes, on y est vêtu élégamment. Certains d'entre eux se vêtent au quotidien de leur uniforme ou arborent leurs décorations diverses, discutant sur les coursives comme dans un quartier général ou un palais de la République, cette République française qu'ils ont voulu détruire. *Ces hommes gardaient toute leur valeur, l'augmentaient, même. La prison était une halte bénéfique dans leur vie spirituelle*, estime l'abbé.

Dans la prison, les préfets côtoient les constructeurs du mur de l'Atlantique, les fanatiques du PPF, les volontaires de la légion SS Charlemagne rescapés du front russe, d'anciens policiers, qui, selon l'abbé Popot, *n'avaient fait qu'obéir aux ordres*. On a aussi en magasin du philosophe, du professeur au Collège de France, et des plumitifs en tout genre, journalistes ou pamphlétaires, qui ne cessent de noircir du papier : *Presque aucun n'était guéri de la maladie de la plume qui les avait amenés là.* Les mauvais poèmes de Brasillach, déjà fusillé et considéré ici comme un martyr, sont recopiés de cellule en cellule.

L'abbé Popot est ravi de la plupart de ses nouveaux paroissiens : il les qualifie de *terrain d'exception* pour la mission qu'il conduit au nom du Christ, celle de mener à la grâce. Mais malheureusement, très regrettablement selon lui, après 1945 où seuls les collaborateurs étaient incarcérés à Fresnes, on y a admis les prisonniers de droit commun : tous ceux dont les noms commençaient par l'une des trois premières lettres de l'alphabet, les autres allant à la Santé. Les problèmes soulevés par cette promiscuité chagrinent fortement l'abbé Popot. Les droits communs dérangent les autres détenus, les traîtres et criminels que l'abbé n'appelle que *prisonniers politiques.* En criant sans cesse aux fenêtres des jurons ou en hurlant des chansons, ils les empêchent de communiquer, ils perturbent « Radio Fresnes », tout ce réseau de communication et d'informations échangées entre détenus. Le directeur, embêté, demande à l'abbé de raisonner les droits communs. Celui-ci accepte de les sermonner à la messe du dimanche. Aussitôt après cette messe, alors qu'il entre dans la cellule de trois escrocs, ceux-ci lui reprochent d'avoir *trop bien parlé des collabos.*

Ils s'expliquent : *Ces hommes-là ont manqué à l'honneur et, pour nous, l'honneur c'est quelque chose de sacré !* L'abbé Popot, atterré par leurs valeurs morales déficientes, conclut : *Nous ne parlions pas le même langage et je me retirai sans rien obtenir de plus.*

Une autre chose le révolte, l'indigne : qu'on inflige à ces respectables *prisonniers politiques* le voisinage d'une centaine de mineures, logées dans un bâtiment proche de l'entrée de la détention principale. *Ces demoiselles, qui dépendaient – ô ironie ! – de l'Éducation surveillée, se faisaient un malin plaisir de se mettre en tenue légère derrière leurs barreaux pour accueillir avec les épithètes les moins protocolaires les visiteurs et les visiteuses des politiques. Pour ceux-ci, c'était une offense de plus.*

Bénies soient-elles.

L'abbé se voit demander par la directrice de l'institution corrective de rendre visite à ces jeunes filles. *J'y bénéficie d'une salutation pour le moins étrange : « Tiens, voilà le zazou ! »*

La plupart des jeunes filles s'enfuient en le voyant ; d'autres pouffent de rire. S'ensuit le récit d'un dialogue édifiant qu'on ne peut bien sûr tenir pour exact, mais qui laisse au moins transparaître la façon dont elles parlaient, la façon dont elles maniaient la provocation. *Je cherche le contact et tente de demander la cause de leur hilarité,* raconte le prêtre, mal à l'aise. Voyant sur le corsage d'une fille une médaille de la Vierge, il lui demande pourquoi elle la porte.

– Ça te défrise ? me dit-elle, en redoublant d'insolence.
Je m'obstinai.
– Non, mais explique-moi…
– T'en fais pas. J'ai une autre médaille.
Elle sortit de sa poche une médaille de sainte Marie-Madeleine en me demandant narquoisement :
– C'est y ma patronne ou c'est t'y pas ?
– C'est ta patronne.
– Bath ! T'es franco.
– Je ne dis que la vérité. Marie-Madeleine a commencé comme toi, mais un jour elle a rencontré le Christ.
La fille coupa aussitôt :
– Te donne pas de mal : je connais l'histoire de cette p…

La suite du dialogue rapporté par l'abbé tourne à son avantage, à mon avis ça ressemble à une scène idéale, revue par l'esprit de l'escalier, celui qui nous fait trouver le bon mot bien après la bataille : il finit par lui promettre que, le jour où elle sera prête à aimer un gentil garçon et à se repentir, il l'embrassera comme le Christ *a peut-être* embrassé Marie-Madeleine. Satisfait de lui, il ajoute : *Et j'avais assez convaincu les autres que pour le jour de la grande révolte de Fresnes où, en quelques heures, tout l'intérieur de la détention fut démoli, je puisse, envoyé par la direction, pénétrer parmi ces gamines révoltées et me faire entendre d'elles.*

La grande révolte de Fresnes. J'avais découvert leur grande révolte. J'avais découvert qu'une centaine de mineures étaient enfermées à Fresnes, probablement sans numéro d'écrou puisqu'elles ne dépendaient pas de l'administration pénitentiaire mais de l'Éducation surveillée, et que Madeleine Lauris, la mère de Serge Valère, pouvait en faire partie. En lisant ces pages, j'ai eu le sentiment de me déplacer, d'avancer vers la jeune Madeleine, une sorte d'exaltation étrange, un pressentiment. Ces choses-là arrivent. Si ça ne débouche sur rien, on l'oublie mais je n'oublierais pas ce sentiment éprouvé, car j'avais raison. Vu la manière dont l'abbé en parle, j'ai compris que l'affaire avait dû faire du bruit. J'ai très vite retrouvé des articles de presse en consultant les journaux de mai 1947 numérisés par la BNF, j'en ai trouvé d'autres chez des bouquinistes. Ensuite j'ai retrouvé les jugements. Entre elles et moi, l'histoire a commencé.

# VIII

Il y a quelque chose qui me laisse rêveuse. La première année de mes études de droit, à Assas, j'avais failli aller à Fresnes, mais pas seulement en pensée : je m'étais inscrite à une formation pour être bénévole au GENEPI, Groupement étudiant national d'enseignement aux personnes incarcérées ; je voulais faire du soutien scolaire avec cette association, mais je ne voulais pas aller voir les hommes, le côté jeune fille qui va se frotter au crime, voir la bête, sans le risque, me dérangeait, j'aurais eu l'impression d'un truc louche, de me comporter un peu comme une catholique à serre-tête, en jupette qui va flairer l'homme, le danger, à bon compte. Je m'étais inscrite pour la formation concernant les détenues femmes de la prison de Fresnes. Mais au dernier moment, juste avant le début du programme, tout a été annulé : l'association n'avait plus l'autorisation de travailler auprès des femmes incarcérées à Fresnes. Les hommes, oui, mais pas les femmes. Raison invoquée par l'administration pénitentiaire : ça leur échauffait trop la tête.

Vingt ans après, finalement, je vais à Fresnes. Voir ces jeunes filles disparues qui, sans avoir eu besoin de moi, se sont échauffé la tête, ont tout cramé, l'avenir, le présent, dans un grand feu de joie. Je pense à une phrase de Bernanos, dans *Sous le soleil de Satan* : « Au-dehors, derrière les persiennes closes, le jardin flambe et siffle sous le soleil, comme un fagot de bois vert dans le feu. » Je les vois ces jeunes filles, levées, enlevées dans leurs rires et leurs cris, leurs injures, blanchies par le soleil, et je pense à cette phrase qui, depuis que je l'ai lue pour la première fois, alors que j'avais vingt ans, ne m'a jamais quittée, comme je pense souvent à certaines phrases que j'aime et qui m'ont marquée davantage que bien des prétendus événements de ma vie, dont il ne reste que cendres. Ces phrases sont éternelles, elles sont les points fixes de ma vie, des étoiles, des clous de diamant qui maintiennent les contours de mon être quand je crois que je ne suis rien, que je m'y perds, quand mon nom se dissout ; elles sont là, elles me tiennent. Je les partage avec tous ceux qui veulent les voir et elles sont miennes, comme les constellations du ciel.

Pour la formation du GENEPI, c'est moi qui avais choisi l'établissement pénitentiaire. Ce n'était pas un hasard. Certains lieux se dressent dans mon esprit comme des forteresses d'images et de mots.

Fresnes : d'abord un de mes livres les plus précieux. *Les Murs de Fresnes* d'Henri Calet. J'ai l'édition originale, publiée en 1945. Juste après la Libération, les survivants de la Résistance demandent à l'écrivain Henri Calet de se rendre à la prison de Fresnes, qui avait été, pendant les dernières années de la guerre, une prison tenue par les Allemands, où étaient emprisonnés les résistants avant leur exécution, leur déportation, ou leur suicide pour ne pas parler sous la torture. Il a consigné les inscriptions, les messages, laissés par les jeunes hommes de dix-sept ans qui allaient mourir à l'aube, les aviateurs anglais, les héroïnes immortelles, les communistes, athés, fervents chrétiens, Juifs, royalistes, tous ceux qui, à l'instar des trente-six Justes qui, dans la tradition juive, à chaque génération sauvent le monde par leur seule existence, ont sauvé la France, par leur être davantage que par leurs actions.

Tous les héros de l'Affiche rouge y sont passés avant d'être fusillés au Mont-Valérien – Missak Manouchian, Marcel Rayman, Thomas Elek, Spartaco Fontanot, tous les autres, avec leur camarade Olga Bancic dite Pierrette, qui sera envoyée en Allemagne pour y être décapitée. Membres des bataillons FTP-MOI, les *Francs-tireurs* et *partisans de la Main-d'œuvre* immigrée, italiens, espagnols et juifs en nombre, combattant dans les rangs de la résistance armée communiste. Ils tuaient des Allemands, leurs complices français, faisaient dérailler des trains, sauter des entrepôts, sauvaient des enfants juifs. L'une de leurs plus glorieuses actions est d'avoir abattu en pleine rue, par représailles, le procureur Lespinasse, avocat général d'une section spéciale mise en place par le régime de Vichy en 1941, qui avait à Grenoble réclamé la tête d'un des chefs FTP-MOI, Marcel (Mendel) Langer. Pendant son procès, il avait prononcé cette phrase : « Vous êtes juif, polonais et communiste... Voilà trois raisons pour que vous soyez exécuté. » Marcel Langer a été décapité. Je me souviens d'avoir entendu Léon Landini, un communiste d'origine italienne avec qui mon grand-père avait combattu au sein des FTP-MOI, raconter comment, à Lyon pendant la guerre, ils avançaient à deux dans une rue à la rencontre d'un soldat allemand pour le tuer et lui voler son arme ; ils avaient besoin de s'en procurer. D'une pierre deux coups. Ils s'étaient réparti les rôles à pile ou face. Lorsqu'ils le croisaient, l'un des résistants le bousculait, l'autre sortait son arme et l'abattait. Landini disait n'avoir jamais éprouvé de joie quand il croisait le regard du soldat au moment où celui-ci comprenait qu'il allait mourir. Il disait qu'il n'oubliait pas ce regard. Landini n'était pas juif. En parlant de la France, mon grand-père répétait : « On n'est pas français par le sang reçu mais par le sang versé. » Il est resté vivre ici après la guerre. « Malgré tout ce qui s'était passé, j'aimais encore la

France. » Quand j'ai envie de m'enfuir, j'essaye d'écouter mon grand-père. Comme toujours.

Beaucoup de ces combattants s'étaient rencontrés à Paris, au Yask, Yiddisher Arbeter Sport Klub, un club sportif de jeunes Juifs d'origine étrangère. Militer. Faire du sport. Lire des livres. Mon grand-père était l'un d'eux, l'un de ces partisans, il a aussi créé les groupes de combat de l'UJRE – Union des Juifs pour la Résistance et l'Entraide, née en 1943 de l'unification de divers mouvements de la résistance juive au nazisme – de la région Sud. Mon grand-père ne parlait presque jamais de tout ça. La seule fois où je l'ai entendu dire quelque chose de précis là-dessus, c'était pour raconter que jamais lui et ses camarades n'avaient attendu d'un de leurs qu'il ne parle pas sous la torture. La seule consigne était de tenir le temps que le réseau se mette à l'abri ou d'essayer de faire savoir son arrestation, disait-il, en colère contre ceux qui se permettaient de reprocher à un homme d'avoir parlé, de le juger. Il sifflotait le chant des partisans juifs, mais je n'ai su qu'il s'agissait de ce chant qu'après sa mort, en reconnaissant la mélodie. Prénommé Alter Mojsze, né à Lublin, en Pologne, il avait choisi la France car il avait lu Victor Hugo en yiddish. Les barricades, la liberté. Il a aidé à m'élever, il m'a tenu lieu de père : ma mère était veuve à vingt-cinq ans. Mon grand-père aussi avait été orphelin de père. J'avais l'impression que lui seul pouvait me comprendre. Et que moi seule pouvais le comprendre. Mon grand-père, lui qui avait su tuer, m'avait dit n'avoir eu qu'une seule fois dans sa vie envie de tuer : il avait confié une valise à un ami, cet ami avait oublié la valise dans un train. La valise a été perdue, jamais retrouvée. Dans la valise, il y avait la seule photo qu'il possédait de son père, qu'il n'avait pas connu. Je le comprends, dans mon cœur je le comprends.

J'ai des photos de mon père. Sur un mur de mon appartement de Jaffa, j'avais une photo de lui, encadrée, son visage, en gros plan, un peu de profil. J'avais mis sous le verre des feuilles séchées qu'il avait ramassées et gardées parce qu'elles étaient belles. Je suis passée devant la photo un jour sans la regarder, elle était à la hauteur de mon visage, il y a eu un reflet dans le verre où je me suis vue, un peu de profil aussi ; les traits se sont superposés. Il ne m'a jamais vue. Je ne l'ai jamais vu. Il n'a jamais posé son regard sur moi. Je n'ai jamais levé les yeux vers lui. Je comprenais mon grand-père, mon grand-père me comprenait, ce n'était pas une impression. En Pologne, à Lublin, au début du XXe siècle, Berek et Chaia n'avaient que des filles. « Que des filles, ou alors les fils ne vivaient pas », disait mon grand-père. J'ai trouvé dans les archives de l'état civil de Lublin des registres de naissance et de décès. On voit naître deux des grandes sœurs de mon grand-père, puis un garçon dont je n'avais pas entendu parler, prénommé Anshel, qui veut dire « heureux, béni » en yiddish. Il meurt dans l'année. On voit sa naissance, puis son décès. Berek fait alors un pacte avec Dieu pour avoir un fils. « Tête contre tête », racontait mon grand-père. Un fils naît, on le prénomme Alter, qui signifie « vieux », une tradition ashkénaze pour détourner d'un enfant l'ange de la mort, le tromper, le troubler. Un an après la naissance de son fils, Berek meurt.

Mon grand-père est né et son père est mort.

Mon grand-père grandit, devient un homme, il a des enfants.

Parmi ces enfants, il y a un fils aîné. Ce fils aîné épouse une femme, sa femme devient enceinte de lui, il meurt quelques jours avant qu'elle donne naissance à un enfant, un garçon, premier fils du fils aîné.

Parmi ces enfants, il y a une seule fille, cette fille épouse un homme et devient enceinte de lui, cet homme meurt avant que l'enfant naisse, une fille, première fille de la seule fille. Je nais.

Fresnes, dans mon paysage mental, est aussi une matrice d'écrivains. Des livres y ont été écrits, pour en sortir. Fresnes les a générés. En 1942, Jean Genet y a écrit *Miracle de la rose* et *Notre-Dame-des-Fleurs*, dont la première page s'ouvre là-bas. Dans les années cinquante, Albertine Sarrazin – la vie même, la flamme vive même, elle qui devait mourir avant trente ans – y a été incarcérée après un braquage de bijouterie ; son parcours, avant ça, de maison de correction en maison de correction, est exactement le même que celui des jeunes mutinées dont je cherche la trace, à quelques années près, très peu d'années. Elle a littéralement marché dans leurs pas, connu les mêmes cachots, reçu des gifles des mêmes bonnes sœurs et des mêmes surveillantes ; elle aussi a rendu les coups. À Fresnes, elle griffonnait des pages publiées après sa mort sous le titre *Le Passe-Peine*, qui ont nourri *L'Astragale* et ses autres livres. Dans les années soixante-dix, Pierre Goldman, révolutionnaire, braqueur, condamné à perpétuité pour des meurtres dont il fut acquitté après la cassation de son jugement, lors d'un second procès d'assises, y a écrit *Souvenirs obscurs d'un Juif polonais né en France*, dont les pages sur Fresnes, *Est-ce qu'on peut dire la prison*, sont un chef-d'œuvre de la littérature à elles seules. Trois ans après sa libération, il est assassiné par un commando d'extrême droite, selon l'aveu du tueur.

Dans les deux petites valises remplies de feuillets manuscrits et papiers divers que Jean Genet a laissé à son avocat, juste avant sa mort dans une chambre d'hôtel minable, il n'y avait que quelques lettres qu'il avait conservées, principalement celles des hommes qu'il avait aimés, et celle de Pierre Goldman, dont il n'avait jamais été proche. Jean Genet lui avait conseillé d'écrire, avant le premier procès, pendant la période où il était incarcéré en préventive et risquait la peine capitale. Pierre Goldman répondait en expliquant qu'écrire lui répugnait. Il ne le disait pas dans la lettre, mais il avait fait le pacte de ne jamais écrire, avec deux amis, à vingt ans : ne jamais écrire et rater leur vie de manière spectaculaire. Pierre Goldman l'a également écrit depuis sa cellule : il n'avait pas pour héros Jean Genet, il avait pour héros Marcel Rayman. Sur son mur, il avait accroché une photo du jeune résistant fusillé à vingt ans, découpée dans un journal.

Moi non plus, mon héros n'est pas Jean Genet. Mon héros est mon grand-père. Même adolescente, la fascination du mal, cette mythologie, me semblait gorgée d'une grande niaiserie. D'une très grande niaiserie. Ma fascination n'a jamais dévié des héros qui vivent dans l'honneur, sans faire de mal, tout au long de leur existence, tous les jours, sans même le savoir ou le revendiquer, en pensant que c'est normal. En temps de guerre, ce sont ceux-là qui finissent à Fresnes. (Pourtant je comprends l'instinct de destruction, de négation, le saccage, le refus, la violence, je ne veux pas croire que l'antinomie soit totale : et ainsi je reviens, par cet autre chemin, à Fresnes.) De cela aussi, j'aurais voulu parler à Serge Valère lorsque nous avons discuté de Genet, pour qu'il n'y ait pas de malentendu ; lui expliquer que j'ai aimé l'homme et l'écrivain Jean Genet car j'aime l'homme et l'écrivain Jean Genet, pas pour cette mythologie inintéressante et, aujourd'hui – mais pas à l'époque – banale. Je me suis méfiée de mon intérêt pour les jeunes filles de Fresnes, l'intérêt qui me portait vers elles. Je me suis demandé si cela ne relevait pas d'un goût puéril pour la déviance, et si je ne les assignais pas à ce rôle de déviantes et de symbole. Mais non : je ne le fais pas. En toute conscience je ne le fais pas.

Au café avec Valère, je n'avais pas poursuivi la discussion sur les Juifs et Genet car je ne voulais pas avoir l'air de la Juive, la demi-Juive qui embraye dès qu'on la lance sur les Juifs ; moi qui suis devenue israélienne car je ne voulais pas être de ces Juifs d'Europe qui – le peuple juif, la culture juive, le monde juif d'Europe ayant été détruit, extirpé du continent, l'Europe étant désormais pour toujours *judenfrei*, *judenrein*, libre et nettoyée des juifs – n'ont d'autre choix que d'être juifs par la religion ou la mémoire de Shoah. Je suis sioniste. J'aime Israël car Israël est vivant. Mais là-bas, j'étais parmi les Hébreux, j'étais au Moyen-Orient ; et Juive d'Europe, du monde juif que mes grands-parents portaient encore en eux, je ne le serai jamais. Juive du pays des morts. *Todesfuge.* Dire *je*, après et avant ce mot, me jette au sol de honte.

Jamais non plus je ne perpétuerai leurs gènes, leur souvenir, leur lignée. Les enfants : la vie, la victoire. Comment survivre sans la fiction de la perpétuation de la vie ? Qu'ai-je encore à gagner, comment ne pas perdre, et n'être pas perdue ? Descendance terminale. Fille perdue. Non-mère. Non-femme, car les hommes, à qui je demandais de me faire femme, dans leurs bras, dans leur amour, de me faire femme et de me faire mère, je dois les quitter aussi, leur pouvoir transfigurant se désagrège : les années passent et les magies disparaissent, avec la jeunesse. C'est là où j'en suis. J'en suis là. Face à Serge Valère qui, lui, je le ressens, se voudrait auto-engendré, né de personne – et je l'admire pour cela, j'admire cette autonomie, le désir, l'action propre, être debout et avancer tout seul, démiurge de soi-même, ailé mais sans racines. Face à Serge Valère contraint d'aider son fils à retrouver un lignage et qui, ô ironie du sort, me charge de cette mission.

Je savais que dans l'immédiate après-guerre, à Fresnes, au moment de la mutinerie de mai 1947, les graffitis des miliciens condamnés à mort, des ordures à galons, des ronds-de-cuir assassins, sans vergogne ni repentir, recouvraient, remplaçaient ceux des martyrs. Derrière les mêmes murs que les jeunes filles de Fresnes sont ainsi parqués les hommes que pendant quatre ans on leur a présentés comme des exemples absolus, les garants de l'ordre et de la morale. Au même moment où il réprimande ces jeunes pécheresses pour leur manque de contrition, l'abbé Popot fait décorer la chapelle de la prison par des fresques de l'un de ses prisonniers préférés, pénétré comme lui par l'amour du Christ, le dessinateur et caricaturiste Ralph Soupault, dit Rio. Il a fait, après son passage derrière les barreaux, un livre sur son séjour à Fresnes, textes avec des illustrations, où l'on voit représentés sur certains dessins ces graffitis superposés, *Vive la légion, À bas de Gaulle,* avec les cœurs percés et les bites érigées, gravures de voyous. Sa première caricature pendant l'Occupation représentait un boucher juif au rictus cruel, gras, lippu, nez crochu, vêtu d'un tablier sanglant et couteau à la main, devant sa devanture où pendent à un croc des cadavres de bons Français. Un écriteau sur sa vitrine indique : « Viande casher. » Maintenant, sous le regard ému de l'abbé, Soupault peint la Vierge.

En 1947, après l'exécution d'un milicien, en l'honneur de ce jeune condamné à mort, il dessine pour la chapelle et la messe de Noël toutes les étapes du Chemin de Croix : la dernière image représente un jeune homme attaché à un poteau d'exécution.

# IX

Serge Valère avait donné rendez-vous à Elvire une grosse semaine après leur premier rendez-vous, pour signer les papiers. Nous sommes au coin de la rue du Bac, à côté de son cabinet, un café où il déjeune souvent et prend presque tous les matins son espresso. Dans les années soixante-dix, il y avait vu plusieurs fois Romain Gary, seul à une table. L'écrivain habitait la rue. Il n'avait jamais osé l'aborder, lui dire à quel point il l'admirait. Pourtant Serge Valère avait déjà collaboré avec M^e^ Kiejman, qui s'occupait des histoires de contrat de l'écrivain, il aurait pu s'en recommander. Mais il n'avait pas osé. Gary était vêtu d'un grand poncho, ses yeux transparents semblaient voir passer des fantômes.

Elvire Horta est arrivée la première, elle est déjà assise. Au moins dix kilos de trop, se dit Serge Valère en l'apercevant et en marchant vers sa table, voire quinze, peut-être même vingt vu la ville et le quartier. Il se dit que ça doit être à cause de ça que Jonathan est son ami et pas son amant. Il a raison dans le sens où, même si le manque d'affinité sensuelle – l'amitié – est la principale raison de leur non-commerce sexuel, le poids atteint par Elvire rendrait de toute façon l'idée inenvisageable aux yeux de Jonathan. Car ces dernières années, si Elvire n'a pas réussi à prendre du poids grâce à une grossesse, elle a très bien réussi à prendre dix kilos à cause des traitements, de la tristesse et de l'arrêt total de la cigarette ordonné par les médecins du service de FIV. Les centaines et centaines de piqûres dans le bide à heure fixe ; elle ne savait que faire des seringues vides – quand ç'a été fini, pour elle, quand on lui a dit que n'était plus la peine d'essayer encore, elles étaient toutes dans un grand carton. Un carton de déménagement, débordant de seringues hérissées.

Pendant qu'il avance vers Elvire, Serge Valère se fait cette réflexion sur le nombre de kilos en trop – ou plutôt cette pensée lui traverse le cerveau, fait un rapide circuit électrique entre ses neurones sans qu'il se l'approprie vraiment –, mais lui, il a aimé le gras. Sexuellement, dans une chambre, dans un lit, il a aimé le gras. Ce ne sont pas les bourgeoises à jupe crayon qui ont empli ses fantasmes de jeune homme. Il aimait les crémières, les charcutières, le lait, la lactescence, les offertes, les gros seins, les cuisses remplies, à saisir, où enfoncer ses mains, il aimait prendre. Sentir ses mains se fermer sur de la chair, la presser, filer des claques pour sentir la peau recevoir et résister, frémir, trembler. Il moquait ses amis qui appréciaient le modèle jeune faon, hanches de garçonnet. Mais il n'aimait pas non plus les femmes massives ni trop grandes, il aimait le contraste entre la finesse d'une attache et le plein de la chair. Même les tailles grasses lui allaient, s'il sentait l'ossature fine en dessous, dans la torsion du corps. Les doigts, la paume enfoncée jusqu'à sentir les côtes et les os pelviens sous la chair.

Sa femme n'avait rien à voir avec ses goûts de départ, même s'il avait évolué et avait appris à apprécier aussi les corps minces, les muscles déliés, les dessins purs. Sa femme correspondait aux goûts de tous. Lorsqu'il entrait dans un restaurant avec elle, il le constatait. Ça l'amusait de le constater. Il n'avait pas besoin de femme trophée pour se sentir dominant mais ça l'amusait, comme cela l'avait amusé d'amener les femmes les plus débordantes, les plus voyantes, les plus provocantes et dépourvues du vernis des bonnes manières, dans les endroits huppés, les réunions mondaines – qu'il ne fréquentait d'ailleurs que rarement et par obligation –, de les entendre rire trop fort, dire des horreurs et de les voir remonter leurs bas à table, avec aperçu du porte-jarretelles. Il l'avait connue alors qu'elle était modèle pour des catalogues et hôtesse d'accueil dans le club de sport qu'il fréquentait, car il avait toujours pris soin de son corps : ressentir et déployer son essence, devenir, devenir dans chacune de ses fibres ; il avait longtemps joué au foot avec l'équipe du barreau, il avait fait de la boxe, il courait avant que ça soit passé dans les mœurs, pendant trente ans il avait fait de l'alpinisme avec Feldheim à Chamonix où ils avaient pendant longtemps possédé chacun un étage dans un petit chalet. Maintenant son dos ne lui permettait plus d'efforts violents. Ni longs ni violents. Un hiver, il avait emmené Kathrin à Chamonix, elle n'était qu'une parmi d'autres, agréable, très jolie. Elle skiait bien. Le froid lui allait bien. Elle parlait mal français, son accent était charmant, sans le côté guttural de la langue germanique, magnifique en poésie et en chanson, effrayant dans la parole du quotidien. Elle était seule. On sentait qu'elle était seule. Elle avait quitté l'Allemagne très jeune et avait vécu dans différents pays. Valère n'avait pas posé beaucoup de questions, il aimait ne pas tout savoir d'elle, mais il lui plaisait d'imaginer que quelque chose n'allait pas, que quelque chose n'avait pas été. Elle avait ce côté flottant.

Elle l'aimait. Elle s'était posée dans sa vie : il n'avait tout simplement jamais eu de raison de rompre. Cela n'avait pas été un choix. Puis l'enfant.

Pour tous ses amis elle était la femme idéale. L'ingénue, la dévouée, la pas chiante, l'âme claire et les yeux clairs, à protéger mais facilement, à protéger mais de rien de grave.

Il avait soudainement décidé de l'épouser, car il avait décidé soudainement de devenir père, décision dont l'impériosité n'avait rien à voir avec elle mais avec d'autres circonstances de sa vie. Elle paraissait convenir parfaitement au rôle attendu, il s'était dit que ce serait possible de construire une famille avec elle, de vivre avec elle, car elle donnait l'impression que le fait d'être l'épouse de l'homme qu'elle aimait, la mère de son enfant, la personne qui aurait les mêmes clefs d'appartement que lui, lui suffirait. Elle ne faisait jamais aucun reproche. Elle l'ancrait dans la normalité, il ne voulait pas que son enfant ait une famille différente des autres. Sa femme n'entrait dans le tableau du parfait cliché bourgeois qu'en apparence, Valère éprouvait à son égard quelque chose qu'il ne pouvait sans malhonnêteté séparer du sentiment amoureux ; ce sentiment ne l'a jamais quitté, ne l'a toujours pas quitté, même à présent. Kathrin s'était acclimatée au milieu de la rive gauche parisienne, mais elle aurait été profondément la même, animée par le même désir de satisfaction par la simple conjugalité, dans n'importe quel environnement social, dans n'importe quel lieu ou pays. Elle n'abritait en elle aucune vanité, aucune frustration, et même le fait de ne pas posséder Serge Valère corps et âme ne la faisait pas saigner. Une forme de propreté intérieure, qui l'avait séduit.

L'accouchement avait été terrible. Elle était la seule à hurler avec des cris inhumains, hurler de peur, le médecin avait assuré à Valère qu'avec la péridurale elle ne pouvait pas autant souffrir.

Elle aimait son fils mais l'aimait moins qu'elle aimait Valère, c'est lui qui la forçait à s'intéresser à la vie scolaire, aux activités, aux vacances de son fils, elle l'aurait laissé en friche en lui embrassant de temps en temps les joues. Il s'était dit qu'il n'avait rien compris.

Dans la vie, à la moindre contrariété, elle pleurait. Mais elle ne pleurait pas comme une enfant émouvante, elle pleurait comme un veau, se disait Valère, et n'importe où, devant n'importe qui.

Ses très grands yeux faisaient que les gens étaient gentils avec elle.

Il était seul, au bout du compte. Comme il l'avait souhaité, selon sa conception du couple qui était une forme de confort, non pas matériel mais mental ; ne pas être dérangé. À Feldheim, en ironisant sur sa vie conjugale « de bulot », il exposait ainsi les choses : « Selon moi, un couple c'est comme une table, pour qu'il tienne bien, les pieds doivent être suffisamment éloignés. » Feldheim avait un jour répondu : « Encore faut-il qu'il y ait quelque chose sur la table. »

Un peu après la naissance de Théo, Kathrin avait voulu acheter une maison de vacances en Provence. Un été, elle avait traîné Valère vers Lourmarin où elle avait des connaissances, des voisines du quartier, beaucoup de femmes d'avocat. Où il y avait des marchés. Elle lui avait montré un mas en vente, à retaper, et lui avait fait admirer plusieurs points de vue des alentours. Le tapis grisé ou bleuté de la végétation, le paysage passé au bleu-gris des tapis d'oliviers, tout était plat ou petit, rien n'était haut, rien ne venait de loin, le ciel n'avait aucune profondeur, le soleil se levait et se couchait sans encombre et sans frasques. Les cigales sciaient tout ça de leur tic-tac morbide, de leur crissement emballé, mini cris lubriques jetés à l'infini comme une toile invisible.

Il détestait. Où tu veux mais avec une montagne ou la mer, avait-il pensé. Quelque chose à regarder. Il avait l'impression d'être balancé là comme le cochonnet d'une partie de pétanque. Abandonné dans la poussière sous le cagnard, à 2 heures de l'après-midi. Pourquoi aller quelque part où l'on est obligé, l'été, de faire la sieste pour supporter de passer la journée. L'accent des gens l'agaçait, il avait l'impression qu'ils faisaient exprès. À Marseille, il n'avait pas cette impression. Même à Marseille il n'avait jamais pris l'accent. Il paraît que Camus avait l'accent pied-noir en arrivant à Paris. Valère était arrivé à Paris la voix raclée de tout lieu, de toute racine. Prête à servir.

« Nous avons de quoi nous acheter une vraie maison, maintenant, avait dit Valère.

– Si on retape le mas, Serge, il sera aussi confortable que n'importe quelle maison !

– Pourquoi ne pas acheter directement une maison finie, alors ? »

Elle avait compris que c'était peine perdue, ses visions du mas, des transats, de l'ombre des figuiers qui aurait senti comme un parfum d'ambiance incroyablement réussi, avaient reflué en elle comme une buée disparaît. Le miracle de sa femme, toujours renouvelé : elle s'éteignait très vite. Pas dans un sens mauvais ou triste. Elle passait à autre chose. Comme si tout pouvait se succéder, se remplacer, sans trop compter, que les lourdes strates d'abandon ne pesaient rien, ne faisaient pas leur trou dans le réel, leur travail de sape. (Le vide sous les bâtis, qui résonne sous les pas… Ces gisements de vide et de jamais. Jamais.) Elle suivait. Elle laissait tomber, au sens propre, elle laissait les moments tomber et se dissoudre avant de toucher le sol, disparaître sans éclats, sans tranchant.

Ainsi, il n'avait jamais l'impression de lui faire du mal. C'était incomparable. Elle avait été la première femme avec laquelle il avait eu cette sensation. Même avec Gaby, qui ne souhaitait pas le posséder et n'exigeait rien de personne sauf d'elle-même, ça n'avait pas été le cas. Il avait le sentiment de lui faire du mal car il ne pouvait pas lui faire d'enfant. Avec elle, il aurait voulu. Il avait payé, au début des années soixante-dix, pour qu'un chirurgien d'une clinique de Casablanca ouvre son sexe comme un sexe de femme, mais il ne pouvait changer son ventre en matrice. La rendre femme, oui, la rendre mère, non. Serge Valère n'a jamais eu d'aventure ni d'attirance homosexuelles. Justement, c'est sa féminité qui l'attirait chez Gaby, pas le fait qu'elle soit née dans le corps d'un garçon, et le sentiment qu'en devenant son amant il la créait femme, comme s'il faisait naître Ève depuis le limon même, l'émerveillait. Avant l'opération chirurgicale ils n'étaient pas amants, il avait été son premier homme, finalement, le premier homme à la connaître enfin femme. Pourtant, il sentait sa puissance entravée en lui faisant l'amour – avec elle il faisait l'amour, cette expression qu'il trouvait ridicule, mais qui avec Gaby, il ne savait pas pourquoi, prenait sens. Non parce qu'il l'aimait follement – il ne l'aimait pas follement –, mais parce qu'il lui voulait follement du bien. Il aurait voulu lui donner tout ce qu'elle désirait sans le dire, sans avoir jamais même eu le droit de le désirer, mais il ne le pouvait pas. Lui faire un enfant, il ne le pouvait pas. Elle disait qu'en la pénétrant il la faisait jouir, qu'elle pouvait avoir des orgasmes car les zones de la jouissance avaient été conservées. Il s'était toujours demandé si c'était vrai, elle lui avait un jour dit arrête de poser la question, arrête de te poser la question. Avec les autres femmes tu te poses la question ? Non. Bon alors arrête.

Il avait cessé, il avait seulement continué à lui faire l'amour, jusqu'à ce qu'elle parte. Lorsque Kathrin était tombée enceinte et qu'il l'avait épousée.

Après le mariage, Gaby n'avait plus jamais voulu partager son lit ni qu'il la voie nue. Lorsqu'il venait la rejoindre à Saint-Malo, où elle était devenue professeure d'anglais après avait obtenu des papiers correspondant à son nouveau sexe (« Saint-Malo, comme ton cher François-René, le destin, non ? avait-elle dit. Ou alors je n'ai pas choisi mon affectation par hasard… Je me le demande »), elle le laissait seulement appuyer la tête sur son épaule, quand elle relevait la sienne, pour regarder la mer depuis le balcon, tous les deux enfoncés dans les grands fauteuils, et il sentait la laine de ses pulls, toujours plus douce, gonflée. Ces moments perdus, perdus, perdus, disparus avec elle. Il ne savait pas qu'elle lui manquerait autant. Elle prenait soin de lui et il ne l'avait pas su.

Valère est vraiment un bel homme, se dit Elvire en le voyant s'asseoir, précis, rapide. Il fait son âge, il n'a rien de remarquablement beau, c'est davantage lié à sa façon de porter une chemise, assez serrée ou plutôt exactement à sa taille, avec des plis mais pas non plus froissée. Il ne porte pas les chemises comme on les porte maintenant. On s'attendrait à ce qu'il ait un maillot de corps ajusté en dessous, blanc, sans manches, comme les hommes d'avant, comme dans les films. Il n'est pas grand mais on n'aurait jamais l'idée de le trouver petit. Idem. Il a la taille des hommes d'avant. Mesurée. Il a toute cette normalité et cette banalité, cette absence de recherche et de négligé totalement inactuelle qui le rend non pas beau, mais bel homme. Oh, M$^{e}$ Valère, il est bel homme, diraient les grands-mères.

S'il n'avait pas eu l'âge d'être mon père, est-ce que j'aurais eu envie de me le taper ? se demande-t-elle. Elle pense : après tout, maintenant je suis bien obligée de coucher avec des hommes plus vieux que mon père, qui a trente-six ans pour toujours, alors que moi, je vieillis. Elle connaît la réputation de Serge Valère. Homme à femmes. Jonathan lui avait raconté un dialogue. Il avait dit à son parrain je suis comme toi, j'aime les femmes. Serge Valère avait été offusqué, il avait dit ce n'est pas du tout ça, ne dis pas ce genre de phrase, c'est comme si tu disais j'aime les chiens. Tu n'as rien saisi.

Elvire s'est toujours retrouvée embarquée dans des histoires d'amour avec des Don Juan, elle s'en est déjà fait la remarque. Dans une conférence sur le couple à laquelle elle assistait pour un magazine féminin, afin de repérer des intervenants à interviewer au besoin, elle avait entendu une psy argentine dire, en parlant de la figure de Don Juan : « Pour lui, il n'y a pas de traits qui conditionnent le choix : il lui suffit de *l'odor di femina*, qui serait l'équivalent de l'essence même de la féminité. Et s'il y a des femmes qui tombent toujours amoureuses d'un Don Juan, c'est peut-être parce qu'elles croient que lui, Don Juan, détient le secret de la féminité qu'elles-mêmes ignorent. » Bingo, s'était-elle dit, vaguement mortifiée, comme face à un psy exaspérant qui soudainement fait une remarque pertinente. Les hommes m'ont distinguée, m'ont vue, avait pensé Elvire, ont reconnu la femme en moi, pas les femmes, les femmes ne m'ont jamais reconnue.

Ensuite, elle s'était oui, mais inversement. Ce sont peut-être ces hommes-là qui m'ont choisie. Et elle avait cessé d'y réfléchir.

(Elle avait dit un jour à sa mère : « Mais maman, qu'est ce qui t'a pris de m'appeler Elvire ? Elvire, c'est l'Éconduite ! » Sa mère lui avait répondu que son père avait un disque de l'opéra de Mozart, qu'il ne possédait rien sauf ce disque qu'il écoutait en cuisinant – son père avait eu un restaurant, une sorte de restaurant gastronomique populaire tenu par des gauchistes, on se demande pourquoi il a fait faillite. « J'ai pensé aux arias d'Elvire », avait dit sa mère.)

Depuis sa rencontre avec Serge Valère, elle réfléchit à ce qu'elle pourrait donner à faire à son fils Théo.

Contacter tous les Lauris de la Marne et leur demander si personne dans la famille n'a le souvenir d'une Madeleine, née en 1927 ? Ça devrait l'occuper. En attendant les réponses des services des archives et des demandes de dérogation, elle est bloquée, tout en étant de plus en plus captivée par ce qu'elle découvre sur Fresnes. Elle a besoin de tout remettre en place avant d'en parler aux Valère père et fils, elle dépouille la presse, tout ce qu'elle peut trouver dans les différents fonds d'archives, engloutis au cœur de vaisseaux *seventies* où les thésards et les généalogistes vont se crever les yeux, comme elle. L'idée de se décharger sur Théo d'un travail ingrat, avant d'éventuellement le recommencer plus tard elle-même, ne lui semble pas une mauvaise piste. Depuis qu'un autre passé que le sien l'a happée, elle respire mieux, elle dort. Elle veut continuer.

À propos de Théo, Jonathan lui avait complété le tableau. « C'était l'élève parfait. Beau, avant qu'il ne soit défiguré par l'acné. Il refuse absolument de se soigner, c'est comme s'il exhibait un champ de bataille ou un charnier à chaque fois qu'il regarde quelqu'un, c'est évidemment agressif. Très fort en lettres, ça les a rapprochés. Valère n'a pas été un mauvais père mais il travaillait énormément. Et puis de temps en temps il partait, il disparaissait. Il dit qu'il part faire du bateau en Bretagne pour se vider la tête avant ou après un grand procès, mais je l'ai vu un jour à l'œuvre en vacances, ça me semble suspect, il ne connaît rien à la navigation… C'est un des mystères de Valère. Pour ses histoires parallèles, là, il n'y a pas de mystère, sa femme accepte, elle a tout accepté. Il ne se cache pas. Tout le monde connaît la réputation de Valère. Il vanne toujours mon père d'être l'homme d'une seule femme, d'avoir une vie si réglo. Je crois que dans les années soixante, ils en ont pas mal vu, pas mal fait, et qu'il n'a jamais compris que mon père se soit rangé, il voit ça comme une émasculation. Il disait à mon père : “Tu t’es jeté dans le couple pour être débarrassé de la vie, par paresse, par égoïsme, tu n’as pas assez d’énergie pour le travail plus les femmes, pas assez d’énergie vitale, tu as une ambition unidimensionnelle, tu manques de générosité.” Mon père ne se vexe jamais, c’est une petite joute rituelle entre eux... Valère soutient qu’il ne faut pas trop comprendre sa femme ni qu’elle vous comprenne trop sinon tout fout le camp. Je me demande si c’est pour ça qu’il s’est mis avec une Allemande. Théo était mignon. Pas très gai pourtant. Regard grave. Donc le mignon petit enfant est devenu un adolescent disgracieux et mutique, on a beau savoir que ça risque de tourner comme ça à partir de treize ans, à ce point-là et aussi brusquement, ça doit être un choc... S’être tapé toutes ces galères pour ce résultat...

– Quelles galères ? avait demandé Elvire.

– Bah. L’enfant, quoi », avait répondu Jonathan.

(Jonathan, qui avait trois enfants additionnés de deux grosses pensions alimentaires à payer, se plaint souvent de l’ennui des sorties au parc, des discussions éternellement recommencées sur les dinosaures-robots, il dit regretter déjà de ne pouvoir déshériter sa progéniture, car il est contre l’héritage. Il pense qu’il faut repartir de zéro à chaque génération, sinon la dégénérescence guette. Une de ses théories – et de ses contradictions –, car il avait repris l’étude Chevilly de son grand-père maternel, comme son grand-père l'avait héritée du sien et ainsi de suite depuis 1850. Elvire avait un jour dit à Jonathan : « J'adore les enfants. » Jonathan lui avait répondu, pince-sans-rire, comme toujours : « Ah bon, pourtant ils sont bêtes et ils dessinent mal, non ? » C'était il y a longtemps. Elvire était alors sûre d'une chose dans la vie, c'est qu'elle aurait des enfants. Tout a changé avec l'explosion de cette certitude, son annihilation. Lorsque Jonathan essaye de la consoler, il lui expose : « Tu sais, échapper à la loi de l'évolution, c'est la liberté suprême, l'affirmation d'une certaine dignité humaine. Tu reprends ta destinée en mains, tu sors des rails et du dessein que la biologie te trace. » Il essaye de la consoler. Elle n'est pas consolée. Elle est malheureuse. Très malheureuse.)

Jonathan avait fini par une boucle, revenant vers la femme de Valère.

« Quand Théo s'est effondré, qu'il n'est plus sorti de sa chambre, sa mère n'a rien fait, complètement passive, inquiète mais passive. Elle est souvent à l'ouest, aucune autonomie, heureusement qu'elle a de l'argent. Je pense que si elle ne faisait pas livrer ses courses, elle se laisserait mourir de faim. Valère croit qu'elle est une fée du logis mais tout ce qu'elle fait, c'est donner des ordres très polis et affectueux à une Thaïlandaise... Elle a un designer de balcon. Elle prend son panier en osier, elle va discuter avec les commerçants rue de Buci, elle achète un fromage et des denrées légères. On partait en vacances ensemble parfois, ma famille et eux. Ma mère et Kathrin embauchaient une dame pour faire la précuisine, c'est-à-dire couper, éplucher, tous les trucs chiants... Je trouve ça dingue. Qu'est-ce qu'elles diraient si leurs maris embauchaient un mec pour les prébaiser ? Les préliminaires, ça ennuie la plupart des mecs. Quoi ? Bien sûr que si c'est vrai. Et leurs discussions sur les bonnes philippines... Très gentille, Kathrin Valère, par ailleurs. Très amoureuse. Sa galerie, elle est gérée par un assistant, comme par hasard elle n'a pas voulu d'une femme en plus dans les parages de son mari – elle y va comme on va jouer à la marchande. Théo va mieux mais il en veut à son père, d'avoir caché ses origines, de n'avoir pas été assez présent... Valère en prend plein la gueule. Depuis qu'il a quitté l'hôpital, Théo ne sort pas de sa chambre, même pas dans le reste de l'appartement. Il faut lui apporter à manger, mais il développe un site, il n'arrête pas de poster des trucs, il s'est lancé là-dedans cette année et maintenant il a quarante mille followers, tu te rends compte ?

– C'est sur quoi ?

Jonathan avait souri.

– Demande à Valère, c'est amusant.

– Allez, c'est sur quoi ?

– Demande. Ça va te faire rire. Tu vas rigoler. »

Valère s'approche donc en se disant dix kilos de trop cette fille, Elvire se dit donc bel homme à l'ancienne, Me Valère ; ils sont en passe d'être assis l'un à côté de l'autre à une table. Ils se rejoignent, chacun avec ses pensées, son histoire, ses méandres de pensées et les méandres de son histoire ; ils se voient, respirent le même oxygène, et imperceptiblement il y a plus que ça. Une rencontre sur un quai de gare ; deux parcours qui ne se croiseront plus, mais dont la jonction, à un moment donné, prend sens. Car des trajectoires qui n'ont rien à voir, opposées, peuvent occuper le même lieu un instant, et, de façon éphémère, les deux personnes en être plus ou moins au même point. Ou alors affinités, affinités dit-on. Elvire se demande si Serge Valère ne sent pas, ne devine pas, une similitude entre lui et elle – le manque, l'absence depuis l'enfance, même s'il prétend ne pas en être affecté, ou une similitude secrète entre son fils et elle, ou alors, se dit-elle, peut-être pense-t-il qu'avec la littérature ils ont comme un pays commun. « Dites-moi, je vous fais rire, aujourd'hui ? » dit Valère en tirant la chaise pour s'asseoir. Il ne finit pas le mouvement et hèle le serveur qui arrive pour débarrasser une table. « Est-ce possible de rapprocher ces tables ? » demande-t-il, sans laisser le choix. Le point d'interrogation final n'a rien d'une interrogation, ne demande aucune autorisation. Il prévient. Valère, sans attendre la réponse, fait donc le tour de la table, rapproche celle qui est à droite d'Elvire, le serveur l'aide, il s'assoit en dévisageant le serveur, puis son regard inspecte les visages des consommateurs. « Il y a eu distribution de gaz hilarant ? Vous savez d'où sortent tous ces sourires béats ? »

C'est vrai qu'Elvire, le serveur, le père avec son gosse qui mange sa glace au chocolat, les petites étudiantes, le quinquagénaire élégant, tout le monde a encore la bouche en biais, les yeux plissés, l'air de se remettre d'un fou rire. Une posture un peu tordue. « Non, une scène amusante, à l'instant… J'ai trouvé ça drôle mais je ne sais pas si ça vaut le coup que je vous la raconte, c'est compliqué à restituer et je ne pense pas que ça vous amuserait… »

À la terrasse, deux tables sur la droite, à quelques mètres, de l'autre côté de la travée qui mène à l'entrée du café, une vieille femme fume, les jambes croisées, le dos appuyé à sa chaise. Elle regarde devant elle, elle ne regarde rien. Elle n'a pas d'expression particulière, ou alors celle de l'attente patiente, du moment bloqué, comme quand on est en avance à un rendez-vous médical. Le regard droit, pas un mouvement du corps. Elle fume. Seul le coude posé dans sa main fait basculer son avant-bras maigre et gracile. Elle ne bouge pas le menton, ni la bouche, ni les yeux. Frêle, émaciée, belle tenue mais rompue par l'âge de l'intérieur, à la Joan Didion de la fin. Pas maquillée. Elle a les cheveux totalement blancs, onduleux, qui lui encadrent le visage. Vieux visage fragile, froissé, posé sur un ballot lâche de coton immaculé. Elle porte un T-shirt plissé à manches longues vert pomme. Pas excentrique, pas spécialement élégante, mais pas tout à fait banale. Elle songe. Ou alors elle essaye de ne penser à rien. Plutôt la deuxième option. Elle essaye de ne penser à rien. Elle est seule face à la rue et la petite haie sur laquelle l'ardoise du menu repose, quelques tables plus loin.

Balancier du bras. Expiration de la fumée.

Quelques minutes plus tôt, Elvire a entendu une voix d'homme jeune monter, s'emplir d'éclat. Ton d'engueulade. Elle a tourné la tête, le jeune homme était à la table de la vieille femme, Elvire ne les avait pas remarqués avant. Elle n'a pas saisi la conversation, elle a seulement entendu la fin, presque criée : « ... ce mépris des institutions ! C'est insupportable. » Le jeune homme s'est levé d'un coup et a fini sa phrase : « Et là, on va s'arrêter sur ça », puis il a repoussé sa chaise violemment, avant de partir à toute allure dans la rue, sans se retourner, l'air furieux.

La vieille femme n'a pas bougé. Adossée à sa chaise. Bascule de l'avant-bras. Regard droit devant, vers le rien et les tristes troncs des platanes métropolitains.

Un jeune homme avec des béquilles, assis à la table devant eux, et qui leur faisait dos, a payé l'addition et s'est levé, en récupérant sa béquille il s'est tourné vers la vieille et il a dit : « Dites donc, je sais pas qui c'est mais il est casse-couilles ! – Comment ? lui a demandé la vieille dame, absorbée dans ses pensées ou sa non-pensée, toujours sans bouger un muscle de la face. – Je ne sais pas qui est ce jeune homme mais il est casse-couilles ! a-t-il répété d'une voix forte, pour que la vieille dame entende ainsi que toute la terrasse. – C'est mon fils », a-t-elle dit d'une voix monocorde, toujours sans un mouvement de sourcils, de jambes, de rien du tout. Toujours en fumant lentement, pensive, absente, aussi inpénétrable qu'un métronome. Mais on pouvait quand même, une milliseconde, percevoir l'accablement et le soupir. En même temps, c'est comme si elle donnait l'explication. Voilà. C'est mon fils. Il me fait chier et me fait tous les reproches, c'est mon fils, c'est normal, c'est la loi, la logique persistante et fatale des choses et ça continuera jusqu'à la tombe. Petite pause.

Puis Elvire a éclaté de rire, le serveur a éclaté de rire. Toute la terrasse a commencé à se marrer.

Elvire a toujours prêté attention. Mais depuis qu'elle est rentrée en France, encore plus, comme si en écoutant, en regardant les petites choses et les petites scènes de tous les jours, elle se réfugiait dans une de ces mélodies à la Satie, de guingois et qui serrent le cœur alors même que l'on chantonne doucement ; les notes dissonantes et mélancoliques du quotidien. La vie comme elle va. On ne comprend rien à la partition, on chantonne, on sourit dans le vague, le cœur se serre.

C'est à ce moment que Valère est arrivé et a refusé de s'asseoir dos à la rue, il ne supporte pas ça, comme Elvire d'ailleurs. Il est difficile de comprendre comment on peut s'asseoir dos à la rue, pour ceux qui ne s'assoient jamais dos à la rue, ou dos à la salle, dos à l'entrée. La séparation entre la catégorie des personnes que ça ne dérange pas et celle que ça met mal à l'aise doit être très solide, définie. Ça fait partie de ces mille détails apparemment anodins qui séparent probablement les êtres aussi bien, aussi fort, qu'une opinion politique, des goûts sexuels, une origine sociale, l'intérêt pour le tuning vs l'intérêt pour Offenbach.

« En fait, ça vous aurait peut-être intéressé, c'est cette femme, là, son fils vient de partir en lui hurlant dessus. Donc, bon... Il y a un fil. Avec vous, je veux dire. Une problématique commune.

– Vous êtes bien familière avec votre employeur... Non, continuez, ne vous gênez pas, moi aussi je trouve ma situation ridicule. Et puis, voyez-vous, je ferais volontiers l'échange avec cette dame. Au moins son fils est capable de s'habiller, de sortir de chez lui, et de lui dire ce qu'il lui reproche. À ce propos, vous avez eu une idée, pour Théo ? »

Elvire lui explique l'idée de faire la tournée téléphonique de tous les Lauris de la Marne.

« Non, il est encore beaucoup trop fragile pour ça, répond Valère. Communiquer, poser des questions, prendre contact... Trop de stress. Il faut que ce soit une tâche solitaire, qu'il puisse accomplir de son côté, sans interaction avec des inconnus qui pourraient être brutaux.

– Je comprends. Jonathan m'a dit qu'il avait monté un site qui a beaucoup d'audience, une vraie réussite, m'a-t-il dit. Mais je n'ai pas compris de quoi il s'agissait...

– Je suis sûre qu'il vous l'a dit. Ou que vous l'avez appris.

– Non, je vous assure…

– Il paraît qu'en tapant mon nom sur Internet, on tombe très vite sur son site. On cherche mon nom, on trouve le sien, on va sur son site.

– Mais pourquoi tombe-t-on rapidement sur son nom ?

– Nous avons écrit un livre ensemble, quand il avait une douzaine d'années. Enfin, nous l'avons signé, il y avait un nègre qui travaillait pour l'éditeur avec nous, il s'agissait d'une collection de petits livres dans lesquels des personnalités expliquaient leur profession ou leur domaine à leur enfant à travers leurs expériences, sous forme dialoguée. Mi-autobiographique mi-didactique. Le nôtre s'intitulait *Défendre*, on mêlait réflexions sur la justice, le métier d'avocat, des anecdotes personnelles… Théo s'était beaucoup investi. Je crois qu'il aime écrire. Qu'il aimerait écrire. Mais ça, c'était avant… Quand je pense à l'énergie et au temps qu'il consacre à son site.

– Le sujet n'est pas intéressant ? »

Pfff, fait Valère. Et en disant pfff, en disant ça, il est comme une maison, un immeuble, dont la structure menace et qui, par étages successifs, s'affaisse, en commençant par le haut.

Il se prend la tête à deux mains. À cet instant, devant moi, il entreprend involontairement de donner vie, d'incarner dans sa perfection, de chorégraphier l'expression : se prendre la tête à deux mains. Paumes sur les tempes, front penché en masse vers la table, doigts étalés, comme s'il fallait stopper ses pensées à la manière dont on arrête un tir au but, ou retenir un ballon avant qu'il ne tombe dans un lac, ne passe par-dessus une clôture, ne s'envole vers des sphères par-delà des clochers, des flèches de cathédrale. Sa tête pèse des siècles.

« Si c'est trop compliqué, j'irai voir par moi-même, ne vous embêtez pas… dit Elvire. Comment s'appelle le site ?

– La douleur et l'ennui.

– Pardon ?

– C'est le nom du site. D'après la phrase de Schopenhauer, la vie oscille entre la douleur et l'ennui.

– Avec ce qu'il a vécu récemment, ce n'est pas très gai mais ça peut se comprendre. Quel est le contenu ?

– Le problème n'est pas le nom du site, le problème c'est justement ça, le contenu. Ce qu'il a indiqué en centre d'intérêt sous le titre du site. Tenez, regardez. »

Valère cherche dans la galerie photo de son téléphone portable, laborieusement, à la boomer. Il lui tend une capture d'écran. « Voilà. »

Elvire voit écrit, sur la page Facebook :

« Centre d'intérêt : Nihilisme/Caca. »

Elle crache son café.

« Nihilisme slash caca ? Je ne vous crois pas ! »

Valère s'est transformé en statue de sel. Affaissement interne, visible cependant.

« Je ne vais pas vous le dire à voix haute et le répéter, non ? C'est ça que vous voulez ? Si vous pensez que ça me choque, non, pas du tout, je trouve ça parfaitement vulgaire et puéril, et je redoute que ça lui colle à la peau lorsque sa crise d'adolescence sera passée. Vous imaginez pour un employeur ? Un directeur de thèse ? Et puis oui, c'est vrai, ce n'est pas réjouissant pour un père. Voyez ce qui sort quand on tape le nom de mon fils dans un moteur de recherche, ce n'est pas : lauréat du concours général, ce n'est pas membre de l'équipe de volley du lycée Chaptal, ce n'est pas secrétaire de la conférence des jeunes avocats, c'est : nihilisme et caca ! Et le contenu de son site, si je puis dire, c'est une alternance de citations et textes désespérés, et la même chose sur... sur l'autre sujet, le deuxième centre d'intérêt. De l'obsession scatologique avec un vague alibi culturel, enfin, j'ai seulement vu quelques publications et j'ai demandé à ma secrétaire de m'éteindre ça, elle m'avait fait la recherche et ouvert la page, le site, enfin quel que soit le nom de ce machin. »

Quand Serge Valère avait appris à quoi son fils passait ses journées, il lui avait dit : « Mais enfin, Théo, quel âge as-tu ?! »

Théo lui avait demandé :

« Est-ce que tu le sais ? Tu connais mon âge ?

– S'il te plaît, ça suffit avec tes conneries. Pourquoi as-tu choisi ces mots ? La douleur et l'ennui, ça ne m'aurait pas dérangé, avec ce que tu viens de traverser je ne m'attendais pas à ce que ça parle de pâquerettes et de joie de vivre, même si bien sûr ce n'est pas facile non plus que tu étales tes idées noires, mais ça !? Quel visage présentes-tu de toi-même ! Qu'est-ce que tu cherches ? Je vois d'ici ce que va me sortir Mme Krakowski : "Ne pensez-vous pas qu'il a choisi ce mot, c.a.c.a., parce qu'il a envie de vous faire... Vous me suivez ? Qu'ainsi il veut vous signifier qu'il vous... Vous voyez ce que je veux dire ?" Vraiment, Théo ! C'est tout ce que tu as trouvé !

– Ça s'appelle comme ça parce que mon site est consacré à ces deux questions, c'est tout à fait intéressant et digne d'intérêt, tu comprendrais si tu allais le voir.

– Mais tu ne pouvais pas choisir quelque chose de plus allusif ?! C'est accolé à ton nom, on tape ton nom sur Internet – et par extension mon nom, mon nom ! c'est-à-dire mon principal capital ! – et on tombe là-dessus ! Tu aurais pu prendre un pseudonyme !

– Papa, attention, là, tu prends le même ton que quand tu plaides contre des génocidaires. Je fais ce que je veux, et de toute façon, ton nom ce n'est pas ton nom, ne me parle pas de nom de famille alors qu'à cause de toi je ne connaissais même pas le mien. En fait, Valère c'est un pseudo, à la base. Tu voudrais que je prenne le pseudo d'un pseudo ?

– Fin de la discussion, cette discussion ne m'intéresse plus, c'est fini, terminé. Tu te fous de ma gueule Théo. »

Valère avait pensé à Jonathan. Qui avait de la tenue, lui. Beaucoup plus beau que son père. Et que sa mère. De toute la mollesse de cet environnement familial tiédissime, il était sorti décidé, détaché, dédaigneux, grand. Parfait.

C'est un de ses clients, un escroc, qui avait pour la première fois parlé du site de son fils à Serge Valère, sans préciser le nom et le centre d'intérêt, seulement avec un sourire étrange et un regard glissé bas sous les paupières. Serge Valère avait demandé à sa secrétaire de l'aider à aller voir le site. Il l'avait vu. Atterré. La seconde personne à y avoir fait allusion devant lui était un confrère. C'était au palais de Justice. Valère repense à la scène ; Valère revoit la scène. Cet enculé de Valmont-Carrère s'était approché, lors d'une suspension d'audience : « Dis-moi, Valère, une de mes stagiaires avocates m'a montré le site de ton fils, c'est très amusant. »

Ensuite, il avait passé la main dans sa crinière de cheveux blancs. Il se prend pour Paul Lombard, il s'est toujours pris pour Paul Lombard, pensait Serge Valère – le grand pénaliste les avait tous les deux formés, début d'une longue inimitié, d'une longue rivalité – mais pas une once de son charisme, pas une once, une imitation grossière, il se prend pour un ténor à l'ancienne mais il n'est même pas si bon que ça, un poseur, un mondain qui exploite ses collaborateurs, de l'esbroufe, je suis sûr qu'il se fait décolorer les cheveux en blanc pour ressembler à Lombard.

« Tu sais que ma fille est reçue à Ulm ? avait poursuivi Valmont-Carrère. Du premier coup. Incroyable, non ? Et tout ça sans lâcher les compétitions de jumping... Cette enfant, cette enfant... » Il avait levé les yeux au ciel avec un grand sourire, un air surfait de fierté, de débordement de fierté contenue, avec l'affectation de celui qui ne veut pas trop en faire. Quel salopard. Il avait posé sa main sur l'épaule de Serge Valère. « On se revoit au délibéré, n'est-ce pas... »

Valmont-Carrère signait sans les écrire des biographies romancées et avait fait des incursions en politique. Souci du bien commun ? Très drôle. De toute façon, pensait Valère, il lui manquait la structure d'acier, la froideur, le blindage d'indifférence à la catastrophe et aux pertes humaines qui rendent cette partie-là jouable. Les politiques sont beaucoup plus sincères qu'on ne le croit, ils ont bien souvent du courage et même des convictions, mais aucun ne peut résister à la dureté, à la cruauté de ce milieu sans avoir réussi à ignifuger, entre autres, son ego. Or l'ego de Valmont-Carrère était énorme et tendre comme une éponge informe, il était vulnérable. Il était prétentieux à la façon d'un sous-chef, ulcéré par des vétilles. La trempe consiste à chauffer un métal puis à le refroidir rapidement afin d'en améliorer la résistance élastique – la vanité de Valmont-Carrère n'était pas trempée. Elle pouvait chauffer, brûler ; il lui manquait la glace. Il lui manquait l'élasticité, la plasticité que génère la glace.

Il jubilait en voyant ses ouvrages dans les devantures de librairie ou lorsque les « indiscrets » ou « confidentiels » des journaux évoquaient son nom pour un ministère : il voulait rester dans les esprits, laisser une trace, son nom quelque part, sa signature. Il gardait son courrier, sa « correspondance », avec les personnes connues ou les puissants qu'il avait fréquentés. Folie, pensait Valère. Tout le monde devrait revendiquer le droit de mourir, de se dissoudre, d'être oublié après cent quarante ans, cinq générations, paraît-il, et on ne connaît plus votre nom. Lui voulait que ça aille vite, comme tout ; il haïssait la stase. Sans effusion, sans atermoiement, le moins de souvenirs possible : une mort bien nette, totale. Ces gens qui passent leur vie à choisir les mensonges qu'ils laisseront derrière eux… Il ne comprend pas. Il ne veut pas ça. Rien avant, rien après. La postérité, c'est être possédé. Qu'on le laisse mort. Pas de tombeau. La mer, ou un sommet. Les cendres. Ni pourrir six pieds sous terre ni pourrir dans les mémoires, dans un arbre généalogique. C'est pour ça que jusqu'au jour où il avait changé d'avis brutalement, il n'avait jamais voulu devenir père, il voulait être libre après sa mort comme il l'avait été dans sa vie. C'est aussi pour ça que jusqu'au mariage, jusqu'à l'acquisition des appartements, il n'achetait rien ; la propriété et l'épargne le dégoûtaient. Mortifère, selon lui ; déjà un goût d'héritage. Avant la naissance de Théo, il ne voulait rien laisser, comme il n'avait rien reçu : l'impact, il voulait l'avoir maintenant, chaque jour. Dans l'amour – et selon lui l'amour sensuel était le plus certain – et aussi en aidant, en sauvant, en étant plus important que personne à un moment donné, celui qui fera bifurquer une destinée : marquer les autres, exister intensément pour eux, maintenant. Pour aller loin et haut, il faut que les nobles sentiments s'allient à un ressort brutal, qui ne peut venir que des tréfonds, de ce qu'on ne veut pas voir, le même ressort qui pourrait, chez d'autres natures, d'autres individus, mener à la chiennerie la plus efficace. Valère veut irradier, être nucléaire, un centre dont les ondes modifient les êtres qui l'entourent. L'indifférence à son égard lui est insupportable ; être tenu pour identique, interchangeable. C'est en ça que la célébrité, la renommée lui plaisent. Il n'aime pas l'anonymat. Ce n'est pas par vanité ou pour être flatté. La renommée le précède, lui prépare le terrain pour ne pas laisser indifférent. Qu'on le déteste, le redoute, lui va très bien aussi. Mais ce qui ne lui va pas, ces temps-ci, c'est que l'on sache, avant de le rencontrer, que son fils a monté ce site

Internet, cette page, cette chose : cette mauvaise plaisanterie.

« Vous trouvez ça drôle ? demande Valère, qui voit qu'Elvire, effectivement, trouve ça drôle.

– Je ne vais pas vous mentir, je ne trouve pas ça non-drôle... Ça dépend du contenu. (En disant ça, Elvire pense : je mens, je trouve ça drôle, d'emblée et totalement *a priori*, je trouve ça drôle.) Mais si vous voulez parler d'autre chose – j'ai l'impression que vous préféreriez parler d'autre chose –, j'ai des éléments à vous transmettre, je pense avoir une hypothèse valable sur le parcours de votre mère. »

# X

Au café, j'ai dit à Valère que je ne trouvais pas de numéro d'écrou concernant sa mère, mais que j'avais une piste pour l'expliquer. Je lui ai raconté ma visite à l'église de Fresnes, aux archives du diocèse, j'ai évoqué l'histoire de l'abbé Popot et exposé ce qu'était l'IPES, qui était installé à Fresnes exactement à la période où il était né ; naissance de Serge Valère en janvier 1947, transfert de l'IPES depuis Rennes à Fresnes en octobre 1946, fermeture après la révolte, en juin 1947. Né à l'hôpital de la prison, donc forcément d'une femme enfermée là-bas ; une femme de dix-huit ans, la tranche d'âge de ces jeunes filles, ces prisonnières que l'on n'appelait pas prisonnières, mais pupilles ; pupilles de l'Éducation surveillée. Je lui ai parlé de la mutinerie, en mai 1947.

« Vous aviez donc cinq mois à ce moment-là.

– D'abord, vous ne savez pas si ma mère était effectivement dans cette institution, vous avez pu passer à côté d'autres registres de la prison,

Fresnes c'est immense, il y a un quartier des femmes, il y a eu longtemps un quartier des mineurs pour les jeunes condamnés des deux sexes, majeurs pénalement, plus de dix-huit ans, mineurs au civil, moins de vingt et un ans. »

C'est vrai, je ne suis pas habituée à ce type de recherches, dans les archives d'établissements pénitentiaires, c'était la première fois que j'en faisais et je n'avais certainement pas tout exploré.

« Donc un, elle n'y était peut-être pas, deux, vous avez l'air de vous emballer sur cette révolte, mais elle n'y a pas forcément participé, vous me dites que la moitié des filles n'a pas bougé, non ?

– Ça, je peux facilement le savoir, je vais aller aux archives de Paris consulter les jugements, je verrai bien si elle y est, si elle a été jugée, j'ai les dates, la chambre du tribunal, la presse donne toutes ces infos.

– Mmm. Enfin... Pourquoi ne pas en parler à Théo ? Ça pourrait l'intéresser de faire des recherches à la BNF, les vieux journaux, par exemple, je ne sais pas... Il pourrait peut-être aussi trouvé d'autres pistes pour les archives concernant Fresnes, il est assez méthodique et pugnace pour ce genre de choses, et il se débrouille très bien avec les ordinateurs, Internet, tout ça, enfin vous voyez. Il pourrait se mettre là-dessus depuis sa tanière, puisque de toute façon il est rivé à son clavier et son écran. S'il pouvait se trouver un autre centre d'intérêt que ses centres d'intérêt actuels... »

J'ai donné à Valère les papiers que j'avais préparés, il ne restait plus qu'à les signer et les poster, l'enveloppe était prête également. « Bon. Donnez-moi ça, je remonte au cabinet, je vais faire ce que j'ai à faire et le poser au départ courrier. En tout cas, Elvire, faites ce que vous voulez, mais ne m'appelez pas à chaque étape. J'ai signé tout ce que j'avais à signer, poursuivez vos recherches, pour ce qui n'est pas trop impliquant émotionnellement, essayez de faire participer mon fils, faites un dossier, et quand vous aurez des éléments précis, quelque chose d'ordonné, quand vous aurez avancé, on fera un point. »

Que sa mère soit morte ou vivante, ça n'avait pas l'air de l'intéresser. Il ne m'a même pas demandé si j'avais une idée du délai pour recevoir la réponse de la mairie du lieu de naissance, pour savoir si un acte de décès existait.

Le lendemain, je suis allée consulter les jugements. Je suis tombée, au milieu des trente-trois qui avaient été jugées en premier, sans avocat, sans demander les trois jours pour préparer leur défense, sur le nom de Madeleine Lauris. C'était l'une des inculpées. J'ai écrit à Serge Valère pour lui dire, lui confirmer que mon intuition avait été la bonne. Il m'a répondu par un e-mail très neutre, presque un accusé de réception. Il ne m'a pas téléphoné.

Avant de prendre rendez-vous avec Théo, j'ai repris tout ce que j'avais trouvé, et j'ai continué à ouvrir des cartons d'archives ; j'ai trouvé les échanges de l'administration, et le rapport de l'inspecteur de l'Éducation surveillée cherchant à établir les causes de la mutinerie et les responsabilités, celui que dit attendre le grand patron, Jean-Louis Costa, dans sa lettre au garde des Sceaux où il lui explique redouter la mise en cause de son administration lorsque les inculpées passeront devant le juge. L'inspecteur, M. Recht, est le contrôleur général des services de l'Éducation surveillée.

J'ai aussi lu la littérature nauséabonde des collaborateurs détenus dans l'immédiate après-guerre, 1945, 1946, 1947. Effectivement, comme le note l'abbé Popot, un bon nombre d'entre eux n'arrêtent pas de gratter du papier. Ils n'arrêtent pas de geindre ; ils n'arrêtent pas de se plaindre. L'un d'eux, un dignitaire qui est donc là, accusé d'être responsable des crimes de Vichy, qui sait que deux ou trois choses graves se sont produites dans le monde ces dernières années, se plaint, par exemple, que le saucisson provenant des colis que lui remet sa femme est coupé en rondelles par les matons, afin de voir s'il ne contient rien d'interdit, et que de ce fait, le saucisson est trop sec. Dans un autre récit, même plainte : le saucisson coupé en rondelles, mais aussi le drame des pots de confiture sondés par les matons, les bonbons confisqués.

Ce qui frappe, c'est leur indécence et leur absence totale de scrupule, à tous, du tortionnaire milicien au haut gradé, du propagandiste hitlérien à celui qui prétend avoir joué aux côtés de Pétain le rôle d'un rempart contre l'occupant, avoir protégé la nation. Ils s'en foutent totalement des morts – et je ne parle même pas des Juifs. Les Juifs, n'en parlons pas. D'ailleurs, il est frappant, stupéfiant, de s'apercevoir, en lisant la presse d'époque, que l'on ne parle pas de l'extermination des Juifs d'Europe. On parle des camps, des déportés, mais exclusivement des résistants. Pas des enfants. Pas des bébés, pas des vieillards décorés à Verdun. À l'époque, comme le dira plus tard l'autre ordure, les chambres à gaz sont un détail de l'histoire. Je suis cependant émue parfois en lisant un nom juif dans une colonne : lorsque l'on découvre, de temps à autre, la cache d'armes d'une des organisations sionistes qui se battent en Palestine mandataire contre les Anglais pour la création d'un État libre. Là-bas, en Israël, à la date de la révolte du ghetto de Varsovie, à 10 heures du matin, toutes les sirènes se déclenchent. Elles sont aussi fortes que celles des raids aériens mais ce ne sont pas les mêmes. Le son ne tourne pas, il est fixe, la même note hurlante qui déchire et assomme. Les voitures sur l'autoroute s'arrêtent, les passagers et les conducteurs descendent, les gens dans la rue, ceux qui sont seuls chez eux, ou au bureau, peu importe ce qu'ils étaient en train de faire, partout dans le pays ils se lèvent et se figent et debout l'on se tient immobile pendant deux minutes dans le hurlement des sirènes, en mémoire des six millions de Juifs assassinés pendant la Seconde Guerre mondiale. Yom HaShoah. Le jour de la Shoah.

À Fresnes, en 1947, est incarcéré Xavier Vallat. Xavier Vallat, antisémite de toujours, antisémite à jamais, commissaire général aux questions juives du gouvernement de Vichy jusqu'en 1942, décisionnaire et exécutant de la seconde vague de persécutions antisémites instaurées par le régime de Vichy, et du recensement qui permettra plus tard – mais jamais il ne s'en sentira responsable – de les rafler pour les assassiner après un chemin de torture. Il prépare sa défense, développe son argumentaire, ameute des témoins de moralité. Il sera condamné à dix ans de travaux forcés, ne fera que trois ans de prison.

Évidemment, derrière les barreaux, il écrit. Il tient son journal, *Feuillets de Fresnes*. Il est incroyablement satisfait de lui : il est un martyr, une victime de la haine. Il est le persécuté, marchant ainsi sur les pas du Christ, il le dit, il l'écrit. À son procès, il tente de récuser dès l'ouverture l'un des deux vice-présidents de la Haute Cour, Maurice Kriegel-Valrimont, ancien résistant :

« Je ne permettrai pas à M. Benjamin Kriegel, fils d'Isaac, Français depuis moins de vingt ans, de juger l'ancien officier de chasseurs que je suis. » Benjamin est le premier prénom du magistrat. Valrimont est son nom de résistant, porté en clandestinité. Il s'offusque qu'on l'accuse d'avoir copié les Allemands pour mettre en place les mesures de persécution des Juifs, revendiquant une « conception personnelle » du « problème juif », spécifiquement française et « inspirée de la doctrine de l'Église ». Il ne voit donc pas le problème : il n'a pas collaboré, puisqu'il a persécuté les Juifs de sa propre initiative, en communion d'esprit avec le maréchal Pétain.

L'abbé Popot l'aime beaucoup, ce bon chrétien, ce fervent chrétien. Et c'est réciproque : le nom de l'abbé revient souvent dans le journal de Xavier Vallat.

> Jeudi 1er mai – Ce matin, premier jour du mois de Marie, l'aumônier est venu nous dire la messe. Nous en avons profité pour fêter aussi la Saint-Philippe, et nous avons communié à l'intention du Maréchal.

Dans la semaine, rien d'autre de notable, jusqu'au mercredi.

> Mercredi 7 mai – Hier après-midi, Amor, directeur général de l'administration pénitentiaire, est venu passer une rapide inspection. À peine était-il rentré place Vendôme qu'il a dû revenir avec trois

cars de Police-Secours ! Les deux cents « mineures » du Quartier se sont révoltées, ont arraché sa clef à la malheureuse sœur qui les garde, libéré leurs camarades en séjour au « mitard » et tout chambardé à l'économat. Elles ont cassé 1 800 carreaux ! La police a emmené 42 de ces jeunes furies.

Radio Fresnes a un peu modifié les choses en arrivant jusqu'à Xavier Vallat : Vallat est incarcéré dans la troisième division, à l'infirmerie centrale, dans des conditions plus clémentes qu'en cellule, car il est manchot et ne se sent pas très bien. Il n'est pas dans la première division des hommes, qui fait face au pavillon dévolu à l'IPES. Dans la première division, il y a de tout, criminels de la collaboration et délinquants classiques – et, au rez-de-chaussée, il y a le quartier des condamnés à mort, ainsi que celui de haute surveillance. Chaque mois, plusieurs fois par mois le plus souvent, il y a des exécutions de collaborateurs, plusieurs fourgons partent vers le fort de Montrouge où les condamnés à la peine capitale sont acheminés un à un ou en groupe pour être fusillés, accompagnés de l'aumônier Popot en prière. C'est dans les souvenirs d'un ancien ministre de l'Intérieur de Vichy, incarcéré à cette période en attendant d'être jugé, que j'ai lu qu'il voyait depuis sa cellule les convois s'éloigner à travers la campagne, à l'aube.

Les jeunes filles de Fresnes voyaient-elles sortir de la prison et disparaître à travers les champs les convois des condamnés à mort ? La mère de Serge Valère les voyait-elle, entre les barreaux des fenêtres du dortoir ? Les jours d'exécution, on « tapait le rappel » dans les cellules : après le grand silence du départ, une clameur de colère, accompagnée de coups sur les portes, les tuyaux, ou du cognement des gamelles métalliques sur les barreaux, s'élevait de la première division. L'entendaient-elles ? Sans doute. Grâce à un article de presse du printemps 1947, basé sur le récit de surveillants et de détenus fraîchement relâchés, et consacré aux conditions d'incarcération des collabos, je sais qu'on entendait, depuis la division, chanter les jeunes pupilles de l'Éducation surveillée du pavillon d'en face. On les entend chanter toutes sortes de chansons, et souvent la même chanson revient, celle que l'on chante dans toutes les prisons de France, et dans les maisons de correction :

> Mort aux vaches !
> Mort aux condés !
> Et à tous ceux qui nous ont enfermés !

La chanson du Bagne.

> Vivent les enfants de Cayenne !
> À bas ceux de la Sûreté !

La chanson des bagnards, et des communards envoyés au bagne.

Lorsque M. Recht se rend, trois jours de suite, les 8, 9 et 10 mai 1947, à Fresnes, pour enquêter, les jeunes filles ne chantent plus, ou plutôt c'est au Dépôt qu'elles sont en train de chanter et de rendre fous les policiers. Je ne sais pas qui M. Recht rencontre. La directrice, le personnel encore sur place, mais je ne crois pas qu'il parle, pour le moment, à des pupilles, ni là-bas ni à celles qui ont été embarquées. Le rapport demandé est finalisé, lu, et transmis le 13 mai. Il est rassurant : si la discipline a été dure et quelques dérapages commis, la mentalité de ces filles est la vraie cause de l'explosion et de leur « véritable rage de destruction ». Tout l'exposé est plein de petits 1, petits 2, de sections, de sous-sections. Le tableau est soigné : il s'agit, pour expliquer les causes des événements, de dénoncer, d'exposer à la lumière, comme un amas grouillant, les *pratiques les plus anormales, dénotant une mentalité exceptionnellement pervertie* qui avaient cours : au cœur de cette perversion, une *homosexualité généralisée*. Certains passages sont soulignés :

> L'affectivité effrénée de filles initiées à toutes les pratiques sexuelles donne lieu à la formation de véritables « ménages » liés d'un lien de solidarité absolu. On prouve son « amour » en se blessant, en s'enfonçant une aiguille dans les chairs, en se faisant punir en même temps que « l'autre » et il est contraire à « l'honneur » de rester à l'effectif si l'autre est mise à l'isolement. Cette ambiance vicieuse et malsaine se

trouve renforcée par une sorte de psychose carcérale.

Alors que, dans les maisons de correction, le système des « cages à poule » est appliqué – les jeunes filles sont enfermées la nuit dans des cellules individuelles grillagées, alignées dans de longs couloirs – à Fresnes l'isolement de nuit est remplacé par le dortoir commun : un désastre aux terribles conséquences, selon l'inspecteur. Le plus grave est là, l'élément sur lequel le rapport insiste avant tout : ce qu'il nomme *les amitiés-amours* qui *engagent tout l'être [...] en autorisant tous les ersatz de vie sexuelle.*

J'ai lu des articles de presse, des témoignages, sur ce qu'était l'institution de Clermont, avant la Seconde Guerre mondiale. La matrice, selon M. Recht, de la mentalité perverse et violente qui a conduit à la mutinerie de Fresnes. Les filles de cette maison de correction étaient connues pour leur indocilité, *leurs mauvaises mœurs* – je comprends maintenant que chaque fois que je lis ces mots, ou le mot *vice*, *vicieuse*, c'est principalement d'homosexualité que parlent les surveillants ou les responsables, dans les établissements laïcs comme chez les religieuses. Les reportages, tous concordants, sont scandalisés par les conditions de vie qui y règnent, et la brutalité de la discipline, indignation à laquelle se mêlent une fascination, un trouble, sur la société, la contre-culture, dirait-on aujourd'hui, que les jeunes filles ont créée là-bas – trouble que l'on vend savamment au lecteur, je fais partie de ces lecteurs. J'avoue qu'avec moi, ils ont trouvé une bonne cible. Voyeurisme, je ne sais pas. Je ne sais pas comment qualifier ça. J'en sélectionne un seul : un article de la fin des années trente, dans le *Détective* de la grande époque, celui que dirigeait le frère de Joseph Kessel. Clermont accueillait deux sections, l'une située dans le donjon, où l'on mettait les criminelles condamnées et les jeunes filles punies des autres maisons de redressement. L'autre était l'école de préservation, qui deviendra l'IPES. Quand les pupilles étaient punies, on les envoyait également au donjon ; de toute façon, le traitement entre les sections différait peu.

Dans l'article, une jeune fille de vingt et un ans témoigne : elle est passée par deux maisons de correction publiques, où elle a échoué car elle avait quitté sa famille, traînait dans le Quartier latin, fréquentait les cafés d'étudiants et le boulevard Saint-Michel, où elle avait loué un garni. Ses parents la font rechercher, chez elle on trouve une pipe à opium dont elle se sert comme fume-cigarette, dit-elle. Ses parents veulent la reprendre chez eux, mais le juge l'inculpe pour trafic de stupéfiants, puis l'acquitte pour avoir agi sans discernement, comme le permet la législation d'alors pour les mineurs, et en profite pour l'envoyer en institution corrective jusqu'à ses vingt et un ans, « condamnée à la 21 », disait-on chez les jeunes gens concernés. Même parcours que les jeunes filles de Fresnes la décennie suivante, et que des milliers et des milliers d'autres. Celles qui n'avaient commis aucun délit mais avaient seulement « fait la noce », ou voulu vivre leur vie, fuir ce qu'elles avaient à fuir chez elles – coups, alcoolisme – ou chez un patron salace ou trop insistant ; celles qui avaient suivi un rêve, un désir, une pulsion, une façon d'être, et que leurs parents voulaient faire dresser par d'autres en demandant l'enfermement au nom de « la correction paternelle » ; les fugueuses, les petites et toutes petites voleuses ; toutes celles, aussi, qui font le trottoir depuis l'adolescence ou l'enfance, c'est-à-dire, on le sait aujourd'hui, et on le savait à l'époque sans que cela change rien, presque toujours victimes d'abus sexuels, de viol, d'inceste. Tout cela le plus souvent sur fond de pauvreté ou de misère. Les juges profitent, aussi, d'une inconduite ou d'un petit délit pour retirer une jeune fille à un milieu jugé peu favorable ; il y a l'alcoolisme, il y a la violence, il y a la misère, il y a aussi, très souvent, une mère seule, une mère pauvre qui travaille et donc jugée suspecte de ne pas pouvoir éduquer convenablement ses enfants, une mère vivant en concubinage : une mère jugée mauvaise mère.

Titre de l'article : *LE DONJON DES FILLES PERDUES.* La jeune fille qui témoigne raconte avoir été jetée au cachot pour quelques jours parce qu'elle avait refusé de tourner autour de la table du réfectoire pendant *une punition de piquets.* La suffocation, l'impression de mourir. Elle raconte aussi la punition d'une de ses camarades, Marguerite, mise au cachot pour s'être battue : la jeune fille d'abord résiste, en tapant à la porte avec ses pieds, allongée sur le dos car elle a les mains attachées. Le gardien se jette sur elle parce qu'elle l'a injurié, lui donne des coups de pied dans le ventre et « la camisole ». *Quand on serre les manches très fort dans le dos et que l'on comprime le buste*, explique le journaliste, la camisole est *un véritable supplice.* J'ai vu, accrochée à un mur, dans une exposition sur l'histoire de la jeunesse délinquante, l'une de celles qu'on utilisait dans ces établissements : énorme, épaisse, avec des liens de cuir. À la voir, on se sent devenir fou. À la voir, on a envie de se taper la tête contre les murs. Marguerite n'est délivrée *que lorsqu'elle est violette.* Après quoi elle fait soixante jours les mains attachées, obligée pour manger de s'étendre par terre. Du pain sec, qu'elle doit *laper comme fait un chien dans son écuelle.* Au bout de deux mois, on l'extrait du cachot : *elle était blafarde mais elle était matée.*

Le voilà, le château de Clermont-de-l'Oise, où s'est forgée la *mentalité déplorable* que M. Recht déplore de voir perpétuée à Fresnes.

C'est vrai, les filles s'y aiment. Plaisir charnel, grands sentiments, elles s'écrivent des mots doux car, bien qu'il soit totalement interdit d'avoir un crayon, chacune tente de cacher *sa mine,* un bout de carbone pour écrire. La jeune fille qui témoigne dans l'article montre aux journalistes quelques *biftons* qu'elle a conservés – bifton est le mot employé dans toutes les institutions carcérales pour le courrier clandestin échangé –, car elle servait parfois de messagère.

> « Je ne veux pas que tu dises que je te délaisse, il y a longtemps que je ne t'ai parlé d'amour. »

> « Ma gosse, ta Malouette te rendra heureuse tu as été ma première femme, avant je ne savais pas ce que c'était une femme. »

> « Et maintenant je ne veux plus me remettre avec elle, toi aussi tu me dis que tu m'aimes dois-je le croire oui ou non, il faut me faire réponse à ce sujet car dans mon cœur se livre un combat terrible. »

> « Je ne sais pas si tu te marieras avec moi je te réclame de me faire réponse, j'aimerais mieux être mariée avec toi je te donne mon cœur dans un brûlant mot d'amour. »

Le journaliste décrit les papiers qu'il a entre les mains, sur lesquels ces mots sont écrits, des papiers administratifs faute d'autre support. Sur une feuille maculée, fiche officielle au recto de laquelle sont inscrites les rubriques comme « état sanitaire pendant le séjour », « modification survenue dans l'état physique », « troubles de sensibilité », on peut lire au verso : *Jusqu'à ce que tu m'aimes je me couperai un morceau de chair.*

L'identité propre des réprouvées, leurs personnalités, leurs personnes, sont effacées par l'institution et la claustration. Comment ne pas sombrer ? L'angoisse a le pouvoir de dissoudre le derme comme la chaux vive. L'angoisse suce le corps de sa substance, le vide ; ainsi qu'un chirurgien elle vous retire les organes du corps. Quand il faut que cela s'arrête, par n'importe quel moyen, se couper, se faire mal, libère des substances antalgiques dans les veines ; une caresse, un sentiment d'apaisement et de retour à soi. Graver sa peau à l'aiguillon de la douleur, la scarifier par des écritures de sang, la marquer, la ponctuer de cicatrices ; être enserrée par des bras, bercée par le plaisir ; dessiner les traits de son visage comme pour les retenir, les peindre au rouge, au noir, au blanc, comme pour saisir une image de soi : des remèdes, des mécanismes de survie se mettent en place.

Une chercheuse, Béatrice Koeppel, qui a écrit un livre magnifique, un livre de littérature, *Marguerite B.*, à propos d'une jeune fille suicidée au début des années cinquante au château de Cadillac – la principale institution corrective publique pour filles, où sont passées plus de la moitié des mutinées de Fresnes –, explique et analyse ces pratiques observées, comme ailleurs, à l'établissement de Clermont, sur lequel ont porté aussi ses recherches :

> Les filles se livrent à des actes de violence sur elles pour prouver à leur compagne l'endurance au

mal. Quand tout est impossible, les prisonniers se mesurent et se reconnaissent dans l'épreuve : épingle double disposée en croix dans les cuisses, phrases entières écrites avec des débris de carreaux ; la captivité ou les rites punitifs de l'institution n'enferment pas définitivement l'initiative de chaque pupille. Les actes de liberté et d'audace au prix du corps cicatrisé ou d'un appel à la mort défient l'ordre morbide pédagogique en un excès mortifère non prévu par le règlement. Les prisonnières revendiquent leurs visages fardés comme la trace singulière de leur différence, comme si débauchées par nature elles se devaient de l'être jusqu'à l'absurde. Les sourcils sont redessinés avec la mine de plomb des tuyaux, les murs sont des carrières à poudre de riz. Camouflet à la bonne conscience des pédagogues que ce spectacle grotesque et tragique de jeunes filles aux corps malades, habillées d'uniformes laids, maquillées de poudre de mur. La structure pénitentiaire a inventé dans ces espaces sans lumière d'étranges personnes.

Robe de bure, sabots, travail forcé éreintant, corps et féminité humiliés, brutalisés, intimité violée. Face à ça, contre ça, la douleur que l'on s'inflige de sa propre main, la tendresse et le désir, la passion, la repossession de soi-même. L'honneur. L'amour. La loyauté. On ne trahit pas. La parole donnée est inviolable. On risque tout par solidarité si l'on a fait un pacte. Je ne trouve pas que ce soit une mentalité déplorable. Je ne trouve pas du tout que ce soit une mentalité déplorable. En lisant cela, ce que je sens en moi, le seul sentiment que j'éprouve, est le respect. Elles m'interdisent la banale pitié ; elles la transmuent en respect pour leur chevalerie de damnées.

Où est la morale ?

J'ai pu consulter plusieurs rapports d'incidents datant de la période de 1942, issus de la direction de l'IPES de Clermont à la prison de Rennes, après le transfert dû au bombardement du château. Dans l'un des rapports, les menaces de la jeune fille sont citées : *Ne vous en faites pas, s'écria-t-elle méchamment, lorsque la révolution éclatera, ce sera vous et les juges que l'on enfermera à notre place.* Dans les derniers rapports pour insolence ou bris de carreaux, réclamant des peines de mitard de trente jours, je vois peu à peu apparaître les noms de certaines jeunes filles que je reconnais, car elles vont échouer à Fresnes et prendre part à la révolte. Ces jeunes filles dont M. Recht, dans son rapport à Jean-Louis Costa destiné à atterrir entre les mains du garde des Sceaux, continue d'étiqueter, classifier, trier, *les traits dominant de la psychologie.* Points principaux relevés, en plus des *amitiés-amours* : mesure d'internement considérée comme une injustice, opposition absolue au personnel, refus de travail.

Les surveillantes sont « les vaches » et on est à l'institution pour faire « la corrida ». Il est lâche de faire autre chose que ce que l'on veut, lâche de céder au personnel. » Les filles ont exprimé plusieurs fois l'idée que tout membre du personnel s'associait à une action injuste et qu'en conséquence, il faut dégoûter les dames de faire ce métier.

Selon l'inspecteur, il n'y a qu'une explication à ce sentiment d'injustice : la plupart des jeunes filles seraient des prostituées qui, selon lui, ne peuvent comprendre que ce qui est permis après vingt et un ans ne le soit pas avant, alors que leurs complices adultes ont été condamnés à quelques mois de prison. *Elles n'admettent pas que sous prétexte de rééducation (!) elles soient retenues en prison plusieurs années.* Je suppose que le point d'exclamation veut dire qu'avec elles, c'est peine perdue. Ce qu'il écrit ne reflète pas la réalité : à Fresnes, il y a davantage de jeunes filles qui ont atterri en maison de correction pour de petits vols que de jeunes filles s'étant prostituées. Et dans ce nombre, seules quelques-unes se prostituent régulièrement, c'est-à-dire pas à l'occasion d'une fugue ou d'une errance particulière, d'une cavale sans ressources. Toutes celles qui pratiquent la prostitution régulièrement le font depuis leur jeune âge. Quinze ans, seize ans, moins. Ce passé semble ici donné à comprendre comme un choix raisonné fait au sortir de l'enfance, par vice et pure paresse. Voilà leur identité, à toutes celles qui ont un jour reçu de l'argent en échange de leur corps ; elles ne sont pas de très jeunes filles qui se sont prostituées, pour une raison ou une autre, sous une forme ou une autre. Elles sont des prostituées. Leur essence est d'être prostituées, on les définit ainsi.

Après s'être étendu sur *les causes profondes* de la révolte, et sur *ces actes de rébellion, d'affirmation irraisonnée de la personnalité collective, actes à base de nervosisme et de psychose collective*, l'inspecteur rend compte des *causes immédiates* : de nouveaux horaires d'atelier de couture, une nouvelle répartition dans les groupes, entraînant *une grosse effervescence*, car elle *gêne des amitiés*, mais aussi la découverte d'une correspondance clandestine avec des prisonniers hommes d'autres bâtiments. *Ces liaisons poussent les filles à se rendre fréquemment dans le chemin de ronde pour faire des signes aux adultes et rechercher d'éventuels billets.* C'est parce que la directrice se mobilise et accentue la discipline pour faire cesser ces échanges que *l'effervescence* des pupilles se renforce. La conclusion tombe, terrible :

> Nous sommes en présence des filles les plus récalcitrantes et les plus perverties du pays. Renvoyées de toutes les institutions correctives privées et publiques elles forment une population spéciale. Elles ont été envoyées là en raison de leurs vices et de leur indiscipline irréductible. On ne peut pas plus s'étonner de trouver à Fresnes ces viciées et ces indisciplinées que de trouver des tuberculeux dans un sanatorium. Cette sélection des pires pose un problème pénitentiaire plus qu'un problème de rééducation. De telles

filles, abusivement appelées enfants ou adolescentes (elles ont en moyenne dix-neuf vingt ans) sont des adultes sous tout rapport. Elles savent que l'on est désarmé devant elles et ne redoutent aucune des sanctions dont dispose l'établissement.

Dix-neuf, vingt ans : mais pour la plupart enfermées depuis des années, entre elles, isolées du monde, de la vie, de la société, de la famille, surveillées, contraintes, menacées de sanctions, de punitions, à chaque heure. Le « déclic » de la révolte du 6 mai, selon lui, n'a été qu'un déclencheur : trois filles de la cour pour se promener dans le chemin de ronde, malgré les interdictions. La directrice les fait rentrer dans leur groupe, et réprimande l'éducatrice qui s'occupe d'elles ; déclarant qu'elle redoute sa faiblesse, elle lui retire sa clef pour l'enfermer avec les filles. Celles-ci décident de venger la chose en cassant les carreaux. Début des chants de foire, ces chants de révolte repris de maisons de correction en maison de correction : la foire, c'est la révolte. L'éducatrice ne parvient pas à empêcher l'incendie de prendre. Aucun doute selon l'inspecteur, on ne peut imputer aucune responsabilité à la directrice, malgré *quelques erreurs* et *quelques sanctions corporelles qui furent prises contrairement au règlement.* Recommandations à Jean-Louis Costa, et à travers lui au ministre de la Justice : *Rien à faire* tant qu'une *maison corrective conforme à la notion de prison-école* ne sera pas créée.

M. Recht fait des petits 1, des petits 2, des sous-sections ; je suis incapable de faire ce genre de choses. Mais au cœur de toutes ces cases bien rangées, l'absurdité est manifeste. Une sorte de rond étrange, de cercle vicieux logique. Ainsi, il déplore la psychose carcérale, mais propose la création d'une prison-école. Une prison-école où tout sera différent, espère-t-il, grâce à des punitions plus sévères mais surtout, avant tout, grâce à des cellules individuelles où les pupilles seraient séparées durant la nuit. Il insiste, c'est sa recommandation principale : la séparation de nuit est essentielle. Le danger, c'est la nuit, le désir, la chaleur. Les *amours-amitiés*. L'amour, l'amitié : ce qui sauve parfois la vie. Le lien d'une force inouïe que ces jeunes filles enfermées, séparées du monde, jetées au cachot lorsqu'elles se rebellent ou s'évadent, ont créé, elles doivent en être privées, car leur amour est anormal, et son intensité monstrueuse. Second court-circuit dans le raisonnement : il explique que la solidarité farouche existant entre elles, mentalité spécifique générée par des amours contre nature, est la cause de tout : pourtant le déclic n'a rien à voir avec ça, la solidarité s'est justement manifestée envers une éducatrice, pas entre elles. Troisième absurdité, toute simple mais massive : décider arbitrairement qu'une révolte n'a rien à voir avec le fait de se faire tabasser et insulter. Mais peut-être Recht ne sait-il pas encore tout. Cela ne va pas tarder, car une autre personne, d'une autre profession, est en train d'enquêter, pour son propre compte et de sa propre initiative. Et cette personne n'a pas l'intention de réserver ses informations à quelques hauts fonctionnaires et au ministre. C'est l'opinion publique qui va bientôt être prise à témoin.

Sans doute, d'après les renseignements récoltés auprès de la directrice lors de ses visites à Fresnes, M. Recht dresse-t-il, en plus de son rapport, une liste des pupilles pouvant être transférées dans une institution classique, et une autre de celles qui devraient être expédiées dans la prison-école dont la création lui apparaît urgente. Critères retenus pour faire l'objet de ce qui est nommé *mesure d'élimination* : l'éducabilité, la dangerosité, le degré de perversité. Dans la liste, à côté de certains noms, sont inscrites les initiales P. A. Je me demande ce que cela désigne jusqu'à ce que je lise une phrase d'explication sur une autre feuille : *Beaucoup de ces filles sont des éléments très pervers et actives dans leur perversité : P. A.* – Perversion active. L'homosexualité, toujours. Parmi celles qui devraient aller dans les établissements les plus cléments, les moins sévères, cinq noms sont mis de côté, séparés des autres : des mineures condamnées pour crime. Elles ont atterri là à cause d'un manque de place, de structure, ailleurs. Dans ces criminelles, il y a une empoisonneuse qui a tué un bébé qu'elle gardait, une parricide, deux donneuses de maquis responsables du massacre de la ferme de la Fosse, dans lequel trois parachutistes anglais ont été tués par des SS, avec la fermière qui les cachait et son fils, avant d'être brûlés, et une collaboratrice des criminels français de la Milice. Ce n'est pas l'inspecteur qui détaille leurs méfaits, je les découvre dans d'autres documents historiques. Ce qui lui importe ici, c'est leur attitude impeccable, leurs bonnes mœurs, elles risquent la mauvaise influence des filles qui disent des gros mots ou tiennent tête aux surveillantes : leur tenue est bonne, leur comportement apprécié, elles ne devraient pas, juge-t-il, être contraintes de côtoyer la catégorie des P. A. Jeunes filles convenables, elles doivent être préservées de l'influence délétère des autres, celles qui s'embrassent la nuit.

Je n'ai pas retrouvé les dépositions devant la police, tout a disparu, mais dans les dossiers de l'Éducation surveillée concernant les incidents, figure un extrait des déclarations faites par Mme Dumont au commissaire Verdaveine, qui dirige le commissariat de police de Choisy-le-Roi, celui qui est intervenu pour réprimer la mutinerie. La directrice : *Je présume que des éducatrices accordaient davantage de tolérance, notamment sur l'application des règlements intérieurs de la maison, ce qui aura contribué à favoriser la révolte des pupilles. Je citerai Mlle Sollacaro et Mlle Delauzay qui auraient fait preuve de négligence dans l'accomplissement de leurs fonctions.* Il est précisé en note que le commissaire Verdaveine interrogera toutes les personnes citées. Il le fera, effectivement, et cela aura un grand rôle pour la suite de l'histoire.

# XI

Cela fait deux mois que Théo Valère est sorti de l'hôpital psychiatrique. Lorsque sa mère lui rendait visite là-bas, avant que les médecins estiment Théo prêt à rentrer chez lui, Serge Valère l'accompagnait le plus souvent mais il restait en bas du bâtiment de cinq étages, au cœur de l'immense complexe hospitalier. Son fils ne voulait pas le voir. Il restait une heure à attendre. À ne rien faire, dans ce joli décor.

Ah, Sainte-Anne... Le plus bel hôpital de Paris. On aimerait s'y installer avec tous ses amis. Être une maîtresse royale ou un mignon du régent et se voir offrir cette modeste demeure de quatorze hectares. On en ferait une colo, on jouerait à la colo d'assistés. On se retrouverait à la cafétéria du Relais H boire des Candy Up, on ferait des joggings de trois mètres cinquante sous les marronniers. On n'irait pas si mal, on profiterait des lieux. Lorsque l'un de nous aurait un violent chagrin d'amour, on appellerait deux infirmiers, ils l'emmèneraient gentiment et lui injecteraient des doses massives de morphine, car rien d'autre ne marche, et l'amitié ne peut pas tout. Personne ne pourra dire que la capitale de la France se fout de la gueule de ses lunatiques. Paris leur offre un cadre esthétique satisfaisant, du moins à l'extérieur des bâtiments. Comme si la Ville lumière avait compris qu'il fallait les loger dans un écrin, un joli cadre, les protéger comme une espèce importante, endémique, les classer en tant qu'éléments du patrimoine historique. Les névropathes, les narcomaniaques, les malades de l'âme. Chaque allée, chaque rond-point, chaque place de l'hôpital porte le nom d'un artiste cinglé, drogué, dépressif ou assimilé. Camille Claudel, Paul Verlaine, Vincent Van Gogh, Antonin Artaud, Franz Kafka, Henri Michaux, Robert Schumann…

La plupart des fois où il venait, Serge Valère marchait sous les marronniers en attendant que la visite de sa femme s'achève. Dernière semaine : mais il ne le sait pas encore, il espère. Il espère que son fils va sortir bientôt et que son traitement fonctionne. En arpentant les allées, il remarque les noms d'artistes fous ou mal en point. Mais il croise aussi l'allée Breton et Apollinaire, pas particulièrement atteints à ce qu'il sache, pas à passer à la camisole. Si ça se trouve, ce n'est pas fait exprès, se dit-il. Si ça se trouve, c'est seulement un hasard.

Ils ont choisi de grands artistes et IL SE TROUVE que les neuf dixièmes sont à enfermer.

En effet, comment savoir ? Il faudrait enquêter. Peut-être ces noms ont-ils été choisis afin que ceux qui traînent ici, hospitalisés ou en traitement, ces pauvres hères abrutis de chagrin et de médocs, se disent qu'ils ne sont pas des flaques pour toujours et depuis toujours. Qu'aussi irrécupérables qu'ils pensent être, il leur fasse bon savoir que d'autres comme eux, au cerveau à trous, au cerveau lésé, aux nerfs emmêlés, n'étaient pas entièrement à jeter, et valaient quelque chose. Il est peu probable que cela fonctionne. Ils se disent plutôt : et en plus, je n'écris même pas de poèmes, je ne révolutionne pas la peinture. Je suis seulement taré, et plein de sang de navet, et rien de moi ne finira dans un musée ou sur la table de chevet d'un étudiant, ma vie-mon œuvre finira dans l'égout où je suis et que je mérite, etc., etc., etc., les habituelles ruminations. Ceux-là, qui réfléchissent et ressentent, ont encore la force de penser, ou alors leur forme de souffrance n'a pas la charité de les empêcher de penser et de ressentir. Il y a aussi les assommés. Ceux qui bougent comme pris dans une lenteur infinie, dans un mélange de coton, de plâtre et d'ailes de mouche, les bras ballants, le regard qui s'évase et ne fixe rien, comme s'il se dissolvait dans l'air et la tristesse. Chaque seconde semble les plonger dans une totale perplexité. À chaque seconde : transporté en bas d'un Everest à franchir. Qu'est-ce que je fais là ? Qu'est-ce que je fais là dans ma vie, dans cette vie-là ? Dans un monde qui existe et bouge, où il y a des portes, un ciel, des gens qui fonctionnent et ont l'air de savoir ce qu'ils font et de se diriger vers des lieux ? Ils ont cette expression, ces alentis ; mais ils ne pensent pas tout ça, ils ne se posent aucune question. Ils traversent des murs transparents, et encore, et encore, l'un après l'autre, des immensités de murs transparents, des cloisons de poussière, l'un après l'autre, et derrière il n'y a rien, rien qui les attende, savent-ils, qu'un autre mur transparent à traverser, vers rien.

Au quatrième étage d'un bâtiment blanc moderne, il y a Théo Valère, couché dans un lit. Il suit un traitement récent, à la place de la sismothérapie, pour lequel il est trop jeune.

(De toute façon, Serge Valère avait dit à sa femme les électrochocs, non. Sa femme lui avait affirmé que c'était le plus efficace pour sortir des dépressions graves, des pensées suicidaires, Valère avait dit non. Mais pourquoi ? avait-elle demandé. Valère : Je ne veux pas qu'il oublie. Cela affecte la mémoire. Je ne veux pas qu'il oublie. On a vécu des choses, tout de même. Je lui ai fait découvrir des choses, les livres, les musées... C'est faux de dire que je n'ai pas été un bon père, je n'étais pas beaucoup là mais j'ai été près de lui, je me souciais de lui. Tu sais ce qu'il dit, avait poursuivi sa femme, il dit qu'avec toi on n'avait jamais l'impression que l'amour et l'intérêt étaient acquis, qu'il avait l'impression que ton amour pour lui n'était pas inconditionnel. Il en a souffert tu sais.)

Pendant les deux heures où le traitement défonce Théo Valère – parfois de la bonne défonce, la défonce rigolote, parfois les horribles visions tournoyantes –, il a dans la bouche une sucette Chupa Chups, un truc qu'une infirmière lui a conseillé contre les nausées, car parfois la substance fait vomir ; il lui est arrivé, après les deux heures allongé où la tête tangue et le monde tourne, d'aller dans le cube transparent où l'on mange les plateaux-repas, de manger la dinde molle et d'être ensuite pris de vomissements incoercibles, d'en remplir la poubelle. À cet étage, dans d'autres chambres, il y a donc des quadras, des jeunes gens, des vieux, allongés, complètement défoncés, un masque tordu ou ravi sur le visage, une Chupa Chups colorée dans la bouche. À cet étage, on assiste à des scènes. Une jeune fille qui semble avancer en flottant, ses longs cheveux devant le visage, et qui demande tous les jours si le juge a décidé qu'elle pouvait sortir. Et les infirmières lui disent pas encore. Elle se sert un grand verre d'eau au distributeur et repart en flottant vers sa chambre, ses chaussons gris comme un tapis volant. Ce couple parfait, dans le cube des plateaux-repas, tous deux habillés comme des banquiers d'affaires, qui discutent de ce que le mari a dit aux enfants, à propos de ce qui arrivait à leur mère, pour leur expliquer son absence.

« Et ta famille ? Elle est au courant ? Et Pierre-Henri et Mathilde, ils sont aussi au courant ?
– Oui, je devais leur dire, tu sais. »

Théo aimerait bien raconter à quelqu'un les moments drôles, les moments où le traitement qui lui passe dans le sang le rend hilare, plein d'amour pour l'humanité et intérieurement volubile. Il aimerait confier à quelqu'un, qui l'écouterait avec gentillesse et intérêt non feint : « Hier c'était marrant, sur ma tablette j'ai regardé *Une nuit au musée* et j'ai pleuré de rire. J'ai hurlé de rire. Et quand ils reviennent à la fin, le cow-boy et le centurion romain miniatures, dans la neige, au ralenti, alors qu'on les croit morts dans l'explosion de leur voiture télécommandée, j'ai pleuré d'émotion, tu sais, comme en avion, où on est absurdement réceptif au film. »

Mais il n'a plus de contact avec ses camarades de classe, avec ses amis d'enfance. Il n'a pas envie de trop parler à sa mère, pas de ce genre de choses, et il ne veut pas voir la tête de son père. L'histoire de l'acte de naissance l'a déterminé à commencer à fumer cinq joints par jour alors qu'il n'aime pas ça et à cesser de s'alimenter, choix rageur qui ne l'a pas aidé à lui faire remonter la pente sur laquelle il se sentait déjà glisser. Il était tellement en colère contre son père qu'il se demandait comment il faisait pour être si triste. La dépression l'a avalé alors qu'il était en train de sciemment faire peur à ses parents, de ne pas essayer de continuer une existence normale. Il avait pensé que l'angoisse n'irait pas plus loin, il avait décidé d'exploiter les réveils et les couchers en larmes, mais en fait il ne contrôlait rien, il ne soupçonnait pas l'ampleur de ce qui était en train de le dévorer pour la première fois, la chimie de son cerveau qui massivement se déréglait pour devenir instrument de torture. Le traitement a marché, peu à peu, semaine après semaine. Il se sent revenir à la vie. Mais parfois le traitement, sur le coup, est une épreuve – avant la séance il ne sait jamais comment ça va tourner –, et comment en parlerait-il, comment raconter. Le monde qui coule. Regarder par la fenêtre et voir le monde couler, une coulée molle et dense, terrifiante, qui entre dans la chambre et emporte les murs et tout se déforme et coule vers lui. Un après-midi, alors que les effets du produit s'estompaient, la mort s'était matérialisée en toute chose. Elle n'était plus une idée mais une substance qui se versait vers lui, les formes, les bâtiments, les ombres et lumières des surfaces gonflaient et se changeaient en grosse substance noire, entre le pétrole et la lave froide, neutre. Perspectives basculées, plus d'angles, de droites. Le monde entier putréfié, lourd, fluide. Antimatière transparente et noire pourtant, le gris le plus noir, le noir le plus gris – négation de la couleur et du blanc, et du noir lui-même. Noir volé ; arrachées ses plumes lisses et luisantes, éteinte sa lumière et éteints ses éclats, disparues les étoiles qui brillent avec le tremblement d'une flèche.

Devant les fenêtres des malades de son étage, il y a des peupliers. Les peupliers changent de couleur à mesure que les semaines et les mois passent, comme les fragments de saison se succèdent. Des panneaux. Panneaux de saisons, dans le vent. Les malades regardent les peupliers bouger, leurs feuilles sont des bancs de poissons filant en blocs allongés vers le ciel. Mais en général, les arbres se contentent de rester quasi immobiles, très longs, très chiants, très identiques à eux-mêmes. Les peupliers, c'est la déprime. Il y a tant de lotissements, de maisons de retraite, qui s'appellent Les Peupliers. Y meurt-on plus triste ?

Valère attend que sa femme ressorte, en bas du bâtiment. Depuis une allée, les infirmiers arrivent devant la porte où Théo Valère est hospitalisé, en poussant un brancard sur lequel est attaché un homme. D'où revient-il ? D'un séjour dans la folie vraie ? D'une séance d'électrochocs ? Ses poignets sont sanglés aux barres du brancard. Il est pieds nus et ses pieds dépassent de la couverture, ses pieds sont jaunes, les ongles des orteils longs. On a mal qu'il soit exposé ainsi, pire que nu. À son visage, on dirait environ cinquante ans, peut-être beau, sa coupe de cheveux est étudiée. Valère suit des yeux le brancard qui s'engouffre dans le bâtiment où se trouve son fils. Les autres personnes qui attendent en bas ou sont descendues fumer le suivent des yeux également. Un patient, qui ne va pas trop bien mais n'en est pas là, se dit : résolution du jour, surtout ne pas tomber fou. Pas en public. Surtout tomber seul, caché. Une photo vient en mémoire de ce patient, une de ces photos que saisissent les trail cameras, appareils photo fixés dans la forêt qui se déclenchent automatiquement si le capteur détecte un mouvement : c'est un jeune cerf de profil qui bondit, en couleurs mais blanchi par le flash, au centre d'une couronne de branches et de feuilles, il a une flèche en travers de la gorge, il fuit le chasseur qui l'a tué. Plus tard, le patient, le malade mais pas fou, tombera sur ce passage d'un livre de vénerie du XVII^e^, un dictionnaire.

*HALLALI : Lorsqu'un cerf tient aux chiens, on crie « hallali, hallali » ; et lorsqu'il est tombé, on crie « hallali, par terre ».*

Dans sa mémoire, il reverra alors passer l'homme dans son brancard.

Putain mon fils est là, dans cet immeuble, pense Valère. Il va s'asseoir à une des tables en bois fixées dans le parterre de gazon, des tables de pique-nique. Sa gorge se contracte. Ses joues se froissent, des lames de métal passent sur ses tempes, descendent dans les joues. Il voit flou, il sent de la chaleur autour de ses yeux. Il comprend qu'il pleure. Il s'essuie les yeux.

À la table d'à côté, il y a une très grosse femme habillée en noir. Un homme s'assoit à côté d'elle, visage en trognon de pomme, allure clochard à l'ancienne, bohème de caniveau. « Elle est là, elle est venue sans ailes sans Amor sans tendresse… » commence-t-il. Il lui parle. « Ton passé a-t-il été resplendissant ? Tu as aimé des hommes ? Alors ça va, rien à regretter parce que, avec ta générosité, faut être défensif. Maintenant t'as plus de sous… » Le gros tas noir appuyé sur le bois de la table ne bouge pas, ne dit pas un mot, mais écoute depuis sa masse de malheurs. « Je me présente, gentilhomme de fortune et d'infortune… Arrête de pleurer comme une Madeleine, tu sais sinon en fin de parcours tu rejoins les autres par la chambre froide et ils t'injecteront du formol dans le cul, ici les infirmiers ils ont tous travaillé dans les morgues ! » Elle demeure. Grande masse noire et grise appuyée sur le bois, de visage elle n'en a plus vraiment. Le vieil homme, qui n'est sans doute pas si vieux mais si vieilli, demande une clope, par signes – visage interrogatif et geste de prendre une bouffée –, à Serge Valère, qui est assis à une autre grande table en bois, à quelques mètres ; Valère ne fume plus depuis vingt ans. Il part acheter un paquet au Relais H, au cœur du dédale de Sainte-Anne, et achète un paquet de cigarettes. Il revient et donne le paquet à l'homme, prend une cigarette au passage, l'allume, elle est dégueulasse, il l'écrase, dommage se dit-il, car il a envie de se remettre à fumer. Sa femme descend. Serge Valère se lève et ils partent, marchent jusqu'à la sortie, puis jusqu'à la voiture, sans parler.

Lorsque Théo était enfant, son père l'emmenait de temps en temps au musée. Il l'avait emmené plusieurs fois au musée de la Guerre, aux Invalides. Il lui avait montré l'armure retrouvée à Waterloo, qui a un trou dans la poitrine, à la droite du cœur, une fleur d'acier ouverte à travers laquelle on peut voir de part en part. La salle des armures, où l'on contemple, alignées, comme partant à l'assaut, des armures de chevaliers montées sur des armures de chevaux, noires, brillantes, géantes, avait beaucoup impressionné Théo. Il avait pensé aux petits hommes de cette époque, voyant courir sur eux ces monstres d'acier et d'or. Valère lui avait dit : Oui, tu vois, on parle de l'esclavage immémorial des femmes, à raison, mais les hommes sont toujours allés se faire tuer. Ça n'est pas mieux. Théo avait dit oui, mais ce ne sont pas les femmes qui les envoyaient se faire tuer. Qu'en sais-tu ? avait répondu Valère. Sans doute avaient-ils peur pour leurs femmes et leurs enfants, et c'est pour ça qu'ils partaient tuer et se faire tuer. Devant le tombeau de Napoléon, il lui avait raconté l'épopée impériale, les Cent-Jours, sa fin à Sainte-Hélène. Il lui avait acheté *La Confession d'un enfant du siècle*, pour les premières pages éblouissantes, pas pour l'ennuyeuse histoire d'amour avec l'avatar de George Sand.

Serge Valère parlait parfois de son propre passé à son fils. S'il avait caché son état civil, il lui avait souvent parlé de la seule filiation qui lui semblait valable, celle des livres. Il avait grandi à Avallon, au cœur du Morvan. Cette région donnait des nourrices, traditionnellement, car il n'y avait pas assez de travail pour vivre. Les femmes partaient nourrir les enfants des riches à Paris, laissant les leurs à la famille, et envoyaient de l'argent. On appelle les longères du coin les « maisons de lait », car elles étaient construites avec cet argent. Ensuite, l'Assistance publique ou les parents des villes y avaient envoyé des enfants, avec l'idée que la campagne, le contact avec les choses et le travail de la terre les faisaient grandir de la bonne façon, les faisaient pousser droit. Certaines familles élevaient les enfants comme les leurs. D'autres les exploitaient et les maltraitaient : comme les enfants pouvaient commencer à travailler à treize ans, ils en profitaient pour les transformer en ouvriers agricoles attachés à leur ferme, à peine payés, un esclavage plutôt qu'un emploi. Pour Valère, ça n'avait pas été le cas, mais il n'avait pas été traité non plus comme un enfant de la famille. Il en avait connu deux, sa première mère nourricière avait dû rejoindre son mari employé de maison à Paris, la deuxième ne voulait plus s'attacher aux enfants, car on lui avait enlevé une petite fille qu'elle avait accueillie dans les langes et en avait eu le cœur meurtri. Ils l'élevaient mais il restait clair que c'était pour eux un travail.

Serge Valère était bon à l'école. Pas un prodige, pas le premier de la classe comme l'étaient certaines pupilles remarquables, qui pouvaient alors bénéficier d'une bourse pour finir leurs études dans un grand lycée. De plus, il était un élève turbulent, insolent. Un instituteur s'était cependant attaché à lui, M. Prat. Il l'avait préparé au certificat d'études, et le soir Valère allait parfois chez lui réviser ses cours. L'instituteur n'était pas du coin. Ancien résistant, il avait fait partie du maquis du Vercors. Il parlait au petit Serge de ses camarades et de son chef, Goderville, dont le courage, la vigueur physique, l'érudition et l'humour l'avaient fasciné et dont il vénérait la mémoire ; un héros tombé sous les balles allemandes en 1944, et dont il avait appris, après la guerre, qu'il s'agissait de Jean Prévost, écrivain et grand intellectuel. Il possédait tous ses livres, et il les avait prêtés à son protégé. Serge Valère les avait tous lus l'un après l'autre, ceux qu'il comprenait. Les romans, et aussi une série d'articles sur l'affaire Berthet, du nom de ce jeune séminariste qui au début du XIXe siècle avait tenté d'assassiner la femme du maire, dont il était un amoureux éconduit, et qui avait été condamné et décapité. En le voyant se plonger dans ces journaux, passionné par l'affaire, M. Prat lui avait donné *Le Rouge et le Noir*, inspiré de ce fait divers. Valère avait découvert Stendhal, il avait découvert Julien Sorel, un frère. Prévost, un père rêvé, Sorel, un frère. Le jeune garçon d'un petit milieu, rêvant d'un autre destin que celui qu'on lui promettait. Il avait appris par cœur un passage du roman :

Quelque épervier parti des grandes roches au-dessus de sa tête était aperçu par lui, de temps à autre, décrivant en silence ses cercles immenses. L'œil de Julien suivait machinalement l'oiseau de proie. Ses mouvements tranquilles et puissants le frappaient, il enviait cette force, il enviait cet isolement.

C'était la destinée de Napoléon, serait-ce un jour la sienne ?

Sans doute est-ce en lisant les pages sur le procès de Julien Sorel qu'il avait pour la première fois été attiré par le monde de la Justice, où la fatalité frappait, et se combattait corps à corps. Il aurait voulu défendre Julien Sorel, et même défendre Julien Sorel contre lui-même. Il avait aussi reçu comme un choc la phrase qui, après des centaines de pages, dont il est le héros, raconte en une ligne l'exécution de Julien Sorel : *Tout se passa simplement, convenablement, et de sa part sans aucune affectation.*

C'est grâce à l'impact que cette phrase avait eu sur lui, par la puissance de sa simplicité, se dit parfois Serge Valère, que son éloquence n'a jamais versé dans l'emphase. Les fantômes de Napoléon, de l'Empire, de la Révolution l'avaient conduit à lire Chateaubriand, et avec Chateaubriand l'avait saisi la passion de la langue française, de la sonorité et du rythme des mots. C'est d'ailleurs aussi grâce à Chateaubriand que, même s'il était engagé, à côté d'affaires criminelles de plus en plus retentissantes et médiatisées, dans les combats de gauche, droit des femmes, défense des travailleurs, défense des réfugiés politiques latino-américains, il était toujours resté méfiant à l'égard des idéologies ; dans les amphithéâtres et les cafés d'étudiants, on célébrait la violence révolutionnaire. Valère pensait à Chateaubriand, plutôt favorable au vent de liberté, favorable à une évolution de la monarchie, mais qui raconte ceci : une semaine après la chute de la Bastille, alors qu'il est à Paris, aux fenêtres de son hôtel garni avec ses sœurs et quelques Bretons comme lui, ils entendent crier de fermer les portes. Un groupe arrive par un des bouts de la rue, avec deux étendards que l'on distingue mal de loin, mais qui se révèlent être les têtes défigurées, portées au bout de piques, de Foulon et Berthier, des nobles, administrateurs du roi. *Tout le monde se retira des fenêtres ; j'y restai. Les assassins s'arrêtèrent devant moi, me tendirent les piques en chantant, en faisant des gambades, en sautant pour approcher de mon visage les pâles effigies. L'œil d'une de ces têtes, sorti de son orbite, descendait sur le visage obscur du mort ; la pique traversait la bouche ouverte dont les dents mordaient le fer.* Chateaubriand leur crie, indigné : « *Brigands ! Est-ce comme cela que vous entendez la liberté ?* » *Il écrit : Si j'avais eu un fusil, j'aurais tiré sur ces misérables comme sur des loups.* Le groupe essaye d'enfoncer la porte cochère en hurlant afin de le massacrer, mais finit par renoncer et s'éloigne. *Ces têtes, et d'autres que je rencontrai bientôt après, changèrent mes dispositions politiques ; j'eus horreur des festins de cannibales et l'idée de quitter la France pour quelque pays lointain germa dans mon esprit.*

L'avait aussi frappé cette anecdote qu'un militant maoïste de la Gauche prolétarienne, qu'il défendait lui avait racontée en riant, l'ayant entendue de la bouche de Simone de Beauvoir : dans leur jeunesse, Beauvoir et Sartre s'étaient rendus à Saint-Malo, et étaient allés voir le tombeau de Chateaubriand. Chateaubriand l'avait fait construire de son vivant, isolé, face aux vagues. Beauvoir et Sartre avaient trouvé cela ridicule et Sartre avait pissé sur la tombe.

Valère s'était dit je n'ai rien à voir avec ces gens.

Son métier et les femmes, là était sa foi, là était son idéal. Cela l'avait rapproché d'Alain Feldheim, qui était comme lui dans sa jeunesse, avant de se ranger. Il est son meilleur ami, un de ses seuls vrais amis. Valère n'aime pas la fréquentation virile des hommes, ni les groupes. Il a toujours été solitaire. Et sans doute a-t-il du mal à supporter une autre virilité que la sienne dans son espace vital. Ils s'étaient connus au sein d'un comité de médecins de gauche, dans les années soixante-dix. Valère, tout jeune avocat, défendait les médecins poursuivis pour avortement clandestin et les femmes qui avaient des ennuis, Feldheim, interne à Port-Royal, formait les médecins aux techniques d'avortement en cabinet, bravant la loi. Ils étaient également parmi les seuls, hors de toute association, à aider les transsexuelles. Valère se battait pour obtenir des changements de sexe, de prénom sur les papiers d'identité et à l'état civil ; Feldheim prescrivait des hormones, travaillait en lien avec des chirurgiens à l'étranger, en particulier avec la clinique du docteur Burou, à Casablanca. Un personnage étrange, au charisme flibustier, pionnier de l'opération, qui réalisait les interventions chirurgicales dans un sous-sol obscur de sa clinique, torse nu à cause de la chaleur, une sorte de tablier de boucher cintré autour du corps. Toutes les filles du Carrousel, le plus célèbre des cabarets de travestis, étaient passées par lui, suivant l'exemple de la flamboyante Coccinelle, la star maison, une bête de scène qui cultivait ses airs de Brigitte Bardot, corps de pin-up, visage à la Jayne Mansfield, choucroute dorée. Valère et Feldheim suivaient parfois ces lucioles dans leurs nuits, invités permanents des clubs où elles se produisaient, champagne à volonté, chouchous des loges, les frères aimés – et parfois convoités –, mais le plus souvent c'était un jeu, elles les taquinaient. « Le paladin du Palais et le sorcier de ces dames », « Mon lionceau du barreau », « Hosanna, docteur Love ! »

Gaby avait travaillé au légendaire Carrousel, et ensuite chez Madame Arthur. Elle était très fine, délicate, ses cheveux naturellement blonds éclaircis presque jusqu'au blanc, une aura de phosphorescence intense et gracile, à la manière des filaments d'une ampoule. Magnifique sur scène – un numéro où elle restait très classe, élégante, en guêpière –, et hors scène discrète, ironique, réservée. Une assurance calme. Une show girl, pas une fêtarde. Elle n'était pas encore opérée lorsque Serge Valère l'avait rencontrée. Il lui avait avancé l'argent, qu'elle avait remboursé chaque mois, rubis sur l'ongle, et s'était ensuite battu pour le changement d'état civil, cela avait pris des années. (Gaby lui manque. Elle lui manque. Il n'aurait jamais cru qu'elle lui manquerait autant.)

Valère et Feldheim étaient jeunes. C'était l'état de jeunesse, le grand état de la jeunesse pour ceux qui y croient, la dévoration du présent et la course vers l'avenir, vent dans les voiles. Ils travaillaient comme des brutes et vivaient brutalement. Les femmes, le militantisme, le poker, les rades, la passion de la littérature. Beaucoup d'alcool quand il était question d'alcool, mais c'était rare, car leur travail passait avant tout, les enivrait. Une ambition vraie, pas celle de briller ou de se faire une place en société, l'incroyable chance d'être porté par une vocation – et par autre chose : la faim. Alain Feldheim était le premier de sa famille à dépasser le certificat d'études. Famille venue de Silésie, parents, grands-parents, frères et sœurs déportés jamais revenus de Pitchipoï. Élevé par une tante orpheline de sa propre famille, ses trois petits, son mari, il avait vécu dans une relative pauvreté, pas la misère mais le vrai manque d'argent, et avait au départ choisi la médecine car on pourait faire des gardes payées. Tous les deux avaient un mépris des conventions, des simagrées.

Feldheim a changé. Il aime les honneurs. Marié avec une grosse héritière, petite et douteuse noblesse, vrai château dans le Vexin. Mais il reste libre et drôle, il l'a toujours été. Valère n'est pas réputé pour son humour, et il est vrai que sauf avec ses très proches, sauf lorsqu'il est en confiance, il reste plutôt sombre et finalement assez peu loquace. Il pèse trop ses mots pour ça, il est trop concentré sur les mots. Il a beaucoup de réserve, sans qu'elle soit comprise, donnée comme telle. Mais leur point commun, à tous deux, est un profond dédain de la pompe, une profonde conscience du décalage entre ce qui est et ce que l'on prétend être. Chez Feldheim, cela se manifeste par l'ironie et la légèreté, chez Serge Valère par le tranchant. Il ne connaît pas la connivence. Ainsi, bien que l'idée de gaieté ne lui corresponde pas, il est entouré de personnes tenues pour être drôles, considérées comme ayant de l'humour. Ce sont les seules qu'il supporte. Qui semblent dévier un tant soit peu le grotesque des postures et des apparences. Il s'est déjà fait la réflexion que le monde de la Justice lui plaît car les gens y sont dépouillés, par la force des choses, de leur faux détachement. On ne joue pas. On arrête de jouer. C'est un théâtre où l'on ne cesse de jouer, mais selon lui on joue dans les tribunaux moins qu'ailleurs. Chacun a un rôle, cependant la convention est avouée, fondamentale. Ça ne se fait pas en douce et en subtilité, la distribution des rôles est claire, la dramaturgie évidente. C'est reposant. Comme les hôpitaux, les palais de Justice sont des lieux où chacun tient son rôle, mais où l'on arrête de jouer. Le pour de faux disparaît.

D'autres fois, de plus en plus souvent, Serge Valère pense que c'est partout pareil. Pour ses soixante ans, alors que sa femme lui avait préparé une abominable surprise – une fête d'anniversaire –, Feldheim lui avait offert le seul cadeau valable qu'il ait reçu de toute sa vie : une reproduction du livre conçu par Blaise Cendrars et Sonia Delaunay, *La Prose du Transsibérien et de la petite Jehanne de France*. Couleurs, illustrations, poème devaient être déployés sur deux mètres, lus et vus ensemble. Feldheim n'avait pas eu besoin de lui demander : tu te souviens ? En se regardant, ils se souvenaient de tout.

J'avais faim
Et tous les jours et toutes les femmes dans les cafés et tous les verres
J'aurais voulu les boire et les casser

# XII

Du côté de l'Éducation surveillée, alors qu'on est tout juste rassuré par le silence autour des audiences, clignote en énorme une alerte rouge : on apprend qu'Henri Danjou vient d'apparaître dans le tableau, rôde et se renseigne ; c'est une catastrophe.

Henri Danjou, on le connaît très bien, et pour cause : célèbre journaliste, ou plutôt écrivain-reporter, il a contribué à faire fermer les colonies pénitentiaires pour enfants et mineurs les plus dures. Journaliste issu de l'école d'Albert Londres, Henri Danjou s'est spécialisé dans la marginalité et sa répression. Ses deux livres les plus célèbres sont *Place Maubert*, immersion dans le monde des sans-logis, *Dans les bas-fonds de Paris*, et surtout *Enfants du malheur !* dans lequel il révélait, en 1932, les effroyables conditions de vie au sein des établissements pénitentiaires pour mineurs, maisons de redressement, de rééducation, de correction. Je me demande si en haut lieu on a tout de suite compris que le vent allait maintenant mal tourner, qu'il était déjà trop tard, ou s'il y flottait encore l'espoir que Danjou n'ait pas trouvé de fil pour raconter toute l'histoire. Au moins deux personnes très bien informées ont rencontré le journaliste, ils le savent : d'abord Mlle Sollacaro, éducatrice suspendue par la directrice le soir de la révolte, qu'il a réussi à interroger assez longuement. « C'est à 13 heures qu'Henri Danjou s'est présenté chez moi, le 17 mai 47, est-elle obligée de détailler à ses supérieurs dans un document manuscrit. Ce monsieur disait être envoyé par le commissaire Verdaveine et très introduit au ministère de la Justice. » Le visiteur lui explique qu'il s'intéresse au problème de l'enfance délinquante et désire en discuter avec elle. « Sa carte ne portait que son nom et ne m'a rien appris sur sa qualité de journaliste. » Elle prétend n'avoir fait que discuter de questions générales et uniquement rectifié quelques détails à propos de la révolte du 6 mai, qu'Henri Danjou finit par aborder et sur laquelle « il semblait bien informé ». Se rendant enfin compte, seulement à cet instant, assure-t-elle, qu'elle est en train de parler à un journaliste, elle met fin à l'entretien et explique qu'elle est tenue par le secret professionnel. Le même jour, pendant la matinée, Henri Danjou est allé voir Mme Dumont à la prison de Fresnes, où il s'est présenté pour demander l'adresse de Mlle Sollacaro. La directrice doit elle aussi se justifier : elle reconnaît n'avoir pensé à lui demander son nom et sa profession qu'à la fin de leur discussion, alors qu'il avait déjà réussi à la faire disserter, entre autres des « difficultés de réadaptation plus grandes chez les filles que chez les garçons ». Sur la révolte du 6 mai, elle est restée muette, jure-t-elle : « J'avais subi le rude assaut des journalistes au lendemain des événements et je n'avais fait aucune déclaration. » Seconde erreur admise : avoir remis l'adresse demandée, devant « la forte insistance » d'Henri Danjou, « peut-être trop fatiguée et trop surmenée pour mesurer l'étendue de mon geste et sans trop réfléchir, je l'avoue ». Elle n'a pas fini de mesurer les conséquences de cette rencontre.

En effet, la spécialité d'Henri Danjou, c'est de « révéler ». Certes il ne doit pas croiser trois fois ses sources avant de reprendre une info, mais il a l'habitude de mettre les mains dans le cambouis pour extirper les vérités enfouies, quitte à en présenter une version où les couleurs sont poussées à fond.

Lorsque j'étais jeune étudiante en droit, j'étais polluée par une posture d'esprit que l'on rencontre souvent dans le milieu de la justice et du droit, une certaine hauteur par rapport à la presse, aux médias, aux journalistes, qui tournent autour de la chose judiciaire, de la machine, sans en faire partie, sans en maîtriser la technicité. Ensuite mon passage par des rédactions m'a troublée ; j'ai vu l'excitation face à la catastrophe. J'ai vu des rédactions se transformer en fourmilières portées par l'adrénaline, l'excitation, les yeux briller, plus grands ouverts que d'habitude, avec une expression ressemblant à de la joie sauvage, lorsqu'un tsunami emportait des milliers de victimes, lorsqu'une célébrité mourait dans un crash. Je participais à ça, je le ressentais aussi et en concevais une gêne.

Je suis revenue de ces jugements hâtifs, de ces jugements idiots. Je vois maintenant dans le journalisme malgré tout la recherche de la vérité, donc un métier en lien avec l'idée de justice. J'en suis revenue aussi parce que j'ai été confrontée à la façon dont les gens travaillent, à la façon dont moi-même j'ai parfois travaillé, c'est-à-dire globalement mal. Dans chaque profession il y a une majorité d'incompétents, de tout juste convenables, de paresseux et d'arnaqueurs peu scrupuleux. Ma mère est médecin. Après moult ennuis avec tel plombier ou tel électricien et ma découverte de la réalité du monde du travail, je lui ai demandé : « Mais dis-moi, est-ce que c'est pareil avec les médecins ? » Elle ne m'a pas répondu tout de suite. Elle a réfléchi quelques secondes et m'a dit, très sûre d'elle, après avoir fait le tour de la question : « Oui. » Quant à l'excitation malsaine : elle est universelle.

On connaît les suraccidents des voitures qui ralentissent pour observer la dentelle des crashes automobiles. J'ai vu ces regards, je me souviens d'avoir vu ces regards, depuis une façade d'immeuble, depuis le rebord d'une fenêtre, depuis la danse sur le fil, depuis le défi au vide, depuis le vertige des hauteurs et du risque mortel, je les ai vus. Je les ai vus à l'envers une nuit, j'avais décidé de m'accrocher à une rambarde au-dessus d'un hall où une fête brillante battait son plein, je ne sais plus comment, par les jambes et la tête en bas, renversée dans le vide, je voyais la scène, la vie, les corps inversés et cela m'avait frappée, comme dans les autres situations où j'étais dans le vide, près du vide ou de l'instant fatal, l'intensité des regards et les sourires de loups de meute en bas, des passants, s'arrêtant, levant les yeux vers moi, attendant quelque chose ; qu'un lieu sûr, un appui, m'aspire à nouveau ou que je chute, cela semblait indifférent, il semblait que l'un ou l'autre les aurait soulagés. On comprend la puissance et l'empire de l'ennui sur le quotidien pour que les âmes accueillent le spectacle de la catastrophe, de l'exceptionnel, de la chute, avec tant d'ambivalence, avec tant de rêveries.

Le mardi 20 mai 1947, en haut de la une de *France-Soir* s'étale un bandeau en lettres rouges. Encadré à gauche : *Après le sabbat de Fresnes, un grand reportage d'Henri Danjou.* Manchette à la suite, sur toute la largeur, au-dessus du titre du journal : LA VÉRITÉ SUR LA RÉVOLTE DES ENFANTS PERDUES. Une flèche rouge indique : *En page 2.* Je suis la flèche. En page 2, pendant toute la semaine, chaque jour, Danjou raconte et dénonce, avec les munitions d'un journaliste, d'un enquêteur, et le savoir-faire, les envolées, les trucs – j'en suis consciente – d'un feuilletoniste.

Premier article. Gros titre : *M. DUMONT, LE MARI DE LA DIRECTRICE, AVAIT LA MAIN TROP LOURDE POUR LES FILLES LÉGÈRES.*

Sous-titre, en caractères gras : *mais c'est parce qu'on avait fait prisonnières avec elles les éducatrices qu'elles aimaient que les jeunes détenues de fresnes commencèrent leur sabbat.*

Tout ce que M. Recht raconte à charge, Danjou le raconte à décharge, et du côté des jeunes filles, comme le revers de la version officielle : *Toutes sont considérées comme incorrigibles, « incos », parce qu'elles parlent mal, sont hostiles, ont une mauvaise conduite et ne pensent qu'à recommencer à faire confiance au premier venu.*

Il raconte les conditions dans lesquelles elles vivaient, à quatre-vingts dans *l'étroit bouillon de culture de cinq chambrées*, les corvées, l'ennui, la promiscuité, les récompenses accordées aux mouchardes, pas le droit de chanter en récréation, extinction des lumières à 20 h 30, les inondations qu'il faut constamment éponger.

Il raconte les punitions à la moindre insolence, le cachot, le froid glacial du cachot ; pendant des jours ou des semaines, souvent à l'eau et au pain sec, *pour une farce de collégienne, parce qu'on a fumé, parce qu'on se met des bigoudis en cachette parce qu'on veut être jolie*. Il raconte aussi, et c'est la première fois qu'une information sur les violences qui ont eu lieu sort dans la presse, qu'au prétoire, c'est-à-dire l'audience devant la directrice où les filles passaient pour une infraction au règlement, Mme Dumont avait pris l'habitude de se détendre non seulement en distribuant des gifles, mais aussi des coups de poing. Parfois la fille se défend, ou réplique ; M. Dumont intervient alors. *Un petit homme brun, le greffier-chef, ayant fait carrière dans les maisons de correction pour garçons*, comme sa femme. Il frappe. *Il a la main lourde, M. Dumont,* écrit Danjou, *à coups de poing, à coups de pied, comme dans les bouges.*

Danjou explique que le nouveau directeur des maisons d'éducation surveillée de France, M. Costa, *un homme bien,* précise-t-il, a volontairement nommé à Fresnes deux jeunes éducatrices à l'esprit neuf, à qui les pupilles désespérées, avides de tendresse, dit-il, venaient confier *leur cafard, raconter leur dégoût lorsqu'elles voulaient se tuer, ce qui arrivait souvent.*

À cette période de l'histoire de l'Éducation surveillée, le nouveau personnel, les éducateurs et éducatrices, qui commencent à être formés, se mélangent aux anciennes équipes de « moniteurs » et « monitrices », qui relevaient de l'administration pénitentiaire et dont la mission avait toujours été, avant tout, une mission de surveillance. À Fresnes, c'est le choc de deux cultures, sous la férule d'une directrice qui se braque contre les deux nouvelles recrues. Les quelques jeunes éducatrices qui démarrent leur métier doivent faire équipe avec les anciennes monitrices de Clermont et les surveillantes auxiliaires, recrutées sur place parmi les femmes des surveillants de Fresnes. Lorsque, déclic de la révolte, la directrice s'emporte contre deux éducatrices, leur retire leurs clefs et les enferme, l'une des jeunes filles hurle : *On vous fait ça à vous ! À vous ! Mort aux vaches ! Révoltons-nous. On est la force !*

Le jour où sort le premier article d'Henri Danjou dans *France-Soir*, l'inspecteur de l'Éducation surveillée, M. Recht, remet son second rapport à ses supérieurs, où il passe en revue le personnel et émet des préconisations sur leur sort. Il les a tous interrogées. Dans les fiches rendant compte des auditions, les récits d'indiscipline, de menaces, d'injures, se répètent, l'une d'elles mentionne *une préférence marquée pour la fainéantise* des pupilles ainsi que des *amitiés douteuses*. Plusieurs des surveillantes, issues de l'administration pénitentiaire ou femmes de gardiens, accusent les éducatrices d'être trop indulgentes avec les filles, *surtout madame Sollacaro*, toutes nient l'existence de brutalités excessives. Même son de cloche de la part du vieux veilleur de nuit, un ancien poilu qui a toujours travaillé en prison, et reproche à certaines éducatrices de n'avoir *aucun sens de la discipline* et de favoriser *un certain esprit de désobéissance. Surtout madame Sollacaro.* Exemple donné : il est arrivé que celle-ci reste avec les filles après l'heure du coucher et refuse d'éteindre à l'heure prévue pour l'extinction des feux. *Les autres groupes les filles s'agitaient alors pour obtenir que la lumière leur soit laissée jusqu'à dix heures du soir et parfois au-delà.* L'éducatrice chef-surveillante, elle, pointe à mots couverts certains dérapages du couple Dumont. Elle déplore un manque de confiance de la directrice envers les éducatrices, qui n'avait pas toujours *une foi assez grande dans la pureté de leurs intentions,* créant ainsi parfois *une sorte de solidarité* entre elles et les filles. Elle raconte aussi qu'après avoir entendu la directrice morigéner sévèrement une éducatrice, une pupille avait lâché, désignant celle qui venait de se faire houspiller : *Cette femme une conne d'accepter ça.* L'inspecteur l'interroge sur l'existence de brutalités. Elle explique que l'emploi de la force était selon elle souvent justifié, mais ajoute : *Par ailleurs l'on ne peut admettre dans aucun cas que les filles soient frappées.* En dit-elle plus ? En tout cas rien d'autre n'est retranscrit. Seule Mlle Sollacaro dénonce clairement *les sanctions corporelles utilisées par la directrice et son mari* et les désigne comme l'une des causes de la mutinerie. Elle cite à titre d'exemple les noms de quatre pupilles victimes de leurs coups. *Je n'ai pas assisté à ces scènes mais les filles me l'ont raconté. Ces sanctions ont accumulé des charges explosives qui devaient éclater un jour ou l'autre.* Mlle Delauzay, de caractère plus effacé et timide, souligne pour sa part que les élèves de son groupe n'ont pas supporté de la voir humilier par Madame Dumont, le matin de la révolte. Le couple Dumont ne reconnaît aucune maltraitance.

Selon le mari de la directrice, seules des infractions très graves valaient l'isolement en cellule : il aidait alors à maîtriser les filles les plus difficiles, et devait se défendre contre *ces véritables furies.* Madame Dumont reconnaît que dans des cas extrêmes il a pu arriver que son époux saisisse une fille par les cheveux, mais rien de plus. *Il m'est arrivé de donner à certaines filles quelques gifles comme j'en donne à mes cinq enfants quand il y a lieu,* dit-elle, *mais jamais les corrections n'ont dépassé la limite d'une correction paternelle.* Elle charge certaines éducatrices, *notamment Mlle Delauzay et Madame Sollacaro, qui nourrissaient d'étranges illusions sur le compte des filles, leur passaient tous leurs caprices, ce qui créait des centres d'indiscipline dans la maison.* Conclusion : *J'ai conscience d'avoir rempli mon devoir et je n'ai rien à me reprocher.* Le médecin de la prison de Fresnes est également entendu par l'inspecteur. Il dit avoir constaté une fois, à l'occasion d'un examen, des contusions sur les jambes d'une pupille, mais jamais de *traces de violences sérieuses.* Cette fois, la vision s'est élargie. M. Recht s'est rendu au Dépôt, où il a interrogé les jeunes rebelles. Il a rencontré les nouvelles éducatrices que la directrice avait suspendues le soir de la révolte et renvoyées chez elles pour avoir été trop indulgentes, pour avoir été complices passives. Étrangement, on le voit être conquis, absolument conquis, par Mlle Sollacaro. Celle qui a été, de fait, à l'origine de la mutinerie puisque c'est surtout contre elle que la directrice s'est emportée, c'est à elle qu'elle a arraché ses clefs, scandalisant les pupilles de son groupe, le groupe D, qui a alors lancé le mot d'ordre de la révolte. Compte-rendu :

> Mlle Sollacaro, vingt-sept ans, célibataire, un enfant, formation intellectuelle supérieure. A suivi les cours de première supérieure et possède un certificat de licence. Jeune fille très intelligente, passionnée par une véritable vocation d'éducatrice. Elle est un élément de grand avenir. Elle ajoute à son intelligence un grand pouvoir de séduction et une sorte de divination. En dépit de son mépris affiché pour toute violence, elle était l'idole de ces filles. Plusieurs filles du Dépôt me déclarent qu'elles n'ont cassé aucune vitre de ce local pour rester dignes de Mlle Sollacaro. Celle-ci a cependant, à un très fort degré, les défauts de ses qualités. Passionnément attachée à ces filles, elle dépasse la mesure dans les témoignages de son affection. Par ailleurs, elle n'a aucun sens de la hiérarchie.

M. Recht préconise son affectation immédiate, en urgence, dans une institution voulue modèle, Brécourt, en cours de création, jugeant que seule sa directrice lui paraît avoir l'autorité pour assurer la formation de *cette éducatrice riche de promesses*, mais qui doit apprendre *à obéir à un chef et à modérer son affectivité.*

Mlle Sollacaro, jeune mère célibataire. Qui élève elle-même sa petite fille. Cela me touche de comprendre que, finalement, ce qui a déclenché la mutinerie, a libéré, fait flamber la révolte, a été l'humiliation d'une jeune femme indépendante, cultivée, mère célibataire, et qui leur parlait, et qui les écoutait. Je ne pense pas que ce soit un hasard si, ce jour-là, c'est Mlle Sollacaro que les jeunes filles de Fresnes ont défendue, face à la directrice qui venait de l'humilier.

L'exemple de Mlle Sollacaro est encore extrêmement rare. De plus, il était peu courant dans les institutions que des jeunes filles mariées soient éducatrices car l'exemple à donner était celui de la faculté, pour une jeune célibataire, à mener une vie saine et épanouie sans relations sexuelles. C'est justement la directrice de Brécourt, auprès de laquelle l'inspecteur veut envoyer Mlle Sollacaro se former, psychologue de formation, chargée de la réforme du secteur public de la rééducation féminine, qui en explique les raisons dans une conférence donnée l'année de la révolte. Selon elle, le rôle des éducatrices en internat comporte *trois tâches extrêmement délicates : prouver aux filles qu'il n'est pas nécessaire qu'elles aient des relations sexuelles avant leur mariage ou en dehors du mariage ; les détourner de la prostitution ; les préparer à leur rôle de future maîtresse de maison, d'épouse, de mère.* L'analyse est simple : *Quatre-vingt-dix pour cent des filles ne seraient pas délinquantes si leur éducation, leur sens moral, les circonstances les avaient empêchées d'avoir des relations sexuelles ! Elles le reconnaissent d'ailleurs et regrettent le plus souvent (quelques-unes surtout hélas !) les suites.* Certes, en tentant de réprimer la sexualité des adolescentes et des jeunes filles, on veut aussi lutter contre les grossesses non désirées – sans pour autant remettre en cause l'obligation de les mener à terme. La lecture d'une seule semaine de journaux de 1947 m'a fait sauter aux yeux l'horreur de l'interdiction de l'avortement. Les pages de faits divers regorgent de récits sordides ; infanticides commis par de jeunes campagnardes ou domestiques désespérées, septicémies mortelles causées par des avortements clandestins, puis déguisés en suicides ou accidents par le petit ami – c'est le cas pour la pendue du bois de Boulogne, inconnue retrouvée morte au bout d'une corde accrochée à une branche, dont j'ai suivi l'affaire dans les pages de plusieurs quotidiens. On l'apprend au fur et à mesure de l'enquête de police, et le jeune homme finit par être arrêté. Dans les maisons de corrections, on retrouve fréquemment des jeunes filles passées devant le juge pour avortement ou tentative d'avortement. La condition des filles-mères est terrible, celles qui souhaiteraient élever leurs bébés sont bien souvent contraintes de les abandonner. Mais au-delà de cette donnée, concernant les jeunes filles, c'est l'idée même d'avoir une vie sexuelle qui est condamnée : *Ni le vol, ni la rébellion, ni la colère ne dégringolent vraiment une fille,* peut-on lire dans *Rééducation*, une revue spécialisée de l'époque, *mais dès que, pour une cause ou pour une autre, elle a consenti à certains gestes avec plusieurs personnes du sexe opposé, le phénomène d'une dégradation morale certaine se produit.*

À l'égard de Mme Dumont, M. Recht se montre désormais beaucoup plus sévère. Qualifiée par les pupilles de *lunatique*, écrit-il, *elle n'a effectivement pas toujours présenté les mêmes réactions ni su dominer ses nerfs*. Ironie *à contretemps*, position *trop absolue* envers le personnel, *manque d'esprit de suite et de hauteur de vue* ; cette institutrice de formation a semble-t-il depuis longtemps *perdu ses aptitudes à l'éducation et sa réaffectation à un emploi administratif s'impose.*

En attendant, Mme Dumont est toujours à Fresnes, logée à l'intérieur même de la prison dans un appartement de fonction, avec son mari mais sans ses cinq enfants, depuis sa prise de poste, il y a dix mois. Selon Henri Danjou, c'est une femme *petite, noiraude, volontaire, assez jolie*. De grosses lunettes noires lui donnent une apparence austère. *Elle est partisane de l'éducation sous le régime de la crainte et, elle me l'a dit, des fessées à partir de l'âge de 6 mois,* affirme le journaliste.

Tout au long de la semaine, Danjou continue à dérouler le feuilleton : dans ces pages, je ne cherche plus les événements, je cherche les voix des jeunes filles, et des visions rapportées par des témoins ayant assisté aux faits. Danjou est bien renseigné, il a déjà réussi à publier des reportages sur les collaborateurs incarcérés, avec énormément de détails de la vie quotidienne impossibles à inventer – il a donc des informateurs dans la prison de Fresnes, la police lui parle : y avoir un réseau d'interlocuteurs bavards fait partie de son métier –, et le secret professionnel derrière lequel Mlle Sollacaro dit s'être retranchée semble avoir manqué d'étanchéité.

Les épisodes s'enchaînent dans *France-Soir*, avec des titres rutilants et des descriptions qui s'en donnent à cœur joie, sans complexes, comme dans la grande presse de faits divers de l'époque. À *Détective*, où Danjou s'est formé, Joseph Kessel, Francis Carco, Mac Orlan et même Paul Morand écrivaient, avec les reporters aventuriers marchant dans les pas d'Albert Londres. Roues de plumes et coups d'éclat. *DE HAUTE LUTTE ON DÉLIVRE LES MITARDES QUI CROUPISSENT DANS LES CACHOTS* : sous les gros titres soignés, il raconte comme elles chantent et se promènent dans le préau, sur le mur, dans le chemin de ronde et sur le toit conquis, bras dessus bras dessous par groupes de cinq et non deux par deux comme d'habitude, afin de résister aux contre-attaques des éducatrices et des surveillantes. *CONDUITES PAR « LA GITANE », LES MUTINES, STOÏQUES SOUS LA DOUCHE, S'EMPARENT D'UN TOIT DE FRESNES* : il raconte le moment où les pompiers entrent en action. Il raconte que sous les lances à incendie qui les frappent de plein fouet, sous l'eau qui les tabasse, elles crient : *Ça fait du bien allez-y les gars on sera plus propres.* Trempées jusqu'aux os, elles dansent sous les jets d'eau et les acclamations des détenus d'en face. Depuis les ateliers encore bouclés où l'on crie : *Tenez le coup on arrive !*, on organise des chaînes pour les ravitailler, pour qu'elles tiennent jusqu'au soir. Robes, chemises, morceaux de pain passent à travers les grilles, *une patrouille vient depuis le toit récupérer les objets parachutés.* Celles qui sont enfermées dans les dortoirs brisent les vitres, agitant à travers les grilles leurs jambes et leurs bras blessés, ensanglantés, chantent en chœur, puis réussissent à s'échapper et à rejoindre les autres, elles arrachent la clef d'une religieuse qui passait dans la cour – toutes les clefs sont sur le même modèle, c'est la même chose dans les autres divisons, l'abbé Popot a ainsi une clef qui lui permet d'ouvrir toutes les cellules, il le raconte dans son livre. *Allez la frangine, lâche ta carouble, hurlent des filles tout en faisant le siège de la sœur Marie-Madeleine*, qui défend sa robe contre les mains qui la fouillent et s'enfuit. La liberté. Elles échangent des *gros-gros* et des *doudous*, comme elles appellent baisers et embrassades, tout en gardant consciencieusement le mur, le chemin de ronde et le toit *du fort Chabrol de Fresnes.* Elles nouent les bouts de leurs robes à la ceinture, *autant par impudeur que pour avoir les jambes plus à l'aise lorsqu'il sera nécessaire de résister à coups de pied.* Danjou se surpasse et s'enflamme, dans une surenchère d'images. L'événement lui évoque *une fête de grasse liesse, comme dans les carnavals flamands, où il ne manque que le tournoiement de chevaux de bois, le PAF PAF des tirs et les flons-flons d'un orchestre de cuivres.* Exclamation : *Ah si on ouvrait un bal dans la maison de Mme Dumont, peut-être que cela arrangerait tout !*

La série de reportages s'achève par un magnifique *IVRES DE SANG ET DE VIN LES FILLES TERMINENT LEUR SABBAT AU DÉPÔT*, assorti d'un sous-titre aux accents de compassion : *Mais le désespoir éclatait dans leurs obscénités et leurs injures.* Dans les journaux, ce n'est en général pas le journaliste qui a écrit le papier qui trouve ou choisit le titre, je me suis souvent arraché les cheveux en voyant un de mes articles, du temps où j'écrivais pour des magazines, publié sous un titre absurde ou en totale contradiction avec ce que je racontais et les infos que je donnais. Je ne sais pas si c'est Danjou qui a rédigé les titres, et cela m'étonnerait qu'il se soit offusqué de leur sensationnalisme, mais en dessous, l'article précise que quinze ou vingt filles au plus ont touché à l'alcool, les autres se contentant de chocolat, de confiture, et de *l'ivresse de la révolte*, ce qui est suffisant pour mettre sens dessus dessous ce que le journaliste nomme *la ville du châtiment. Dans leur vision tout danse*, écrit Danjou, *et en fumant les réserves cachées dans les paillasses on parle d'amour, on s'écroule dans l'herbe du chemin de ronde, en pleine crise de fou rire hystérique, on se dévêt pour prendre un bain de soleil, comme des nymphes.* Afin d'accompagner l'ivresse *de serments et de voluptés*, elles boivent à la ronde. *Drôle de volupté* : on s'entaille les bras et les jambes en brisant d'autres vitres, celles qui restent des filles s'évanouissent, se trouvent mal, le sang coule partout, il faut ranimer les malades, panser les blessées. Le soir, au Dépôt, Henri Danjou indique que le commissaire Verdaveine, qui s'est tiré de l'assaut final avec une marque de morsure à un bras, et ses inspecteurs questionnent les frondeuses. On leur répond. *Nous nous sommes révoltées parce que notre directrice était cruelle, parce qu'elle nous laissait sans nourriture au cachot, parce qu'elle nous haïssait, parce que Mme et M. Dumont nous battaient.* Henri Danjou n'était pas sur les lieux. Je me demande qui lui a rapporté ces réponses.

# XIII

J'aurais voulu reprendre le plan du rapport pour avancer et regarder les causes et circonvolutions de la révolte se révéler, les montrer, comme on arrache les pétales d'une fleur pour en voir le cœur jaune, nu, plein et fragile. Compact. Je me disais pour une fois coulons-nous dans un cadre, le cadre qu'il me faudrait et m'aurait fallu, car finalement je me dis que c'est ça qu'il m'aurait fallu dans la vie, depuis le vagissement primal : un fonctionnaire méthodique et appliqué qui organiserait et mettrait mes idées au clair, et surtout les limiterait, petit 1, petit 2, et pas petit 1 grand 1012 puis – 78 et où en étais-je, déjà ? Un cadre. Pour une fois que j'en trouve un tout prêt, pourquoi me priver.

Dans le cadre, j'aurais ajouté de la matière palpitante, palpitante à la manière d'un article d'Henri Danjou, au sens premier, celui du muscle qui bat, de la vie qui tape ; un peu de rythme et de viande. La grande enquête d'Henri Danjou, qui fait s'effondrer la stratégie du silence et sans doute cause un accablement massif place des Vosges, au ministère. Épaules affaissées, soupirs. Les cordons de gendarmes, les comparutions escamotées, les petites mutinées disparues dans l'ombre des couloirs du palais de Justice… en vain.

Et c'est dans cet esprit que je commence à créer des fichiers sur mon bureau d'ordinateur, à rédiger des résumés, des observations à l'intention de Théo Valère, que je suis censée contacter pour lui faire un état des lieux et lui trouver quelque chose à remuer. Serge Valère m'a donné le numéro de son fils. Puis il m'a appelée pour me donner son e-mail : « Je suis allé le prévenir de votre appel, il m'a répondu que cela faisait six mois que son téléphone ne marchait plus, il n'a plus de micro et le clavier ne fonctionne plus. Sa mère m'a confirmé, il refuse de lâcher son téléphone pour le faire réparer, elle lui en a donné un de rechange, il ne l'a pas touché. Il m'a encore fait des reproches en me disant "Ça fait donc six mois que tu ne m'as ni téléphoné ni essayé de me joindre". »

« Qu'est-ce qu'il croit ? Qu'est-ce qu'il aurait voulu ? me dit Valère. Ce n'était pas pareil d'être un père, pour les hommes de ma génération. Cela ne veut pas dire que nous n'avons pas rempli notre fonction. Qu'est-ce qu'il voulait de moi ? Du copinage ? Du maternage ? Je ne comprends pas. On était tous comme ça. On ne considérait pas que c'était notre part du travail, mais ça ne veut pas dire qu'on n'accomplissait pas notre part. Vous avez l'âge d'être ma fille : vous en connaissiez, vous, des pères qui étaient très présents au quotidien, "à l'écoute" comme on dit ?

– Oui, quand même, j'en ai vu... mais pas la majorité. Et c'est vrai qu'on n'avait pas les mêmes attentes qu'aujourd'hui, je ne me souviens pas que mes amis reprochaient ça à leur père, ça semblait l'ordre des choses.

– C'était être là autrement. Et puis il y a certains métiers où ce n'est tout simplement pas possible, ce serait pareil pour une femme, mes collègues avocates ont fait élever leurs enfants par leurs bonnes. Pour les hommes de ma génération, le travail passait avant, et je ne connais pas un avocat ayant eu une grande carrière en gardant sa vie privée à l'écart de ça, je n'avais pas le loisir d'être un papa poule ou je ne sais quoi du même ordre. Vous avez étudié le droit, vos parents étaient de la profession ?

– Non, pas du tout. Ma mère est médecin de santé publique et mon père a fait plusieurs métiers, rien de très fixe... »

Valère me regarde, l'air un peu interrogatif.

Je précise : « Je ne l'ai pas connu, il est mort avant ma naissance. » Valère ne dit pas « désolé », je lui en sais gré.

Quand on me demandait ce que faisait mon père et que je répondais « Il est mort », on me disait toujours « Ah, désolé ». Je disais « Non, tu sais je ne l'ai pas connu donc ce n'est pas comme si je l'avais perdu. De toute façon, je ne le connaissais pas. Ce n'est pas une personne que j'ai perdue. »

Valère ne dit donc pas « désolé », il dit : « Et alors, vous avez l'impression qu'on ne peut pas se construire sans ? Moi, je me suis construit sans, ça ne m'a jamais tourmenté. »

Comment pourrais-je répondre à Serge Valère… Comment lui dire quoi que ce soit de valable… Il faudrait que je parle de l'amour. Il faudrait que je parle des hommes. Il faudrait que je parle du désir obsédant de donner la vie. Il faudrait que je parle de moi.

# XIV

Évidemment, dès que j'ai eu connaissance de l'existence du site de Théo Valère, je suis allée le consulter en urgence. Il s'agit d'une page Facebook. Du côté des pessimistes, des atterrés, des pas ravis de la crèche, il y avait beaucoup de citations du désopilant Cioran, comme cette réflexion : *Au zoo. Toutes ces bêtes ont une tenue décente, hormis les singes. On sent que l'homme n'est pas loin.* Ou cette autre : *Dans un monde sans mélancolie, les rossignols se mettraient à roter.* Du Schopenhauer en pagaille – une phrase de ce *padrino* des atrabilaires m'a bien plu, elle parle également des primates : *Si les autres parties du monde ont des singes, l'Europe a des Français. Cela se compense.* Le grand Chamfort : *Vivre est une maladie dont le sommeil nous soulage toutes les seize heures ; c'est un palliatif : la mort est le remède.* Du Kafka, concis et imagé : *Quand je m'assieds à ma table de travail, je ne me sens pas plus à l'aise que quelqu'un qui tombe sur la place de l'Opéra en plein trafic et se casse les deux jambes.* Un extrait d'une lettre de Charles Bukowski : *Je suis dans une très grande forme physique et spirituelle en ce moment ; auparavant ça me faisait peur, mais maintenant quand ça m'arrive je l'étreins comme une magnifique vierge parce que je sais que l'autre – la pute – ne tardera pas à se ramener.* Et enfin, ma préférée *so far*, d'Henri Michaux : *Ma vie : traîner un landau sous l'eau. Les nés fatigués me comprendront.*

Ils m'émeuvent, ces broyeurs de noir, et qui font la chose la plus ridiculement chargée d'espoir : écrire.

Il faudra que je me crée un pseudo et que je poste une de mes citations chéries, de Romain Gary, *L'un des clichés les plus idiots de la psychiatrie consiste à affirmer que les alcooliques boivent parce qu'ils n'arrivent pas à s'adapter à la réalité. Mais un homme qui peut s'adapter à la réalité n'est qu'un enfant de pute.* Ou une autre, qui m'hypnotise et dont je ne me souviens pas bien, de Pessoa : *Dame des Heures qui passent, Madone des eaux dormantes et des algues mortes – délivre-moi de ma jeunesse.* Et celle de Van Gogh ! *La vie étant ce qu'elle est, on rêve de vengeance.*

Théo Valère a aussi dégoté dans ses lectures la conclusion d'un paragraphe du *Traité du style*, d'Aragon : *C'est ainsi que nous avançons dans la vie entre deux haies de bonnes histoires de merde, bien grasses*, qui me semble à mi-chemin entre la thématique sinistre et l'autre thématique, davantage du côté de la vie (même si je considère que les pessimistes sont le sel de terre : ils sont toujours émerveillés. Moi – qui ne suis pas dans la pensée positive à fond – je pleure d'émotion lorsque quelqu'un me tient la porte dans le métro. Je mets ça à mon crédit en tant qu'être humain.) Concernant l'autre sujet, donc, je suis d'abord tombée sur une brève pensée des frères Goncourt, isolée au milieu d'une page de leur journal (mois de septembre, année 1855) : *Le monde finira le jour où les jeunes filles ne riront plus des plaisanteries scatologiques.* Dans le post suivant, un autre constat, sous la plume de d'Alembert, l'ami et coauteur de Diderot : *Le seul bonheur pur dans la vie est de satisfaire pleinement tous les matins le plus grossier de nos besoins.* Il y a aussi du latin, avec les photos d'inscriptions de Pompéi fustigeant et menaçant les *cacator* ceux qui se soulagent dans les lieux publics : *Si tu ignores cet avertissement, la colère de Jupiter sera sur toi !* Une recension par Rabelais du vocabulaire utilisé au XVI<sup>e</sup> siècle sur la question : *Ha, ha, ha ? Houay ? Que Diable est cecy ? Appellez vous cecy foyre, bren, crottes, merde, fiant, dejection, matiere fecale, excrement, repaire, laisse, esmeut, fumée, estront, scybale ou spyrathe ?* Côté histoire de la littérature, j'ai aussi découvert un lien vers une longue étude universitaire consacrée à l'apparition du mot *prout* dans les fabliaux du Moyen Âge. En parcourant la page Facebook de Théo Valère, j'ai remarqué qu'il avait posté des passages de l'œuvre des idoles de son père, Jean Prévost et Chateaubriand. Spéciale dédicace, sans doute, à l'auteur de ses jours. J'ai ainsi découvert un beau passage d'un roman de Jean Prévost où celui-ci est envahi par une sorte de sentiment océanique alors qu'il satisfait ses besoins naturels dans la nature, face à un splendide paysage. Un extrait des *Mémoires d'outre-tombe* était aussi recopié : un épisode de jeunesse, souvenir de pension, où le jeune René se roule de rire car l'un de ses camarades a eu l'idée de boucher par une matière occultante originale le trou par lequel le surveillant vérifiait l'extinction des feux – trou que les jeunes garçons bouchaient régulièrement avec du papier. Le surveillant y enfonce « imprudemment » le doigt, avant de hurler, furieux : « Qui a fait ça ? » Le futur auteur du *Génie du christianisme* et ses comparses sont jetés au cachot, dans une cave sous la basse-cour, dont ils s'échappent en défonçant un mur, après avoir vidé un tonneau entreposé là. (Tiens donc, me dis-je en lisant cela, ça me rappelle quelque chose.) Théo Valère avait posté la version non expurgée, pas celle du dernier manuscrit. Il avait aussi posté le récit d'un épisode de la vieillesse de l'écrivain, cette fois. Devenu octogénaire, Chateaubriand commence à fredonner « Les petits cochons mangent de la merde, et nous mangeons les petits cochons » pendant l'ennuyeuse visite d'un couple de jeunes fiancés avides de l'entendre disserter sur le bonheur conjugal. On mit ça sur le compte d'une absence due au grand âge. Je ne parierais pas là-dessus. Parfois Théo postait du contemporain, du visuel : j'ai découvert une photo de l'Asahi Flame, dont la forme est celle d'une flamme épaisse, allongée dans le vent, structure de trois cent soixante tonnes designée par Philippe Starck, censée représenter à la fois le « cœur brûlant de la bière Asahi » et une « tête mousseuse », plantée au sommet du bâtiment de l'entreprise japonaise du même nom, à Tokyo. Création immédiatement renommée « l'étron d'or » (*kin no unko*) par les habitants de Tokyo, qui ont également rebaptisé le building « bâtiment caca » (*unko-biru*).

Voilà. Un post par jour quasiment, depuis des mois. J'admire la persévérance de Théo Valère. Je l'admire d'être consciencieux et volontaire. Si j'étais recruteur, je l'embaucherais direct.

Après avoir découvert son œuvre, j'envoie à Théo Valère, dans un e-mail où je me présente, tout ce que j'ai rassemblé depuis ma rencontre avec son père, un point sur l'état de mes recherches ; je lui apprends que sa grand-mère a participé à la révolte de Fresnes, mais que pour l'instant je n'ai presque rien d'autre sur elle, que j'attends les réponses de l'Aide sociale à l'enfance, de sa mairie de naissance, que je ne sais même pas si elle est vivante ou morte ; je lui propose de m'aider à rechercher si d'autres articles ont paru dans la presse, ou s'il a d'autres idées d'endroits où trouver des archives. Je lui explique que je ne sais pas quelles sont les sources de Danjou, quelle est la part de feuilleton, la part de journalisme... Je lui dis que si Mlle Sollacaro est évidemment une des sources, il y a aussi, à coup sûr, des matons et des policiers, et que je soupçonne très fortement le commissaire Verdaveine. En effet, Danjou était allé voir Mlle Sollacaro en se disant envoyé par Verdaveine, et dans un article il raconte que le commissaire a découvert, en interrogeant les filles au Dépôt, qu'elles étaient tabassées par les Dumont et quel a été le rôle du conflit entre la directrice et les deux éducatrices préférées des pupilles, celles qu'elles ont voulu défendre, et dont elles ont cité les noms.

Théo Valère me remercie par e-mail également, me répond très poliment qu'il va commencer à chercher.

Vingt-quatre heures plus tard, Théo Valère me vexe.

Il me vexe, car, très poliment toujours, il me demande si j'ai lu la seconde série d'articles de Danjou, écrite en collaboration avec Mlle Sollacaro. Celle de juin 1948.

Non, je ne l'avais pas lue, j'avais arrêté mes recherches en 1947.

En juin 1948, Mlle Sollacaro, qui a fini par être virée de l'institution modèle de Brécourt, et a quitté l'Éducation surveillée – visiblement elle a continué à n'avoir aucun sens de la hiérarchie –, balance tout.

Dix jours d'affilée, en page de une, son témoignage exclusif s'étend : *J'ai vécu dans la cage aux filles.* Sollacaro ne s'étend pas sur la révolte, mais elle livre des portraits de pupilles, détaille les sévices. Elle écrit à la première personne, en collaboration avec Henri Danjou. Théo Valère m'écrit encore qu'il a effectué rapidement des recherches en ligne dans les fonds d'archives départementales et nationales, Justice, administration, et il me donne des séries de chiffres et de lettres, correspondant aux cotes des archives où, pense-t-il, je pourrais fouiller pour trouver des choses intéressantes. Il a déjà, lorsque c'était possible, réservé les documents pour moi en salle de lecture et me demande de confirmer mes disponibilités.

Je pense au film *Ratatouille*. On connaît *Ratatouille*. Le jeune rat, Rémi, a reçu un don et une passion : la cuisine. Alfredo Linguini est un commis un peu paumé, maladroit, désorganisé, qui rend dégueulasses les plats du restaurant qu'il veut améliorer, qui ne réussit pas à reproduire la moindre recette ; ils s'associent. Rémi, dissimulé sous la toque blanche d'Alfredo Linguini, le guide en lui tirant les cheveux à gauche ou à droite, en haut ou en bas, pendant que celui-ci cuisine : c'est délicieux, c'est un triomphe. Comme c'est une fiction, un Disney, ça finit bien pour Rémi, ce Van Gogh, ce Rimbaud de la gastronomie, touché par la grâce bien qu'issu d'un milieu qui ne le prédestinait en rien à ça – et cette élection par les muses lui ouvre un chemin vers un avenir radieux et pas, comme dans la réalité, une autoroute vers la mutilation, la folie et la mort.

Me voilà donc lancée dans le RER – ou marchant au-dessus du trajet du RER, pendant de longs tronçons, à travers les carrefours de départementales et les passerelles – vers des pâtés d'immeubles lugubres, comme s'il me téléguidait à distance, mon petit ami plus doué et plus malin, plus méthodique que moi, la dépenaillée, la mal coiffée Elvire Linguini.

Et alors qu'en 1947 l'Éducation surveillée est confrontée à un événement fâcheux – la lumière, l'exposition, sur ce qui devait être enfoui et rejoindre l'ombre pour y rester –, à moi, aujourd'hui, il m'arrive quelque chose.

Ça se passe à Créteil. Ça se passe maintenant même : c'est à l'œuvre, au travail, en progression. Créteil, donc, ce matin. Bâtiment des Archives du Val-de-Marne, dont dépend Fresnes. Théo avait repéré dans un catalogue en ligne des documents susceptibles de m'intéresser. Je me suis paumée en arrivant. Je suis entrée dans le hall, j'ai donné ma carte d'identité. J'ai monté un étage, j'ai tendu un papier sur lequel j'avais noté des lettres, des chiffres : une cote. On m'a apporté des cartons, encore des cartons, la même émotion à les ouvrir, peut-être rien, peut-être la vie d'alors qui revient, remonte, comme se redressent dans le désert les fleurs mortes, les plantes sèches, qui refleurissent en une heure, à la moindre ondée. Cahier 1, cahier 2, cahier 3, etc., jusqu'à 11. J'ai ouvert. Cent pages chacun, format écolier. Le premier est un cahier tenu par la directrice, ses projets de rapport, des brouillons de lettres. Il y a les cahiers de service tenus par les éducatrices et surveillantes, jour par jour, matin, après-midi. Il y a des cahiers de chants appartenant à deux pupilles. Le cahier des cellules d'isolement. Les dates courent jusqu'à la révolte.

Je ne connais rien à la musique mais c'est comme si, sur une portée, j'avais lu des notes, et que soudain, ou plutôt non, pas du tout soudainement, petit à petit, en relisant, en croisant les cahiers ensemble, ou avec les autres choses que j'avais lues, j'entendais les notes. Le son. J'ai commencé à entendre quelque chose de vrai. Il y a eu une corde, je l'ai sentie s'enrouler dans mon torse, j'étais saisie à un endroit si intensément que le reste du lieu et du monde autour perdait sa substance, je ne pensais plus à rien d'autre : débarrassée, nettoyée, là, présente ! Entière et entièrement présente !

Je lis.

2 février, 15 heures : à mon arrivée, toutes sont blotties autour du feu, s'illusionnant qu'il y en a, c'est ce qu'elles m'ont répondu quand j'ai touché le poêle qui est froid.

Au hasard des pages, je feuillette et mon regard s'accroche à des phrases. Les graphies sont différentes, la manière d'écrire aussi. Parfois on reconnaît une éducatrice, belle écriture, orthographe parfaite, pas de fautes de grammaire. Parfois les phrases reflètent un parler populaire, celui des monitrices venues de l'administration pénitentiaire, des femmes de matons affectées à la surveillance.

> « Dès mon arrivée, hostilité de l'ensemble du groupe. Ginette Zanetti me donne d'ailleurs les explications, me rendant responsable que certaines pupilles sont au pain sec et à l'eau. »

> « À mon départ, elles sont couchées sauf deux qui finissent de mettre des bigoudis. »

> « 5 filles remontent du cachot. Grand énervement. Quelques réflexions entendues, Gisèle Laborde et Moreau sont satisfaites de leur séjour et parlent déjà d'y retourner, plusieurs fois elles ont parlé d'un M. Guy avec lequel elles correspondaient depuis la cellule. »

> « Récréation correcte bien que quelques-unes grimpent aux arbres pour cueillir des branches. »

> « Ravinier et Maraval s'échappent pour porter des pommes à Odile Laoudi par la fenêtre de sa cellule. »

Je reste. Je tourne les pages et je lis. Jusqu'à ce qu'on me dise de partir parce qu'on ferme. Je sors du bâtiment. Béton gris, ciel gris, des coulures pâles ou foncées, la départementale à deux voies et le flux des couleurs sales, bariolées, des voitures, gris mouvant, mais beaucoup d'arbres, de bosquets, d'herbes. En marchant vers le RER, je regarde un grand bâtiment fait de deux rectangles, un vertical, de la taille d'un petit immeuble, et un autre posé à l'horizontale. Un arbre s'élève devant le premier rectangle longeant la façade, son feuillage est léger et miroitant. Infimes losanges, des points. Les buissons et les parterres de fleurs. Il vient de pleuvoir, le vert est très vert, vert très foncé, les pétales sont vifs. Couleurs vaillantes et naïves des fleurettes, griffures fraîches et tendres dans l'air des tiges et des fines éminences des bosquets. Le bloc horizontal est entièrement couvert de fenêtres hautes qui renvoient la lumière, toutes d'une façon différente et modeste, comme l'eau savonneuse qui s'étend dans le cercle avant de faire une bulle, si sur l'eau il y avait un damier, des fils.

C'est assez beau.

Je me dis : c'est très beau. C'est magnifique. Un peintre ou un photographe de talent saurait montrer que c'est beau, comme une civilisation perdue, des ruines industrielles dans la forêt. Contraste entre le massif et le minuscule, la respiration des feuilles, des herbes et des pétales. Je prends une photo avec mon téléphone pourri dont l'écran est fêlé. Ça ne rend rien. C'est tout petit.

Je me sens exaltée par la beauté de ce coin de Créteil désert et de ne pouvoir la partager m'exalte, je sais que d'autres auraient trouvé ça beau, je n'ai même pas besoin de le partager techniquement, grâce à un média, des paroles, je sais très bien que d'autres verraient la même chose que moi et ainsi je le vois seule, complètement seule mais pas esseulée.

Je me rends compte que mon portable n'a quasiment plus de batterie. Je lui dis mentalement eh eh pas cette fois, mon ami… On peut tromper mille personnes une fois mais pas mille fois une personne. Cette fois, j'ai pensé à prendre un chargeur, on va dans un café, je le branche et c'est réglé.

J'avais effectivement pensé à prendre un chargeur et à le mettre dans mon sac, mais ensuite j'avais oublié de le faire. Mon téléphone a ricané à sa façon, en affichant sa batterie rouge narquoise, et s'est éteint. Je me paume en essayant de retrouver la bouche de RER située à l'entrée du centre commercial ultra-géant de Créteil Soleil et j'erre d'un pas résolu trois quarts d'heure montre en main.

Le parking est géant lui aussi, des niveaux dont les étendues s'emboîtent, des espaces ouverts et pourtant sans issue. Des indications qui ont été manifestement posées là de manière aléatoire puisqu'elles mènent toujours à un chantier, des sacs de gravats de dix tonnes et des tubes métalliques en épi, des barrières, des cours vides et des rangées de portes scellées.

Je m'en moque car mon cœur est gonflé à bloc, mes épaules détendues, comme un étendard mon torse avance, comme si j'avais des plumes, une cape de soie. Demain je m'en sortirai mieux, quand je retournerai vers ces petits cahiers où sont consignés leurs prouesses. Je trouverai mon chemin. Mon chemin. Enfin j'arrive au RER. Je descends vers son odeur de pneu frais.

# XV

Ce matin, en me réveillant, j'ai vu qu'il y avait trop de lumière dehors. Avant de me lever, je regarde le blanc de cette lumière et le blanc du plafond qu'elle lave et répand. Je repense à la question de Valère. Quand je lui ai répondu que mon père était mort avant ma naissance, il m'a dit – et en l'écoutant je me demande pourquoi Serge Valère me parle, pourquoi il me parle vraiment, à moi qu'il ne connaît pas, et à nouveau je me dis qu'il y a des raisons, que j'ignore, qu'il ignore, que jamais nous n'éclaircirons, mais qui font qu'aujourd'hui, à cet endroit de nos vies, nous nous croisons et nous voyons en face, nous regardons nos visages en y cherchant quelque chose, une parole, un signe, une réponse ou une question à nous-mêmes, secrète –, il m'a dit encore, il m'a dit aussi :

« Je comprends que ce soit douloureux, je comprends la peine. Mais au fond, qu'est-ce que ça change ? Je n'ai jamais eu de mère, jamais eu de père, mais je ne suis pas ça, ça ne m'a jamais constitué. Je ne suis pas défini par ça. J'ai des gènes, des aptitudes, j'ai été élevé décemment. Ce n'est pas un traumatisme. Vous êtes traumatisée ?

– Non, non... »

Je reprends le fil lâché de ma pensée, je le ramasse : toutes ces fois, quand j'étais enfant, où l'on me demandait ce que faisait mon père, et où je disais qu'il était mort, et où l'on me disait désolé, et je disais non c'est pas grave, de toute façon je l'ai pas connu donc c'est pas triste, j'avais raison, je ne mentais pas. Ça n'est pas de la tristesse, ça ressemble très mal à la tristesse. Pas traumatisée.

Franchement, je ne sais pas répondre à ces questions, les questions comme celles que Serge Valère m'a posées. Il faudrait que je développe un peu. Que je réfléchisse... Pour répondre vraiment, il faudrait que j'aille loin, que j'exorcise ma vie entière, qui me traumatise. Le langage de la médecine, toujours si troublant, dont la poésie est profonde et dure comme du cristal, définit le traumatisme comme un « dommage physique subi par un corps humain lorsqu'il est brutalement soumis à des quantités d'énergie ». Je passe la suite de la phrase. Mais c'est bien cela – la quantité d'énergie subie.

Une nuit, il y a plus de dix ans, quinze peut-être : à l'Hôtel-Dieu, maquillée, en robe de boîte de nuit, talons très hauts et très cassés, je fais constater une rencontre. Une rixe au hasard, recherchée, obtenue.

Sur le compte-rendu, le médecin écrit : *marques de strangulation*. J'ai été éblouie, comme lorsqu'on est enfant et qu'on s'ouvre un genou sur une pierre, l'afflux du sang, sa remontée vers la lumière, hors du corps. Ce beau collier, je le regardais dans la glace, je le touchais. Les marques sont passées par toutes les couleurs des gemmes, avant de disparaître. Je me demandais : qui suis-je ?

Il y a une chose que je sais sur moi : je suis posthume. Et de bien des façons. La plus simple est que dans mon cas aussi, comme pour Serge Valère, il y a une mention anormale en marge de mon état civil : enfant posthume. Vie contre vie, tête contre tête. Il faut se méfier de Dieu. À chaque seconde il accomplit le pire. L'Éternel arrête la main d'Abraham, et ce récit est le cœur de la fiction, le cœur de l'écriture. Dans le monde des vivants, l'Éternel accepte tous les sacrifices. Il n'arrête pas la lame, la lame brille et s'enfonce, à chaque instant. Il dilate le vide derrière la balustrade, aiguise le hurlement des roues du métro qui crient le chant des sirènes – ce vide, ce cri en forme d'appel éternel, qui dit : Je suis l'Éternel, l'Éternel ; oui tu es l'Éternel, *ata adonaï*, tu es le Seigneur, *ata adonaï, melech ha olam*, oui, le Roi du Monde. À chaque seconde il accomplit le pire ; mais la mort d'un adulte n'est pas le pire. Bien sûr. Et, je le sais et je le dis avec la plus grande honnêteté et la plus grande conviction, ce n'est pas une posture ou une feinte – car j'avoue au passage que je ne suis pas curée de l'envie de me plaindre, étant moderne, étant de mon époque, et pas du temps des *Mensch* –, naître d'un père mort n'est pas le pire. Il n'y a pas d'horreur. La chose a été commune pendant des dizaines, des centaines de millénaires. Les pères mouraient à la guerre, les mères mouraient en couches.

On attend des enfants qu'ils soient des machines à survivre. Ils le doivent. Les enfants exigent cela d'eux-mêmes, petits juges implacables. C'est ma mère, jeune mariée, folle amoureuse – avec mon père ils s'aimaient depuis six mois, ils s'étaient mariés trois mois avant l'accident de voiture qu'ils ont eu ensemble et dans lequel mon père s'est tué –, qui a souffert. Je ne peux pas parler pour elle. Mon père est mort la semaine suivante, ses blessures n'étaient pas mortelles, mais c'était un petit hôpital. Ailleurs, il aurait peut-être survécu. De son lit d'hôpital, il avait écrit un mot à ma mère en lui demandant si elle était enceinte, car c'est de ça qu'ils parlaient quand la voiture est sortie de la route. Il était au volant. On ne sait pas exactement ce qui s'est passé, mais ça les a distraits de se demander ça, de se demander si ma mère était enceinte, ils riaient, déconnaient, la voiture est sortie de la route. Ils étaient heureux. C'est pour ça qu'ils ont eu l'accident. À cause du bonheur. À l'hôpital, ma mère, une hanche et le nez fracturés, lui a fait passer un mot pour lui répondre, pour lui dire qu'elle attendait un enfant, elle avait demandé un test de grossesse aux médecins. Je suis enceinte, *rien ne peut nous arriver.* Dans la nuit mon père est mort, un caillot de sang a bouché son cœur. Pam, pam, son cœur d'homme, fort, ample, s'arrête, pam, pam, le mien rapide, emballé, très faible, commence. Ma mère ne mangeait plus, ne parlait plus, pas comme morte, dit-elle : morte. Elle a perdu ses cheveux, elle a perdu dix kilos. Personne ne pensait que la grossesse tiendrait. La fracture de la hanche, le choc, les antalgiques, les radios. Un jour, au bout de plusieurs mois, on lui a fait entendre mon cœur battre, le sien est reparti. Fort. Si fort et simplement vaillant, et blessé et vaillant. Ai-je dit que ma mère est rousse ? Pas le roux du son et du lait, mais le roux des traces de polychromie des tombeaux étrusques, du fer, des dessins à la sanguine – du cuivre des candélabres sous la flamme. Estelle triste pour moi ? Elle sait que je ne suis pas comme elle. Moi, dans mes rêves, mes jambes se dérobent. Les tragédies d'avant moi et les tragédies de l'enfance, d'avant l'âge de se souvenir, qui appartiennent à d'autres mais nous tissent, s'enroulent à nos fibres, et laissent dans la tête comme le moment de silence après l'explosion d'un ballon à côté de l'oreille, un bruit que l'on n'entend pas, qui n'est plus là – et la peur dans les nerfs. Un instinct. Séquelles, répliques de séisme. Je vole l'histoire en la racontant, rien qu'en la disant, je l'expose comme un tombeau scellé profané. Les couleurs exposées à la lumière disparaissent, le dessin se déforme. Viol de sépulture. L'accident dont je suis née, puis-je en parler ? Non et pourtant j'étais là et je l'ai vécu, peut-être, car peut-être mon cœur a-t-il commencé à battre dans l'accident, au moment où la voiture a été fracassée, ou alors peut-être a-t-il battu la première fois tandis que le cœur de mon père s'arrêtait, sur son lit d'hôpital. Ou lorsqu'il brûlait au crématorium, ma mère en blanc dans le crématorium, qui a ri tant c'était absurde et a fait éteindre la musique ridicule, la musique d'enterrement, dans le silence mon père flambait. J'étais une virgule rose et transparente, ondée par les bourgeons de vertèbres, et le cœur gros, le cœur démesuré, commençait-il à battre ? Étais-je là ? La vie miraculeuse que j'ai reçue au même instant où la mort a trouvé mon père, qu'en ai-je fait et qu'en ferai-je, maintenant ? L'amour de mes parents, je ne le perpétuerai pas et les traits de leurs visages mêlés dans mon visage, je les détruirai à mesure que je vieillirai, ils sombreront avec mes traits, ils fondront comme mon visage s'affaissera. Je dévasterai leur semblance et leur union dans ma vieillesse et ma mort terminale, point final. Livre refermé à jamais.

Pourtant, il y a une expérience dont je peux parler, car celle-là, je l'ai vécue, je la connais et je peux la décrire : je veux parler de cette façon de pleurer qui n'a rien à voir avec la douleur, qui ne tord pas. Quand le sac crève – cela arrive, vous savez. Vous savez bien. On n'a pas mal, c'est comme si on se transformait en eau, les larmes ne sont pas sécrétées, elles débordent d'on ne sait où, ce sont les soixante-cinq pour cent d'eau du corps qui trouvent leur issue ; et pourtant il y a toujours plus d'eau à l'intérieur, un liquide complètement fluide, immense, un lac, une citerne, qui sort de la peau par les yeux. Toujours plus d'eau à l'intérieur, qui sort du sac de peau par les yeux, deux trous dans le visage. On croit que les cils vont se décoller et partir avec. Une source pousse derrière. La glace qui fond, le chagrin qui dévale. Le pleur, le pleur à l'état pur, le pur instant lacrymal : un phénomène.

Cette façon de pleurer que l'on connaît tous un jour, mais qui est très rare : le sentiment d'abandon et de stupeur, d'impuissance. Une façon pleine et entière devant un tas de cendres froides derrière un carré noir froid. Je fixe un carré noir. Ton nom un peu doré. Les dates d'avant moi, au Père-Lachaise, là-dessous, dans la crypte, devant le carré. Je me souviens qu'un jour, ici, je me suis rendu compte que je n'avais jamais dit papa. Jamais prononcé ces syllabes. J'ai essayé, à voix haute. Il n'y avait personne. J'ai entendu ma voix. Ça ne voulait rien dire. Quel âge avais-je ? Vingt ans, peut-être. Maintenant je suis plus vieille que toi. Je suis de plus en plus vieille que toi. Le columbarium est si vaste, deux sous-sols, des dizaines de milliers de cases, le petit tas de cendres. Il n'y a personne mais je suis tous ces gens : tous ces gens, dont les pas résonnent et s'arrêtent face à un carré, ils répandent de l'eau tiède salée, cent cinquante ans que la crypte est lavée aux larmes, mais la poussière persiste, l'odeur souterraine ne faiblit pas. Des rangées sans fin et toutes identiques avec les dates qui s'éloignent dans le temps, les fleurs en tissu qui pâlissent. Ce qui survient pour les gens qui descendent, là-dessous, en bas des marches : on passe au pressoir. C'est la grande récolte, la vendange des larmes.

Un écrivain n'a pas le choix. Dans un livre, il verse de lui-même, avec divers détours ou tout droitement il le fait, et même si l'on ne veut pas se déverser, il faut bien aller puiser à la source pour irriguer le livre et les personnes qui le peuplent. Mais parfois, alors que l'écrivain écrit, le flux s'inverse, à la façon d'un mascaret. Comme le courant du fleuve s'inverse depuis l'estuaire, la mer, l'océan, soulevée par la marée l'onde remonte vers la source, la vague depuis les mots retourne vers le corps et vient frapper le cœur.

Pour faire la maligne, en partie, et en partie car je voulais y croire, je disais, adolescente, jeune adulte, que les orphelins se reconnaissent entre eux. Lorsque cela m'est arrivé de deviner cet état, je veux bien croire que c'était par hasard, car il m'est aussi arrivé de me tromper. Ce qui est sûr, je crois, c'est que les orphelins de père, de mère, de frère, de sœur, ensuite, ont une connaissance en partage. L'heure tourne ; le hasard fait son carnage ; au fur et à mesure les autres nous rejoignent. L'expérience devient commune.

Avec l'âge, nous finissons tous par porter un brassard noir. Mais eux, les adultes, qui nous rejoignent dans le deuil, existaient avant le deuil. Ils sont changés, amputés, ils ne sont plus les mêmes, mais ils existaient : nous n'existions pas avant, nous n'étions pas finis, pas grandis : nous sommes qui nous sommes car ils sont morts : nous serions une autre personne, une personne à des milliers d'années-lumière de nous-mêmes, s'ils avaient vécu. Leur mort nous a faits ; nous en sommes nés tels que nous sommes, tels que leur mort nous a fait advenir, nous a façonnés, construits. Nous avons poussé à la lumière de l'astre de la mort, avons été irrigués par la source intarissable de la mort. Nous sommes l'être que nous sommes « à cause de » leur mort, « grâce à » leur mort, la distinction n'a aucun sens. Ainsi nous sommes des vers. Ainsi nous sentons que nous sommes des vers. Charognes et charognards, dans nos berceaux, nos petits lits, nos lits d'enfance, d'adolescence, nous sommes, pensons-nous.

Conséquences (Étude de mon cas, mon propre cas, car d'autres ne tournent pas ainsi, d'autres poussent plus droit, s'élèvent mieux) :

L'amour se dérègle. Inarrêtable. Inlassable. Amour déréglé, emballé dans l'espace, cogné aux murs, saignant son sang dans un coin de la pièce et s'envolant encore, plus haut, plus fou, plus laid, plus égaré encore, déplumé, horrifique. Amour inapte. On se trompe en pensant que le manque et l'absence que subit un enfant le poussent à chercher à être aimé. Il cherche à aimer : comme personne n'aime longtemps, à aimer totalement ; il faut alors devenir aveugle à soi-même et au réel. Cet enfant a connu un amour impossible, il a grandi avec un amour plus fort que la mort et l'absence et contenant la mort et l'absence, totalisé, car la mort et l'absence sont d'une essence totale, ne présentent aucune faille, sont parfaites ; un amour jamais arrêté par la réalité et la chair, la vie, jamais arrêté par un regard en retour, par une parole, par un être ; ni par l'amour-propre, l'estime de soi, qui n'existent pas encore, et vont être mités, dévorés. L'amour-dans-le-deuil, comme dans l'abandon vrai, atomisé, dilaté comme l'univers, expansé, cet amour infecté du pus de la pureté, saoul, alcoolisé – alcool volatil ; dès l'étincelle, la flamme vire au bleu.

(Ainsi le chagrin d'amour, celui de la passion – le chagrin de la passion solitaire, qui rend fous, vraiment fous à lier tous ceux qui le traversent –, je l'ai toujours connu, alors je l'ai reconnu comme mon nid, ma place, je n'avais pas peur.)

L'adulte grandi depuis cet enfant, enfant ahuri par le manque de ce qui n'existe pas, égaré dans son amour total de la pourriture ou de la cendre, détaché du corps même, un amour non pas à travers mais dans l'horreur, mélangé à l'horreur

– qui aime-t-on ? Des lambeaux de chair, des os couverts de chair froide, des orbites vides, le sourire affreux d'un mort, la cendre à l'odeur de cendre, froide, mélangée à la vieille poussière, aux chutes pourries du temps ?

Je n'ai jamais cherché la compagnie.

# XVI

Dans la semaine, grâce aux pistes trouvées par Théo Valère, je tombe sur le témoignage brut d'une des éducatrices présentes pendant ces dix mois, Monique N. Un entretien recueilli dans les années quatre-vingt. C'est une transcription mot à mot. Elle parle sans filtrer ses paroles, se confie. J'ai aussi découvert dans un carton des fiches que M. Recht a dressées sur chacune ou presque des filles ayant participé à la révolte et envoyées au Dépôt. Il y a les références des décisions de justice les ayant frappées auparavant, de brèves appréciations sur leur caractère, issues des dossiers des institutions où elles sont passées, et auxquelles la directrice a dû ajouter sa patte. Il y a aussi leurs réponses à deux questions : causes de la révolte et brutalités subies. Quand ont été faites ces fiches ? Dès le début, lorsque la direction de l'Éducation surveillée a demandé l'enquête ? Après que l'inspecteur a parlé à Mlle Sollacaro ? Je ne sais pas. Mais cette fois, en plus du jugement qui ne m'apprenait pas grand-chose d'autre que sa présence à l'IPES et sa participation à la révolte, je tombe sur du concret à propos de Madeleine Lauris.

Dans la fiche de la mère de Serge Valère figurent la date et le lieu de la décision du juge pour enfants. « Confiée jusqu'à majorité par décision du T. E. de la Marne du 21/05/46 par application du décret-loi du 30 octobre 1935. » Le décret sur le vagabondage. Pas d'observation spéciale, notée comme fugueuse. Elle n'a pas été battue, mais a été une fois au cachot. Elle déclare, comme les autres, que c'est pour défendre les éducatrices et protester contre la directrice qu'elle s'est rebellée. Un commencement. Il faut que j'écrive aux Archives départementales pour demander si un dossier de procédure lié au jugement a été conservé, dans lequel il y aurait des détails sur son histoire, en attendant le dossier de l'Assistance et, surtout, l'acte de décès ; toujours pas de nouvelles des employés de mairie sommeilleux de Bezannes.

Presque toutes les jeunes filles racontent qu'elles ont été battues. Elles s'accordent aussi sur le déclic de la révolte, les témoignages se recoupent.

> Odile : « J'ai été punie deux fois de cachot, j'ai été frappée deux ou trois fois par M. Dumont qui m'a même donné un coup de pied dans le ventre.
>
> – Pourquoi M. Dumont vous a-t-il donné un coup de pied ?

– Parce que je chantais des chansons du milieu et que je ne voulais pas m'arrêter, comme il le voulait. »

Georgette : « J'ai été mise plusieurs fois au cachot dont deux fois au pain et à l'eau. J'ai été frappée trois ou quatre fois, on m'a cassé une règle sur la tête et on m'a jeté les livres à la tête. »

Jeanne : « J'ai été punie quatre fois de cachot. La dernière fois, on ne m'a remis qu'un quart d'eau et un demi-pain. On ne m'a donné ni paillasse ni couverture. » [...] « Après la foire d'avril, j'ai été frappée par M. et Mme Dumont au retour de leur congé, en pleine nuit, à 2 heures du matin. J'avais à ce moment une mastoïdite. Au soir du 6 mai j'ai été frappée par un agent à qui j'avais donné un coup de bouteille. »

Alice : « M. et Mme Dumont m'ont frappée trois fois avec les poings et les mains parce que je refusais de répondre à leurs questions à la suite d'un incident et de dénoncer des camarades. »

Les mots des jeunes filles s'enchaînent, en plus du récit des coups et des séjours répétés au cachot, ils font surgir la réalité de leur quotidien et leur colère contre les Dumont.

« La foire du 6 mai a été déclenchée pour faire renvoyer l'actuelle directrice qui n'était pas chouette avec nous. Il y avait de nombreuses injustices pour être admises à la promenade ou pour bénéficier d'une permission. Tout cela se faisait à la tête du client. »

« La foire a éclaté parce que M. et Mme Dumont ne comprennent pas les filles. Nous avons appris qu'on voulait nous changer de groupe alors que nous ne le désirions nullement. Le 6 mai au matin, Mme Dumont a insulté devant nous Mlle Delauzay et Mlle Sollacaro, deux éducatrices que nous aimions beaucoup. Elle leur a repris leurs clefs et a enfermé chacune avec son groupe. »

« Certaines éducatrices étaient gentilles avec nous, d'autres nous faisaient des remarques désobligeantes. Ainsi Mlle Bilas m'a dit : "Un jour, quand vous sortirez, vous contaminerez toute l'humanité." »

« Le mouvement a été déclenché contre la directrice pour obtenir son départ. On ne pouvait pas se confier à elle. Nous avions les nerfs à bout. »

« Toute la foire est de la faute de Mme Dumont. Elle se moque de nous et nous traite de putains et de petites morues. Nos éducatrices au contraire nous comprenaient, surtout Mlle Sollacaro. »

Seulement quelques exemples, parmi quarante.

En découvrant l'endroit où elle va devoir travailler, Mlle Sollacaro est écrasée par le lieu, par le fait de se retrouver en prison. *Me voici geôlière*, écrit-elle dans *France-Soir. Est-ce là cette clinique des vies gâchées dont on m'a fait rêver ? Mes mains sont lourdes de grosses clefs qui tintent comme des clochettes de vaches.* La jeune éducatrice nouvellement formée décrit sa rencontre avec la directrice, Mme Dumont. Elles parlent pendant une heure et c'est à ce moment que la directrice lui lâche cette phrase, qui entre instantanément dans ma mémoire : *Vous allez prendre contact avec mes bêtes fauves, je vous souhaite bien du plaisir. Je vous préviens qu'il n'y a rien d'autre à faire que les mater, ces déchets-là c'est sans espoir.* Lorsqu'elle voit pour la première fois les jeunes filles, dans le pavillon de l'IPES, elle est frappée par une vision : *C'est l'hiver, l'atmosphère est glaciale, je les découvre enveloppées dans des couvertures, assises ou couchées par terre. Elles ont des traits de femmes fatiguées, mais la taille et l'allure de leur âge, d'enfants.* En la voyant, les filles rient sous cape et se poussent du coude. *En chœur, par bravade, elles entonnent la chanson de leur bagne : « Je suis la môme pas d'chance, j'ai connu la souffrance, à trois ans l'abandon à dix-sept ans la trahison, à traîner dans ce gouffre où je pleure où je souffre, je finirai mes jours en criant mort aux vaches ! »*

L'entretien accordé trente ans plus tard par Monique N., autre jeune éducatrice, qui elle aussi va tisser un lien fort avec certaines des pupilles, commence par l'évocation de cette *atmosphère carcérale perfectionnée*, qui pèse sur les jeunes filles et le personnel. Quand elle essaye de faire comprendre cette ambiance si étrange, si lourde, s'immisçant dans le cerveau, le corps, de tous ceux qui se retrouvent plongés dans cette serre à déformer les sens, à pourrir les nerfs, on sent qu'elle s'en souvient comme hier. Comme d'autres, cette employée de l'Éducation surveillée est à l'époque à peine plus âgée que celles qu'elle doit encadrer et surveiller : qu'elle est censée éduquer et aider. Transcrites fidèlement, à l'hésitation près, d'après des bandes enregistrées, ses paroles me semblent tenues à l'instant, face à moi, sans doute aussi car les feuilles dactylographiées sont corrigées, annotées à la main par la chercheuse qui lui demande de se souvenir, lui posant des questions et la relançant ; les deux femmes se tutoient. Elle se souvient. Ses souvenirs m'envahissent. Les portes à refermer partout avec de grosses clefs, l'enfermement *intégral* – même si de rares permissions dans leur famille ou des sorties accompagnées peuvent être accordées –, à son avis rendu encore plus insupportable par le fait d'être collectif. Au point que certaines jeunes filles *provoquent des incidents dans le but d'être envoyées au mitard, pour être plus tranquille seules, en dehors du groupe, sans être tout le temps vues par les autres, regardées.* Cet environnement étouffe les jeunes filles, les éducatrices, mais aussi le couple Dumont. *C'était un ancien couple qui était aussi dans une situation anormale, puisque le mari était sous la direction de sa femme*, explique Monique N.

Dans les fiches du personnel de l'IPES dressées au lendemain de la révolte par l'inspecteur de l'Éducation Surveillée, M. Recht, recueillant leurs versions des faits, le parcours des époux Dumont est détaillé. Monsieur Dumont n'a pas dépassé l'école élémentaire primaire. Il travaillait auparavant dans la maison de correction pour garçons, très disciplinée, où sa femme était aussi employée. D'abord moniteur, il y est devenu « maître commis-greffier ». À l'IPES de Fresnes il est « commis aux écritures ». Il tient les registres divers. Le fait d'être nommé à un poste de direction est une promotion très importante pour sa femme, institutrice de formation nommée ensuite éducatrice. Son mari, la suit dans son nouveau poste : il devient son subalterne. Monique N. dit qu'à ce fait s'ajoutait celui d'être logés sur place, et *obligés* d'être séparés de leurs cinq enfants, *dans une prison qui suait l'ennui.* Dans sa fiche, madame Dumont dit que c'est elle qui l'a décidé : *pour arriver à faire un certain travail je me suis astreinte à rester de jour et de nuit dans la prison, logeant dans une cellule et transformant une deuxième en bureau.* Je ne sais pas ce qu'il en était, mais en tout cas on lui avait promis que le séjour à Fresnes serait très provisoire. Elle rêve de prendre la direction d'une nouvelle institution pour pupilles de l'Éducation surveillée, dont elle a écrit le projet en détail, définissant le système de punition – cachot, privation de nourriture, et de récompense – autorisation de se farder légèrement, de porter des colifichets, de porter un uniforme plus joli –, dessinant les plans d'aménagement, prospectant des propriétés à la campagne. Le couple, supportant très mal cette situation finit *par se détériorer*, dit

Monique N. Leur comportement vis-à-vis des pupilles devient de plus en plus violent.

> Assez rapidement ils se sont mis à taper sur les mineures quand nous étions absentes, c'est-à-dire que la nuit ils se relevaient, le mari tenait les filles pendant que la femme tapait et on retrouvait le lendemain les filles avec des ecchymoses, et on entendait parler de choses assez épouvantables.

Dans le cahier de la directrice – principalement des brouillons de rapports, de courriers au ministère, à la direction de l'Éducation surveillée –, on voit la vrille, la dérive de cette femme austère, organisée et volontaire, qui se démène en tous sens. On y assiste. Il y a toujours des petits 1, petits 2, des passages à la ligne, des tirets, tout est extrêmement carré, organisé, visuellement, dans le ton, et sur le fond. Mais petit à petit cela déborde, on la sent submergée, l'écriture s'accélère, penche. D'abord les filles, dont elle ne supporte pas la grossièreté, la tenue, *ce regard insolent qu'elles seules savent prendre*. Elle ne cesse de réclamer le départ de l'IPES de ces locaux, elle non plus ne supporte pas d'être à Fresnes, enfermée avec elles. Pas de plainte sur son logement, mais elle déplore les conditions matérielles dans lesquelles elle travaille, ses descriptions confirment les témoignages des éducatrices, et le jour à jour des cahiers : dortoirs sans eau, WC débordant sans cesse, lavabos aussi, inondations fréquentes en raison des canalisations usées, maçonnerie détériorée, ampoules grillées et non remplacées, plongeant donc parfois les cellules d'isolement ou les dortoirs dans le noir, carreaux brisés partout. Les écrits des prisonniers collabos incarcérés à la même époque dans les divisions voisines parlent aussi tous de cette humidité constante, la condensation froide, l'hiver, au plafond, sur les murs, l'odeur écœurante des renvois de canalisations alliés à la peinture moisie. Dans ses *Feuilles de Fresnes*, Xavier Vallat, qui lui est à l'infirmerie chauffée, rapporte que les autres prisonniers, l'hiver, vivent dans des cellules où le thermomètre peut descendre à moins sept. Un autre récit d'un collaborateur décrit l'eau qui gèle dans les rigoles des coins du sol, en cellule. Dans les dortoirs où vivent les jeunes filles, le chauffage est au poêle, mais ils ne sont pas toujours allumés et souvent le bois manque. Ce sont elles qui sont de corvée et vont le couper dans la cour, sous surveillance bien sûr. Les cellules d'isolement où elles sont punies et où elles demandent parfois à se réfugier, pour être seules, lorsqu'elles vont craquer – dans les cahiers, pour désigner le lieu, la directrice et les éducatrices utilisent le mot *cellules*, les surveillantes écrivent le mot *cachot* –, ne sont pas chauffées. Dans un dossier, j'ai consulté une note du directeur de l'Éducation surveillée qui refuse une demande de Mme Dumont, la privation de couverture en cellule en guise de punition, *dans la mesure où la santé des pupilles pourrait en souffrir*. Le manque de moyens pour sanctionner l'indiscipline, voilà la rengaine des missives de la directrice, qui voudrait infliger des séjours de trente jours au cachot quand on ne lui en autorise que dix. Mais dans les cahiers, on le voit, certaines jeunes filles ne remontent au dortoir que pour redescendre au cachot à la moindre excuse ; elles font donc plusieurs mois de cachot, par tronçons.

La directrice l'explique, *l'ambiance de la maison est loin d'être ce qu'il faudrait* et, comme elle ne veut *pas de désordre*, elle se plaint de devoir sévir elle-même, aux dépens de son travail de bureau. Mais le problème le plus important est celui des mœurs, insiste-t-elle, lorsqu'elle fait le compte des problèmes qui rendent sa mission si difficile. À la fin de l'hiver, elle écrit :

> L'un des plus importants en ce moment est celui causé par les rapports de mauvaises amitiés. Est-ce la saison ? Je ne sais mais depuis quelques semaines il me semble que les choses empirent.
>
> Je vous avais signalé que j'avais personnellement fait des rondes la nuit, je continue. Les élèves se fâchent entre elles et, fâchées, nous racontent ce qui se passe. Hélas, la lumière se fait ! C'est lamentable. L'installation matérielle des dortoirs, le surpeuplement des locaux, en sont les causes : verra-t-on longtemps des filles perverses en dortoirs collectifs ?

L'écriture de Mme Dumont, dans son cahier de brouillon, parfois s'échappe des petits 1, petits 2. Dans un long brouillon de courrier au directeur de l'Éducation surveillée, un passage consacré aux mœurs qui la choquent tant sort des lignes, dépassant le cadre qu'elles délimitent, et déborde dans la marge, jusqu'entre les deux pages du cahier, comme si la rive d'un fleuve droit s'éboulait et que l'eau s'infiltrait dans la terre :

> Les filles s'énervent, s'excitent les unes les autres, alors pour plaire à celle avec laquelle on est mariée, on casse les carreaux, on descend à l'isolement, l'aimée en casse à son tour pour prouver son amour et demande des punitions aussi. Elles se prennent leur mari ou leur femme les unes aux autres, alors ce sont des haines, des batailles sans nom, dans ces moments-là on est pour les filles contre les condés, le personnel, on boit le sang de sa conjointe : c'est le mariage. On s'écrit surtout beaucoup et on risque tout pour l'amour d'une fille.

À la fin de ce passage, les lignes écrites de Mme Dumont raccourcissent de nouveau, reprennent leurs dimensions normales et réintègrent le cadre, leur place dans la page. Je n'exagère pas : c'est réellement ainsi. On voit, on voit de ses yeux, ses phrases penchées bellement, sagement tracées à la plume, sortir du cadre, envahir la marge et ensuite revenir, rentrer dans le cadre. Partout, parmi les notes consignées dans les cahiers de surveillance, on la voit rôder, aller écouter en secret ce qui se dit aux cellules d'isolement. Une surveillante : *Mme Dumont et moi sommes allées surveiller aux cellules les conversations des punies avec les détenus.* Les détenus, ce sont les hommes d'en face : en montant aux fenêtres des cachots, on peut se faire entendre d'eux. Elle guette aussi les ferments et les projets de révolte. La directrice note : *Visite aux cellules, Richez, Favre et Lenoir attendent avec impatience « la révolution » qui leur ouvrira les portes vers le 11 avril.*

Monique N. raconte tout à fait différemment les choses. Quand il faut lever des filles, ouvrir les dortoirs avec les grosses clefs et les tirer du lit, à 7 heures du matin, *comme il fait froid dans les locaux* elle n'est pas étonnée d'en trouver souvent deux *ensembles dans le même lit. Ce qui en revanche est stigmatisé,* dit-elle, *par la directrice, qui parlait d'homosexualité, de salopes, de dégueulasses.* Ce que la directrice dépeint dans ses courriers comme une sorte de possession démoniaque collective, l'éducatrice s'en souvient ainsi : *Elles recréaient la forme d'un couple, plus par le côté affectif, c'est-à-dire qu'elles se promettaient fidélité, elles se soutenaient quoi qu'il arrive et si l'une des filles du couple avait des ennuis, l'autre se sentait solidaire.* Les relations charnelles existent, mais les liens qui se forment sont également un moyen de *compenser leur solitude,* de créer *une vie affective profonde.* Mlle Sollacaro non plus ne semble pas troublée. Dans l'un des comptes rendus journaliers qu'elle doit tenir sur le groupe dont elle a la charge, et que je lis dans le cahier de surveillance de l'époque, elle écrit : *Lorsque j'entre dans le dortoir à 7 heures du matin, les lits sont rapprochés, les filles disent qu'elles ont eu froid elles ont dormi ensemble.* Lien passionnel ou, et, sensuel entre les filles, obsessions de la directrice et de son mari, correspondance avec les détenus. Les ingrédients se mélangent. La directrice, horrifiée, découvre ces échanges de biftons lorsqu'on lui apporte une petite boîte métallique la contenant, trouvée sur le chemin de ronde du pavillon, surplombant la cour de récréation et attenant au mur d'enceinte de la division des hommes ; elle cite les messages dans une autre missive au pauvre directeur de l'Éducation surveillée, Jean-Louis Costa, assailli de ses courriers.

> Monsieur le directeur, un incident qui peut avoir de graves conséquences s'est produit le 24 avril dernier. Mlle Moutet, éducatrice, se trouvait aux cellules dont une fenêtre donne sur le chemin de ronde. Accompagnant Mme Gayant, éducatrice-infirmière qui prodiguait des soins aux élèves punies, elle a entendu dans le chemin de ronde un léger bruit qui attira son attention. En s'approchant, elle surprit une élève serrant dans sa main une boîte en fer. Elle se fit remettre la boîte contenant une quinzaine de lettres destinées à différentes pupilles.

Mme Dumont cite les messages :

> « Je ne sais ce que feront Bernard et Guy pour Yvette et Annie, mais en tout cas tu peux leur dire

que nous ne les abandonnerons pas. Dès que nous serons sortis, soit par l'envoi de colis que par l'action que nous ferons pour essayer, avec l'appui de nos relations, pour les faire sortir. »

« J'ai peur que tu n'aies pas mon adresse avant de partir, et tu comprendras que si je ne t'aimais pas d'un amour fort et profond, je ne te donnerais pas tous ces détails, et les adresses. »

« J'attends la longue lettre qui je l'espère sera ce soir en ma possession. »

La directrice redoute également les contacts avec l'extérieur de la prison. Le pavillon donne sur l'allée extérieure, qui passe derrière les remparts. Elle demande plusieurs fois à des agents ou à des surveillants de faire circuler des individus qui stationnaient sous les fenêtres donnant sur l'avenue principale car *un soir, à la nuit tombée, on a entendu quelqu'un appeler une élève par son prénom de l'extérieur.* Une autre fois, elle fouille une jeune fille, trouve un mot : elle essaye de l'arracher, la jeune fille essaye de l'avaler, puis le jette dans le poêle. Cachot, eau et pain sec. Appels des hommes aux jeunes filles, des jeunes filles aux hommes, que la directrice guette dans la nuit, rôdant à pas de loup… Pour certaines jeunes filles, ce sont presque les seuls hommes qu'elles ont vus, entendus, depuis des années puisqu'elles étaient bouclées avec des religieuses, dans des lieux de réclusion sans présences masculines, et ensuite dans des institutions où le personnel n'est pas mixte. À Fresnes, à part les détenus, il n'y a que quatre hommes à leur contact, le mari de la directrice, le fils de l'infirmière, le vieux veilleur de nuit et l'abbé Popot, qui les rencontre assez souvent : on retrouve ses visites mentionnées dans les cahiers, la plupart du temps aux cellules d'isolement. Il les reçoit aussi à la messe, des messes évidemment réservées à leur groupe.

Pour les jeunes éducatrices, explique Monique N. il est *pesant de vivre auprès de détenus*, constamment suivies par les yeux d'hommes accrochés à leurs barreaux qui les *détaillent sous tous les plans*, ou par ceux des prisonniers qui viennent parfois, sous l'escorte de surveillants, réparer les fuites, les inondations ; les voix de ces hommes les appellent, des mots qu'elles ne veulent pas entendre résonnent à leurs oreilles ; certains leur demandent de les aider à communiquer avec les pupilles, qui de leur côté demandent également à leurs éducatrices de les aider à répondre. Monique N. se souvient de tout un circuit de communication entre les hommes de Fresnes et les filles. Elle trouve touchant certains des biftons qui circulent, dont la teneur, se remémore-t-elle, ressemble à ça : « *Je pense à toi, je t'aime, je ne t'ai pas aperçue aujourd'hui dans la cour, j'espère que je te verrais demain, si jamais tu es envoyée au mitard j'espère que tu te mettras à chanter des chansons pour moi.* »

Mlle Sollacaro révèle quelque chose de très surprenant : l'aumônier Popot encourage ces contacts, et même les suscite, afin de détourner les pupilles de l'homosexualité (et probablement d'en détourner aussi les détenus hommes. Dans son livre il raconte avoir souvent dérangé *des entretiens trop particuliers* entre jeunes prisonniers). Il se donne pour mission, raconte l'éducatrice dans *France-Soir*, de *combattre les amours coupables des détenues.* Elle raconte une scène : une fille remonte du cachot. L'abbé lui dit qu'il est au courant des sévices qu'elles subissent, puis il la saisit par les épaules et lui reproche ses amitiés douteuses. Elle nie. « *Colette, tu me dis que tu n'en as pas été amoureuse, je ne vois pas pourquoi tu es allée au cachot à cause d'elle, alors* », réplique-t-il, mentionnant un échange de bifton tendre entre deux filles, causant la punition. « *Si tu es régulière, pourquoi fais-tu cette saloperie ? Je te dis ce que je pense, tu crânes, tu fais la mariole, parce que tu es une jolie poupée brune, hein... Tu peux te redresser ! Ça t'amuse de faire des conquêtes pour avoir des mégots, pour faire ton lit... Parce qu'en plus tu es paresseuse.* » Suite du sermon : « *Je veux que tu changes. Tu es une bonne fille, je vais te sauver. Je vais te marier, oui, avec un vrai mari : avec un homme. Il s'appelle Claude Martin. Tu le connais, c'est le prisonnier blond à qui tu fais toujours des signes. Il te trouve charmante, il sort dans deux ans comme toi. Il sait ce que tu as fait, va, il en a bien fait d'autres lui.* » Ici, l'amour proposé par l'abbé a *le visage du diable,* dit Mlle Sollacaro. Car on imagine bien que l'abbé Popot n'oriente pas les filles vers ceux qu'il considère comme des voyous, comme des dangers, des hommes de mauvaise vie. Il les oriente, on peut le soupçonner, vers les détenus condamnés pour faits de collaboration, qu'il tient dans l'ensemble pour de braves gars victimes des circonstances. Gilberte Sollacaro achève son récit, cet épisode de son long récit, en racontant que toutes les filles maintenant *s'accrochent à la soutane du missionnaire*, lui demandent et obtiennent parfois la promesse d'un mari. *Je ne sais pas ce que mes filles ont à faire avec ce prêtre, je ne veux tout de même pas qu'il leur fasse la cour*, s'inquiète la directrice, que personne n'a mise dans le secret. Si je pense que Mlle Sollacaro dit la vérité, raconte ce qu'elle a vu en le déformant à peine, c'est parce que, lorsque je retrouve des événements qu'elle mentionne, ils sont également rapportés sur le vif dans les cahiers de surveillance et confirmés par les notes de la directrice. Ils se sont réellement déroulés. Par ailleurs, moi qui ai lu dans le livre de souvenirs écrit par l'aumônier qu'il avait obtenu le droit de visiter les condamnés à mort librement, sans autorisation, je constate qu'il est obligé d'en demander une pour aller voir les punies au cachot, et qu'on ne la lui accorde pas toujours. *L'abbé Popot est venu aux cellules*, écrit une surveillante. *Je lui en ai interdit l'accès, prétextant le règlement.*

Une atmosphère étrange se crée donc et s'amplifie, chargée, sexuelle, émotionnelle, intense, à flux multiples… Les éducatrices ont entre vingt et un et vingt-quatre ans, la plus âgée est Gilberte Sollacaro, vingt-sept ans, qui là-bas se fait appeler madame, mais porte son nom de jeune fille. Ces nouvelles éducatrices ne sont pas mariées et ne vivent pas en couple libre, les couples illégitimes étant à l'époque stigmatisés. Beaucoup d'entre elles sont engagées dans le scoutisme et les mouvements progressistes chrétiens. Les pupilles leur demandent des renseignements sur leur vie intime, les provoquent ; Monique N. raconte qu'un groupe demande un jour à l'une des éducatrices si elle est encore *pucelle*. Celle-ci leur répond que c'est le cas. Elles commencent par rire et la chambrer mais quelques jours après, elles viennent lui dire : « *En fait, vous avez de la veine.* » Celles qui font cette confidence ont connu la prostitution sordide, ou des abus sexuels, comprend Monique N. Mais elle explique aussi que ce qui la frappait, c'était l'existence *d'une autre façon de faire de la prostitution*, sans ressenti de soumission, *beaucoup plus naïve, plus claire*, car dans ce contexte particulier d'après-guerre, elles rencontraient des hommes jeunes, et en particulier des soldats américains du même âge qu'elles. *D'accord elles recevaient de l'argent, mais en même temps il y avait tout un côté fleur bleue qui subsistait, il y en avait même qui fermaient les yeux parce qu'elles pouvaient imaginer parce qu'elles pouvaient imaginer que c'était autre chose que la prostitution.* Une pupille, par exemple, confie à Gilberte Sollacaro qu'elle a simplement cru aux promesses d'un soldat de la division Leclerc, puis successivement à celles de deux soldats américains. Tombée enceinte, bouclée dans un Bon Pasteur avec une étiquette de prostituée, elle s'est évadée car elle voulait que son enfant naisse en liberté – elle se blesse en sautant du mur d'enceinte des lieux, accouche prématurément d'un enfant mort-né, elle est reprise sur son lit d'hôpital. Gilberte Sollacaro, qui elle aussi remarque un défi dont le corps est parfois le messager à l'encontre des éducatrices et surveillantes. Dans un cahier de surveillance, elle note : *À 19 h 30 l'ambiance se gâte, ensuite atmosphère douteuse de quelques pupilles chez qui l'impudeur oscille de l'innocence à la provocation.* Un jour, deux jeunes filles sont en train de se laver au lavabo, complètement nues, et un détenu passe réparer quelque chose. Il les voit. Une éducatrice le note dans le cahier. Elle le note, sans ajouter un mot. Ce silence, ce blanc, résonne comme une parole.

Monique N. raconte qu'elle se sent de plus en plus angoissée, car elle travaille en prison avec des filles qu'elle trouve *à la fois chouettes, enfin sympathiques, dures, à qui on fait vivre la taule,* mais qu'elle-même éprouve presque un sentiment de perte d'identité, et que toutes les valeurs des éducatrices, leurs façons d'être, sont comme remises en cause. L'ancienne éducatrice dit ensuite en riant que certaines d'entre elles, *arrivées vierges et martyres*, finissent par prendre un amant. Quand elles rentrent chez elles par les derniers autobus, le soir, les jeunes éducatrices discutent entre elles, se disant parfois qu'elles ont l'impression d'être saines, confrontées à *ces gosses qui en avaient fortement bavé*, et d'autres fois se disent : « *C'est comme si on devenait prostituées.* » Rejoignant les souvenirs de l'abbé Popot, Monique N. raconte que les jeunes filles enfermées restent en combinaison légère le plus longtemps possible devant les fenêtres donnant sur les allées de la prison, avant de revêtir la robe de bure noire obligatoire. On retrouve une note d'achat de chaussures précisant que beaucoup d'entre elles sont pieds nus dans leurs salles, ou en chaussons. Quand elle les voit pour la première fois, l'éducatrice est frappée par leur aspect : le contraste entre les robes informes et tristes, toutes identiques, et le maquillage appuyé, très coloré, des visages. Tous les produits de beauté sont interdits, mais à la fouille elles réussissent à passer du rouge à lèvres ; en le cachant dans leur sexe dit Monique N. Pour le fond de teint elles utilisent de la brique pilée provenant des murs, qu'elles mélangent au beurre de leurs rations, *ce qui donnait un maquillage très ocre et assez inattendu.* Elles se peignent la bouche *« à la dégoûtée »*, en remontant le dessin des lèvres vers le nez, un maquillage similaire à celui des prostituées de l'époque, selon l'éducatrice. C'est ce maquillage qui donne à certaines l'air d'*étranges Pierrots*, comme l'écrit de son côté Mlle Sollacaro dans un article, expression qui me frappe. À moi, cela me fait penser à certaines photos de Brassaï, sur les lieux de mauvaise vie et de fêtes du Paris des années trente, ainsi qu'aux contours artificiels de la bouche de stars hollywoodiennes de l'époque, épaissis et décalés de l'arc de cupidon, le fameux « Smear » de Joan Crawford – dont les pages maquillage des magazines reproduisaient le modèle. Dans leur cage, ces jeunes filles emprisonnées veulent être belles, maladroitement.

Avec sous les yeux les fiches de M. Recht, les comptes-rendus au jour le jour des cahiers, les articles de Danjou puis de Sollacaro, le témoignage de Monique N. trente ans après, je reconnais maintenant certaines filles, comme si je les voyais courir, passer vivement dans un couloir, leurs jambes filent sur le chemin de ronde, elles vont encore trop vite pour que je ne les confonde pas, pour que je sois bien sûre que celles que je vois s'appellent Solange, Ginette, Jacqueline. Alors je continue à lire, je retourne dans les grands lieux impersonnels où est entreposée la mémoire, je recopie.

J'envoie une demande aux Archives départementales de la Marne, pour en savoir plus sur Madeleine Lauris. C'est par le tribunal pour enfants et adolescents de Reims qu'elle est passée. Puis je le fais pour les autres. Sans raison. Seulement pour moi. Grâce aux dates des décisions des juges, qui ont envoyé ces jeunes filles derrière de hauts murs, je fais des demandes aux tribunaux où elles ont été jugées, ou plutôt mises face à un homme qui a décidé de leur sort. Alors je me retrouve à faire quelque chose qui ne sert à rien. Je prends des chemises en carton, bleue, jaune, verte, je note leurs prénoms et leurs noms dessus, une pour chaque nom que je vois repasser souvent, celles pour lesquelles la silhouette commence davantage à apparaître. Et j'essaye de reconstituer, rassembler quelques bribes. Et enfin, je trouve des lettres. Des lettres qu'une éducatrice avait conservées, et qu'elle a remises à une historienne d'un centre d'archives de l'Éducation surveillée, où elles sont restées. Et tout cadre. Tout concorde et dessine les contours de jeunes filles sans visage mais vivantes.

# XVII

Théo Valère vient de m'envoyer un article sur la révolte de Fresnes, à côté duquel j'étais passée. Un article paru dans le journal *Franc-Tireur*, le 3 juillet 1947, écrit par une célèbre chroniqueuse judiciaire. Il sort du lot ; il me laisse muette. Il mérite d'être longuement cité ; il est, à sa façon, extraordinaire.

L'article s'appelle, jeu de mots inventif, *Fresnésie*.

Récit de la révolte. Arrivée au Dépôt. Je passe. Ici, dans cette page de journal, ce que je n'ai pas lu ailleurs, pas vu ailleurs, porté à cette intensité, c'est la forme de délire qui grésille d'une ligne à l'autre. Selon la journaliste, si la fureur des jeunes filles a continué au Dépôt, c'est tout simplement car les mutinées appelaient les gardiens à l'orgie, et qu'ils se dérobaient à leur convoitise. C'est l'obsession sexuelle des jeunes filles qui est la racine de tout, qui résume tout. Et cette idée martelée dans la page, à mon sens, révèle une autre obsession sexuelle, à rebours : celle de la femme qui tape à la machine, fumante de courroux. Qui est responsable de *l'émeute de Fresnes* ? demande-t-elle, à la fin de sa longue diatribe, moquant *les poètes qui se cachent au fond des cœurs de certains gardiens, directeurs de prison, ou magistrats préposés à l'éducation surveillée des mineures*, ceux qui répondent : *« Le printemps. »* Elle n'exclut pas l'influence de la saison, elle qui ne cesse de comparer la révolte de Fresnes à un accès de chaleurs femelles, comme si s'était manifesté un phénomène génital, mais avant tout elle dénonce le fait de traiter ces pupilles en enfants dignes d'être rééduquées, elles, ces irrécupérables, ces créatures de la pire espèce, dont l'âge ne veut rien dire :

> Car ce sont des femmes, ces gamines de seize, dix-sept, dix-huit et vingt ans, des femmes qui ont déjà tellement roulé, qui se sont vautrées dans ce qu'elles croient être le plaisir, avec une hâte de ne rien manquer. Elles ont le génie de la boue, les malheureuses qui ont étouffé en elles, à l'aube de la vie, cette chose qui s'appelle si bêtement « le sentiment ». Ce sont de pauvres filles. Elles sont venues à cette pauvreté morale par goût et par besoin, par joie du vice. Elles sont inadaptables ces petites prostituées, « inamendables ». La voleuse peut être relevée, et même la criminelle. Jamais la fille « folle de son corps », comme on dit.

Celles qu'elle nomme en tant que groupe *les petites prostituées de Fresnes*, révoltées parce qu'on les avait changées de dortoir ou parce qu'on avait empêché *certaines amitiés particulières*, seront libres à leur majorité, achève-t-elle.

> Que feront-elles ? Ne cherchez pas. Un seul métier, le plus vieux de tous, celui dont elles seront fières et dans lequel elles se vautrent avec plaisir, et puis, plus tard, avec rage et douleur.
>
> Ce sont des filles perdues.

*Des femmes qui ont déjà tellement roulé, qui se sont vautrées dans ce qu'elles croient être le plaisir...* J'ai roulé dans la vague, dans les bras, dans les bras dans les vagues, l'homme me faisait femme, le temps de la vague. Je vois un souvenir qui ressemble à ça, qui l'évoque, le représente. Je suis seule, saoule, très jeune, adolescente, la nuit sur une plage on a bu avec une copine alors qu'on est censées être là pour réviser notre bac, on rit on va sauter sur les trampolines du club de plage, pieds nus, le sable froid, la Manche, le bruit énorme et bas de la mer, je m'éloigne et j'entre dans la mer, je vais nager dans le noir, seule, j'entre dans une vague et le rouleau de la vague me prend en lui, je ne sais plus où sont le haut et le bas et je me dis je vais mourir, la mort est là enroulée dans la vie, la vie enroulée dans la mort, je vais mourir sans le vouloir mais sans avoir peur car je ressens encore la joie et pas encore la peur, je suis emportée et en cognant le sable de l'épaule je retrouve le sens, l'orientation, une direction vers où poser le pied pour m'extraire du piège, je sors la tête de l'eau, je sors de la mer, j'ai existé. Ce tournoiement-là, les vagues et le corps contre un corps – roulure et roulant comme les jeunes filles de Fresnes.

On nous dit d'avoir honte. Et ces jeunes filles, elles auraient dû avoir honte, c'est ce que tous voulaient leur faire entrer dans le crâne, ayez honte. Elles ont transmuté la honte. Sans écrire. Sans mot, sans papier, sans encre, sans rien d'autre qu'elles-mêmes. Selon moi, elles ont écrit leur moment. Autre écriture, empreintes dans l'air transparent, dans le souffle.

# XVIII

Une des éducatrices de l'IPES de Fresnes a donné aux archives de la Protection Judiciaire de la Jeunesse quelques lettres que lui ont envoyées des pupilles, avant ou après la révolte. Je les ai découvertes parmi une centaine d'autres, toutes celles qu'elle a reçues de la part de mineures prises en charge au cours de sa carrière, dans les années cinquante.

Le printemps de ces jeunes filles de vingt ans : celui de l'année 1947. Aujourd'hui, à Paris, pour moi qui ai presque deux fois cet âge et pour Serge Valère, c'est le printemps de l'année 2013 qui commence. Soixante-six ans ont passé – et leurs mots si vivants me parviennent. Je voudrais leur répondre. Je voudrais leur poser des questions. Elles sont toutes différentes. Elles ne sont pas une masse, ces irrécupérables. Taquine, sentimentale, rageuse, pudique, rêveuse, frondeuse, découragée, volontaire ; tant d'adjectifs pour remplacer vicieuse, perverse, paresseuse, inamendable. Analphabètes pour certaines, anciennes élèves d'écoles de sténodactylographie pour d'autres. Toutes n'ont pas pu, pas su écrire, ou ne l'ont pas voulu. Sur les feuilles que je tiens dans la main comme un trésor précieux, enfoui depuis des décennies, l'écriture est parfois rapide, déliée, élégante – bien meilleure que celle des surveillantes de Fresnes, similaire à celle des éducatrices. Elle est parfois hésitante, malhabile, enfantine. L'orthographe varie tout autant, impeccable sous la plume de certaines jeunes filles, souvent fautive ou phonétique ; je la reproduis sans la corriger. Je trouve, sur le haut de la liasse, des petits mots écrit à l'IPES de Fresnes avant la mutinerie, pendant les dix mois qui l'ont précédée : s'y épanche un besoin éperdu d'attention, d'écoute, de tendresse. C'est l'une de ces jeunes filles à qui l'on reproche de former des couples démoniaques et passionnels, d'entretenir des attachements malsains, qui écrit ainsi à son éducatrice :

> Chère Madame, comme je ne peux plus résister et que j'ai le cafard fou, je viens vite vers vous, car vous ma petite Madame vous seule pouvez me comprendre et savoir combien je suis malheureuse et combien je souffre, mais je crois que si je ne vous avait pas, il y a bien longtems que j'aurais fait des bêtises, mais je pense bien vite à ma petite maman qui est loin de moi et qui attend mon retour avec impatience, et je vous voudrais connaître aussi mon petit frère qui doit être bien mignon. Oh Madame

comme je me sens mieux quand vous ai vu ne serait ce que quelques minutes, vous ne savez pas combien je me sens heureuse, après votre visite, je me permets souvent de vous appelez maman mais je vous considère ainsi, car je vous aime vraiment comme une maman et je vous le dis il n'y a qu'à vous que je me suis confié, et ici je suis seule sans soutien et je ne peux pas me confier à madame la directrice, elle ne me comprendrais pas dans le même sens que vous.

Une autre pupille, qui souligne certains mots, jure quant à elle par écrit qu'elle va s'assagir et ne plus faire les 400 coups : *Je tâcherai de me tenir tranquille autant que possible, mais c'est dur* *<u>la tentation</u>* *pour celle que l'on a dans la...* Les trois petits points remplacent le mot *peau*. L'éducatrice a aussi conservé une toute petite feuille écrite depuis les cellules d'isolement, sur laquelle seules deux lignes et une signature sont inscrites au crayon à papier : *J'ai dit dans le bureau que je voulai restait au cachot demain deux mois neuf mois ou deux ans sa me fait riens. Car je me corrigerai j'amais. Jeannette Vuibert.* Toutes celles qui signent ces lettres font partie de celles qui se sont mutinées. Une pupille qui est devenue majeure et a été libérée durant l'hiver envoie une carte postale pour demander des nouvelles de ses camarades encore derrière les barreaux : *Je n'ai pas le droit de leur écrire et je crains qu'elles ne me jugent mal, pourtant ces pauvres petites je pense* *bien à elles, le contraire ne serait pas chic de ma part. S'il vous plaît embrassez-les bien fort pour moi en leur recommandant d'être sage et en leur souhaitant bon courage.* Elle assure être *toujours sérieuse*, et *contente d'être libre*. La semaine elle est scoute et la semaine elle travaille comme dactylo dans une banque, vers le métro Opéra.

Après la mutinerie, certaines des filles n'ayant pas participé à la révolte ont rejoint la nouvelle institution modèle de l'Éducation Surveillée : selon Mlle Sollacaro, qui y a aussi été affectée, il s'agit des mouchardes et des plus hypocrites ; parmi elles figurent les vraies criminelles, les coupables de collaboration avec l'armée allemande. Celles qui n'ont pas été sélectionnées, ainsi que les mutinées encore mineures à la fin de leur peine de prison, sont envoyées à l'IPES de Cadillac, que beaucoup d'entre elle connaissent déjà. Lorsque la rumeur de ce projet arrive à ses oreilles, l'une des pupilles restée à Fresnes prévient :

> Chère mademoiselle. Je me permet de vous tracer ces quelques lignes avec espoir que vous les comprendiez, car vous n'ettes pas sans savoir qu'il y a un transfer pour Cadillac ; vous vous rendez compt partir à Cadillac Eh bien à ce moment-là, je ferais plus rien, il n'y aura qu'une chose c'est que je serais buté pour de bon ; déjà que le moral est noir et sans soutient ; allors vous pouvez vous representez le château comme le tombeau ou l'ennui et le cafar qui

nous mines auras plus que jammais d'enprise sur nous. Quand a l'espoir il n'y en a pas. Si vous pouviez suivre encore, mais il est vrai que vous ne pouviez pas laisser vos parents pour suivre les filles de correction comme nous qui ne méritons pas grand chose.

Depuis une autre institution fermée que je n'arrive pas à identifier, l'une de ses camarades réclame sa sortie :

> Je n'ai osez vous écrir plutôt mais aujourd'hui je viens vous demander de bien vouloir demander à Monsieur Recht si cela ne vous dérange pas de trop pourquoi je suis encore ici vu que je devrai être auprès de mes parents depuis le 23-5-47. Puisque mes parents me reprennent qu'attendent ses beaux messieurs pour me laisser rejoindre ma famille. Je vous assure que je n'ai pas envie de casser des carreaux et du matériel dans l'établissement pour repasser devant eux mais je suis lasse je n'en peu d'attendre plus je vais être obligée de demander le cachot pour ne pas faire de dégâts. Chère Miss Bussy, J'espère que vous serez assez chic pour m'aidez à avoir du courage, pour aller jusqu'au bout.

Les condamnées ont été séparées, envoyées purger leurs peines dans toutes les prisons de France. Sur le papier réglementaire des centres pénitentiaires, elles aussi envoient du courrier à la femme qui leur a témoigné un peu d'affection.

Le VU de la censure, en rouge, a autorisé l'envoi. Je lis plusieurs fois revenir des expressions et des mots d'anglais : comme les autres jeunes filles de leur âge, elles rêvent d'Amérique et fredonnent les chansons de Bing Cosby. Maison d'arrêt d'Étampes : *Very dear Miss Bussy, c'est à mon tour de vous dire merci de votre charmante petite lettre qui j'avoue m'a trouvé en pleine chute morale.* Cette détenue, qui dans sa cellule travaille tous les jours à la fabrication de chaussettes, lui confie qu'elle *chante toujours mais très très doucement à cause des voisins qui pourraient s'en plaindre très sèchement, ce qui m'attirerait beaucoup de troubles.* Les voisins sont les prisonniers, ou les gardiens, je ne sais pas. *En ce moment je ne m'ennuie pas car il y a ici la possibilité de lire de beaux livres tels que Le secret de l'Épave où un chanteur, plutôt un marin anglais, chante* Home sweet Home, Be it ever so humble, There's no place like home. *Je pense que ceci est vrai car moi aussi je voudrais être à ma maison.* La même, quelques semaines plus tard : *Je viens aujourd'hui bavarder un peu avec vous car j'avoue qu'en ce moment j'ai un peu le cafard, bien que je chante quelquefois pour moi. Du boogie-woogie et du swing. Cela n'empêche pas que les jours ne deviennent vraiment monotones, mais enfin tout passe et je n'ai que 3 mois à faire. Mais après je ne sais pas où je serai...* Depuis la prison de Chalons-sur-Marne, juste après le début de son incarcération, une camarade de révolte emploie le même ton : *C'est une de vos filles de Fresnes qui vient vous écrire ces quelques lignes, car malgré la révolte, elle n'a pas oublier ses éducatrices qui se sont montrer bonnes enver elle pendant sont séjour a l'IPES.* Dans la même prison, une jeune fille explique que son lieu de détention la rappoche de sa famille, qui vit à Reims. *Mais puisque je suis fachée avec mes parents cela m'importe peu,* écrit-elle, avant d'ajouter qu'elle compte tout de même écrire à son assistante sociale dans l'espoir que cette dernière vienne la voir et lui donne des nouvelles d'eux. Seule dans sa cellule, sans savon, sans dentifrice, sans brosse à dents, elle demande à l'éducatrice si celle-ci pourrait lui faire parvenir depuis Fresnes son démêloir, son peigne fin et les trois photos qu'elle possédait, deux représentants sa grand-mère, les autres ses tantes, son père et sa belle-mère. Ailleurs en France, dans un établissement pénitentiaire de la région parisienne, une condamnée écrit à l'éducatrice, toujours en poste à Fresnes : *Charmante demoiselle, elle est grande la joie que j'éprouve à venir bavarder avec vous ! J'espère que vous êtes toujours à l'école et que vous ne vous ennuyez soulignez par trop depuis que nous sommes séparés. Bien souvent vous étiez l'objet de mes conversations. Oui votre élève est venue échouer à Pontoise.* Autres murs, autre missive, autre ton : une pupille avertit qu'elle refusera désormais le travail obligatoire et sous-payé qui lui est imposé. *Depuis hier à deux heures j'ai refusé de travailler, pensez vous comme j'en ai assez de travailler pour 14 cent francs. Ce sont de bien bonnes poires les filles de correction Ah oui, mais attention quand les poires se gattent on ne peut plus les manger et quand la foudre éclate on ne peurt plus l'arrêter.* Elle aussi redoute d'être envoyée à Cadillac. Elle a demandé à un interlocuteur de l'Éducation Surveilée de s'y opposer, *mais comme je vous dis il ne pourra empêcher personne de ses gros bourgeois d'agir selon leur guise.*

Lorsqu'elles sortent de prison, les détenues ayant dépassé leur vingt-et-un ans peuvent rentrer chez elles ou essayer de construire une vie indépendante, comme les autres jeunes filles libres de quitter l'Éducation surveillée à leur majorité. Après être sortie de la centrale de Pontoise, une condamnée a retrouvé sa famille. Comme elle veut *rester dans le bon chemin*, elle demande de l'aide à son ancienne éducatrice pour trouver un emploi *car vous ayant comme guide à mes coté je me sentirai plus forte !* Une fille enceinte a pu retourner dans sa Normandie natale. *Priez pour moi pour que j'aie un gros garçon et beaucoup de chance dans mon avenir.* Depuis Montpellier, une ancienne pupille raconte son trajet au dos d'une jolie carte postale : *Pour le moment j'ai fait un très bon voyage et j'ai beaucoup pensé à vous.* De jeunes footballeurs sont montés dans son train, *très gais, comme tous les gens du midi*, avec un petit tonneau de vin. *Je vous assure que je revivais.* Elle décrit le paysage : *Tous les arbres sont verts, les soucis sont en fleurs il y a même des roses et des tulipes.* L'une de ses comparses, qui a rejoint sa famille dans le nord de la France, donne aussi de ses nouvelles à sa *petite mère chérie* : *Figurez-vous que je devais être placée chez un juge d'instruction, car mon frère avait un ami qui est dans la sûreté : par mais j'en ai assez de cette police et j'ai préféré me mettre serveuse que de garder 2 enfants de con.* En fait elle n'écrit pas le mot con, elle écrit la lettre C en morse : tiret point tiret point. *Déjà dans le train j'étais entourée de policiers qui prenaient le train pour Troyes, on aurait dit qu'ils sentaient que je ne pouvais pas les voir car ils ont préférez me tenir compagnie. Savez-vous ce que j'ai fait j'ai pris mes affaires et je suis parti dans un autre compartiment.*

Pendant l'été, une ancienne pupille de l'IPES écrit à l'éducatrice depuis la prison de Fresnes, quartier des mineurs cette fois, où elle est incarcérée en préventive car elle vient d'être arrêtée pour prostitution. Elle demande que l'on transmette un message à une de ses anciennes camarades. *Que Jeannine fasse attention à elle, et ne passe jamais ou j'ai passé. Qu'elle travaille et qu'elle ne fasse pas la prostitution car un jour elle ferat comme moi, elle aura la bêtise d'entretenir un homme, et de l'autre coté faire de l'entolage.* L'entôlage consiste pour une prostituée à voler son client. V*ous le savez je suis une fille. Je ne suis pas flemmarde, mais parfois je bouffe des briques.*

*J'aurai du mal à me remonter, car j'aime trop la fête le champagne, la musique. Je n'ai qu'une phrase dans la bouche celle que je répète à tous les hommes, tu viens chéri, et cette phrase là comme vous le devez le savoir je la dis jour et nuit*, ajoute-t-elle. Ces dernières phrases ne sont pas séparées du reste de sa lettre, rien ne les distingue, mais elles citent en fait mot à mot les paroles d'une chanson des années vingt, que j'ai découverte dans le cahier de chant d'une pupille... J'ai imprimé les photos que j'en avais faites, aux archives de Créteil, et je les ai fait relier. Je les feuillette, je vais chercher les chansons sur internet, lorsque je les retrouve je les écoute. Je souris lorsque je me surprends à les fredonner dans la rue. Pour finir la jeune détenue s'enquiert d'une camarade : *Avez-vous eu des nouvelles de Laurette car elle était avec moi quand je me suis faite emballée – surtout que nous allions danser chez les noirs. Si elle peut qu'elle fasse tout son possible pour changé de quartier car je ne devrais le dire Fresnes lui ouvre les bras, il serait trop tard qu'elle vienne verser des larmes ici et regretter.*

# XIX

Je les retrouve, les filles perdues, je suis leurs traces. Et c'est dans leurs pas que je découvre ces dix mois à Fresnes.

Celle que je vois le plus souvent descendre au cachot et remonter à son groupe, avant de repartir au cachot, s'appelle Renée Favre, elle a vingt ans. Après la mutinerie, elle sera condamnée pour *recel de denrées alimentaires provenant d'un délit*, à savoir du chocolat. Depuis un an et demi, elle est enfermée sur ordre d'un juge, d'abord chez les bonnes sœurs, au refuge de Toulouse, après avoir été poursuivie pour escroquerie et tentative d'évasion par bris de prison. Comme j'ai consulté les jugements suivant la mutinerie, je sais ce que cela veut dire, bris de prison : cela peut signifier qu'elle a cassé un carreau quelque part où elle était enfermée. Quant à l'escroquerie, qui sait. Dans le cas d'une autre jeune fille, est qualifié par la justice d'abus de confiance le fait de n'avoir pas rendu une robe et un corsage prêtés par une dame qui s'estime flouée : condamnation pour délit. Les bonnes sœurs demandent l'exclusion de Renée du couvent pour *conduite indisciplinée* et elle est transférée à la prison de Rennes, à l'IPES de Clermont replié à Rennes. Le juge relève sa *mauvaise attitude à l'audience*. Elle est notée en prison comme *arrogante et provoquant des incidents continuels*. Dans les cahiers de surveillance du cachot, son nom revient. Un matin, on note qu'elle sanglote, couchée, et ne touche plus à sa nourriture. *Elle pleure à mes questions touchant son refus de se nourrir. Elle répond qu'elle n'a pas faim, elle émet l'hypothèse qu'elle sera bientôt envoyée en centrale à cause de sa conduite lorsqu'elle est descendue aux cellules.* À côté d'elle, une autre punie est roulée dans sa couverture et se plaint du froid, demandant à être levée de sa punition. Je la vois, cette toute jeune fille, passer par des états et humeurs changeants, qui basculent très vite. Un peu plus loin dans le cahier, un autre matin, toujours au cachot, au lever, on remarque que *Renée Favre semble déséquilibrée et rit sans raison*, le jour suivant elle *semble un peu avachie au lever*, le soir même on note : *Renée Favre très en forme amuse la galerie*. Ses infractions au règlement sont relevées : *Renée Favre possède un crayon*. Ainsi que ses actes de rébellion : *Mauvaise attitude de Darigand, Lenoir et Favre, chantent et crient très fort, insultent tout le monde même les sœurs et les détenus, tapent avec les assiettes, font un bruit épouvantable.* Cette scène a encore lieu au cachot, tout comme cette autre : *Favre grimpée à la fenêtre chante, crie, parle avec les détenus d'en face, ne veut pas céder, ai dû employer la force.* Le 4 janvier, à cause de ces incidents au cachot, Mme Dumont ajoute une sanction : *Renée Favre n'ira pas à la messe.* Le lendemain, la punie refuse de rendre sa paillasse et de prendre toute nourriture. Un autre matin où elle refuse de rendre sa paillasse, la directrice prévoit une autre sanction, la suppression de son quart d'heure quotidien de promenade. Je retrouve souvent ce geste de révolte, au matin, dans le froid, refuser de rendre sa paillasse, pour ne pas passer sa journée assise sur le ciment, enroulée dans une couverture. *Mottier et Hamon ont refusé de rendre leur paillasse en disant : « Mme la directrice peut venir, nous ne céderons pas. »* Ces cellules de punition sont un cloaque, puant de l'odeur des toilettes qui débordent, dans lesquels on les met entassées à plusieurs lorsqu'il y a trop de punies. Elles doivent parfois coucher à trois sur deux paillasses trop étroites, qu'on leur retire à l'aube, même si elles n'ont pas dormi. Je trouve ces détails dans les récits des éducatrices. Les pupilles sont censées repriser des torchons mais, comme Renée, *elles passent leur temps à se griser de chansons*, écrit Mlle Sollacaro. On peut se retrouver jetée là à la moindre infraction, par exemple si l'on est surprise à fumer une cigarette. Comme il est très rare de réussir à s'en procurer, les filles en fabriquent avec la paille des paillasses. Autre raison fréquente, tenter de communiquer entre les groupes de filles, ou avec les détenus hommes, par des biftons. Lorsque l'on emmène une pupille au mitard, c'est toujours en la tirant par terre par les bras : si les éducatrices ne suffisent pas, on fait appel aux gardiens de la prison de Fresnes. Une fois, on n'a pas besoin de traîner Renée Favre, car c'est elle-même qui demande à aller à l'isolement. Une éducatrice note alors : *Renée Favre va aux cellules après la nouvelle de la mort de sa sœur que M. Dumont ne m'avait pas signalée. Incident regrettable. Elle remontera au groupe ce soir. Il ne s'agit naturellement pas d'une punition.* Un autre mois, je retrouve la jeune fille prenant part à un incident sur lequel la directrice fait un rapport au directeur de l'Éducation surveillée. *J'ai l'honneur de vous rendre compte des événements qui se sont déroulés en cellule*, suit la date, fin février. Des pupilles (elle les nomme *des élèves*) sont en cellule, elles brisent un carreau donnant sur la première division des hommes afin de communiquer avec eux. On essaye de les faire cesser : une éducatrice, puis M. Dumont. Elles continuent à essayer de communiquer, en chantant, en appelant. Elles sont mises à l'eau et au pain sec, et on se prépare à les séparer dans des cellules individuelles ; en étant informées, le lendemain matin, elles refusent de rendre le matériel de literie et de se séparer, et réussissent à boucher la serrure de leur grille. Mme Dumont :

La chanson commença, les tam-tam avec les plats et les gamelles, et elles se perchèrent sur les vasistas. Après la visite de mon mari, elles reprirent de plus belle leurs sérénades qui ne s'arrêtèrent qu'à 1 h 30 le vendredi matin. Mon mari et moi avons passé la moitié de notre nuit aux cellules nous demandant bien quel moyen employer. À un certain moment, Mathilde Borel a appelé ses compagnes du quartier pour les inciter à la révolte.

Enfin la voix est éteinte, le sommeil venant elles se sont endormies. À 6 heures vendredi matin recommençait le tintamarre. C'est alors que je vous demandai l'autorisation de les doucher. Nous avons passé à ce travail notre après-midi de vendredi, de 15 heures à 19 heures, Mme Ollier, M. Dumont et moi.

Les douches, c'est la lance à eau. Parmi *les deux plus réticentes*, qu'il a fallu doucher, il y a Renée Favre : elle et une autre fille s'étaient enroulées dans leur couverture et installées sur le rebord du vasistas avec toutes leurs assiettes et gamelles. Elles avaient préparé des munitions de verre pilé et menacent de les jeter. Elles répondent : « *Jusqu'au bout c'est notre devise* », lorsque, avant de mettre la lance en batterie, la directrice leur demande de descendre, et qu'elles refusent. *L'assaut, on ne peut qu'employer ce terme, n'a pas duré moins de trois quarts d'heure*, écrit Mme Dumont. *Les détenus qui étaient aux fenêtres ont protesté et il a fallu que je téléphone à M. le directeur pour faire cesser les insultes, les sifflets et les cris dont nous étions accablés.* Le lendemain matin, M. Dumont redescend, pour se faire rendre les paillasses. C'est maintenant la note d'une éducatrice que je cite pour prendre le relais du récit, afin de changer de point de vue, car la directrice décrit tout l'épisode comme une agression contre son mari. La monitrice fait son rapport, on sent qu'elle est choquée par la brutalité employée contre les pupilles. Elle ne peut pas la dénoncer mais elle ne l'occulte pas. Mathilde Borel, la camarade de Renée Favre, qui deviendra majeure un mois avant la mutinerie et que je ne retrouverai donc pas parmi les mutinées, se rebelle à nouveau. Au moment de rendre sa paillasse, elle interpelle le détenu venu réparer la plomberie, et qu'elle a déjà vu à l'occasion d'autres réparations. La jeune fille dit : *Bonsoir, petit Louis...* Le jeune homme répond : *Bonsoir, tu as bien dormi ?* M. Dumont interrompt brutalement l'échange. Mathilde Borel pose soudain sa paillasse et grimpe à la fenêtre, en se glissant entre le cadre et les barreaux, M. Dumont la suit et la force à descendre. *Il essaye de la faire lâcher prise en lui tapant sur les mains et en lui donnant des coups de poing dans la figure.* Cela dure environ cinq minutes puis elle lui mord le doigt et essaye de lui porter *un coup bas*, comme avec ses amies elles se sont vantées de réussir un jour à le faire. À force de coups reçus, elle lâche prise, on la tire jusqu'à la cellule à l'aide du surveillant de prison qui accompagnait le détenu pour les réparations. *Comme elle semblait à moitié évanouie, M. Dumont l'asperge. Aussitôt, elle se remet à hurler des chansons de foire.* Le lendemain matin elle refuse de nouveau de rendre la literie. *Renée Favre, malgré sa voix éraillée, crie des chansons obscènes, grossières vis-à-vis du personnel et se montre encore d'une arrogance extraordinaire.* Elle précise que Renée Favre est dangereuse, mais moins que Mathilde Borel, *la plus dangereuse, parce qu'intelligente, elle met toute son intelligence au service du mal.*

Les éducatrices aiment beaucoup Renée, on la reconnaît dans certaines lignes de Gilberte Sollacaro, dans *France-Soir.* Une autre de ses préférées est Marie Chapelot, dite Marinette. Marinette a dix-neuf ans, elle est enceinte, on l'appelle jolie poupée car elle est ravissante, blonde et mince, yeux foncés. Abandonnée à l'âge de neuf ans par ses parents, elle a été confiée à l'Assistance publique qui l'a placée dans un des patronages de bonnes sœurs. Sollacaro restitue son récit : *On m'a mise chez les bonnes sœurs ; je me suis sauvée parce que j'en avais marre et c'est tout.* Elle a douze ans, elle fugue, toute seule, sans famille. Reprise, elle est envoyée dans un Bon Pasteur. *Faut que je te dise encore, au Bon Pasteur, les filles se sont moquées de moi parce que je n'avais jamais connu un garçon et que j'étais la seule à ne pas savoir danser. Alors je suis devenue invivable et j'ai cassé les carreaux.* Mais vous êtes enceinte, demande Mlle Sollacaro. Marie Chapelot acquiesce en rougissant. *La directrice d'ici avait essayé de me placer comme bonne à Paris, je suis allée danser à l'Élysée-Montmartre. Là, j'ai rencontré un homme, je suis sortie avec lui. Il paraît que c'était un souteneur. Mon patron a porté plainte, alors on m'a ramenée en corrida.* Une éducatrice souffle à Mlle Sollacaro que pendant ces années de correction, enfermée avec d'autres filles déviantes, la jeune Marie a fini de déchoir, et vit en ménage avec un « *jules* », une autre fille de son groupe, *une vraie prostituée celle-ci.* Comme chaque fois que Mlle Sollacaro raconte quelque chose dans son récit ou dans les éléments transmis à Danjou, je retrouve l'épisode dans les documents d'époque consignant la réalité de ces dix mois, même si, dans les articles, certains épisodes sont fusionnés et les identités des filles brouillées. Dans le cahier de la directrice, on retrouve ainsi la trace de l'évasion. Le langage est tout autre, mais les faits sont les mêmes : *La jeune Marie Chapelot qui avait été placée le 15 janvier 1947 chez M. le docteur Tavier s'est enfuie le 28 janvier. Arrêtée par des agents à Pontoise en compagnie d'un ami de rencontre. Ramenée à l'établissement le 13/02/47.* Moins d'un mois hors des murs, qui s'ajoutent aux deux jours de liberté de la fugue, sept ans plus tôt. La fiche administrative de la pupille confirme l'âge auquel elle est entrée dans le circuit correctif, et son parcours. *Mme Dumont m'a joué de drôles de crasses*, déclarera Marie Chapelot à l'inspecteur, après la révolte et le séjour au Dépôt, où elle dit elle aussi qu'elles ont été battues par les agents de police. *Elle n'a pas permis que mon fiancé vienne me voir, or je suis enceinte.* Au cours de son séjour à Fresnes, elle a connu le cachot, au pain sec et à l'eau.

Très souvent, c'est parce qu'on a cassé des carreaux que l'on descend au cachot. Dans les jugements, les comptes-rendus de la mutinerie, les rapports d'incident, les cahiers de l'IPES, je le lis constamment : des dizaines, des centaines de carreaux brisés. Dans ces mêmes cahiers, je lis aussi que l'infirmière vient très souvent aux cellules faire des pansements. Et des journalistes présents aux audiences disent que presque toutes avaient les mains bandées. Je comprends pourquoi en lisant les souvenirs de Monique N., qui raconte que quand les filles étaient *en crise*, elles se bagarraient entre elles quelquefois, mais le plus souvent *allaient directement sur les carreaux* qu'elles cassaient à mains nues. Le verre de ces carreaux était un verre spécial, renforcé : il avait une forte résistance. En le brisant, elles s'entaillaient souvent la peau jusqu'aux veines. *C'était assez angoissant d'entendre ces carreaux tomber,* dit l'ancienne éducatrice, *j'avoue que même encore maintenant je ne supporte pas d'entendre un carreau tomber.* Les filles s'accrochaient au grillage en se tenant d'une seule main, et avec l'autre tapaient les carreaux. Parfois, lui semble-t-il, c'était *une certaine forme de suicide.* De désespoir ? demande la chercheuse. *De désespoir oui.* Lorsqu'elles n'arrivent pas à se procurer un morceau de verre ou des lames de rasoir pour s'entailler les bras, elles se servent de tout ce qu'elles trouvent : *comme elles avaient tout de même ce qu'il fallait pour manger, elles arrivaient à s'esquinter avec la fourchette.* Ces actes d'automutilation sont extrêmement fréquents. Lorsqu'elles descendent au mitard blessées après des bris de carreaux, on en voit certaines infecter les plaies pour que la blessure s'envenime. Parmi celles-ci, il y a Laure Schoettl, dont je retrouve l'histoire au fil des cahiers. Après avoir cassé des carreaux, elle est envoyée au cachot. C'est le début de la nouvelle année, l'année 1947. Note d'une éducatrice dans le cahier. *1er janvier 1947. Première tournée aux cellules. Laure Schoettl pleure. Hélène Tillet ne pleure pas mais paraît encore plus déprimée que sa compagne.* Plus tard, Laure a été *insolente avec l'infirmière et n'a pas voulu qu'elle lui fasse son pansement.* Laure Schoettl envenime la plaie, l'infirmière, pour la punir, dit Mlle Sollacaro en relatant l'épisode, la soigne mal : on finit par l'amputer d'un doigt à cause de l'infection. La même Laure essaye d'avaler un produit détergent, du Cresyl, pour se suicider. C'est un incident. On le note. Entre des observations diverses sur les petits faits du jour, le désespoir, le « cafard », comme elles disent, je le vois suinter partout au cours de ces dix mois. Dans un cahier, cette note d'une surveillante – les observations des surveillantes sont plus frappantes que celles des éducatrices, car leurs mots sont plus frustes, elles racontent mot à mot, elles n'ont pas l'habitude de faire des rapports, elles ne trient pas, l'orthographe est mauvaise, le français aussi, la ponctuation est rare : *Je vais aux cellules Mottier est dans sa cellule couchée avec sa robe mouillée sur le ciment, je lui dis tenez-vous donc à devenir poitrinaire elle me répond exactement c'est bien ce que je veux.*

Ginette Bernin aussi veut parfois mourir. Elle a dix-huit ans. Née en 1929, *parents déchus de la puissance paternelle*. On sait donc qu'elle a eu une enfance dure, suffisamment dure pour que l'on retire la garde aux parents. Confiée pour vol en 1946 au Bon Pasteur où les religieuses notent un *caractère sournois et indiscipliné*. S'évade quelques jours plus tard pour rejoindre son amant. Prostitution, dit la fiche. Rattrapée, envoyée à Cadillac, puis à Rennes, puis à Fresnes. À l'inspecteur, après la mutinerie : *Je suis inquiète parce que pendant mon évasion, j'ai rencontré un jeune homme avec lequel je me suis fiancée, nous entretenons une correspondance mais je crains que les lettres soient arrêtées.* Effectivement, le courrier est contrôlé dans les deux sens. Les pupilles doivent recommencer leurs lettres si elles ne conviennent pas à la directrice ou aux éducatrices qui les lisent, chargées de les filtrer. La directrice ne transmet pas celles qui lui déplaisent ou lui semblent suspectes. Elle refuse aussi les parloirs à son bon vouloir aux familles, ou aux garçons, si elle trouve que le fiancé n'a pas l'air convenable, ou si elle veut punir la jeune fille. À propos d'Unetelle, elle donne cette instruction : *Refouler tout garçon accompagnant son frère.* De telle autre : *Refuser parloir à qui que ce soit en raison de sa conduite. Donner les raisons. Entre des cigarettes, du cognac dans une bouteille de parfum. Fume toute la nuit à se rendre malade. Je suis très mécontente.*

Pendant l'hiver, Ginette Bernin essaye de s'ouvrir les veines. Je n'en sais pas plus. Car ça ne fait qu'une ligne dans le cahier de surveillance du jour, entre autres observations courantes. *Incident : Bernin a essayé de s'ouvrir le poignet.* Rien de plus. On passe à la suite : *Groupe C en retard pour s'habiller, mauvaise humeur de Gallard et Malo.* Le lendemain, rendant compte du déroulé de la journée dans le groupe dont elle a la charge, qui n'est pas celui de Ginette Bernin, Mlle Sollacaro note : *L'affaire Bernin s'est répandue sous forme de légende et excite les esprits. Êtes-vous intervenue pour raisonner les élèves ?* répond en marge la directrice, après avoir lu le cahier. Plus loin, l'écriture de Mlle Sollacaro de nouveau, qui lui répond vertement qu'elle l'a évidemment fait et qu'elle *signale ce qui se passe de remarquable dans le groupe, non ce qui va de soi.*

Au cachot, les filles chantent. D'ailleurs, dans les dortoirs, partout, elles chantent tout le temps, même quand c'est interdit, comme en récréation, on le voit noté constamment dans les cahiers. *Chantent très fort. Le groupe B couché chante à tue-tête. Le D chante autour du feu.* Les jeunes filles soutiennent ainsi leurs jours et leurs nuits, les colorent : les mélodies bercent la réclusion. La nuit, les surveillantes de la pénitentiaire font toutes les heures une ronde aux cellules d'isolement. De sa grosse écriture malhabile, avec l'encre noire qui fait des taches, l'une d'elles note, une nuit d'avril, *RAS*, sigle rangé en deux colonnes, à côté de chaque heure du tour de ronde, entre 9 h 30 et 6 h 30 du matin : rien à signaler. Puis, une ligne, détachée, encadrée de blanc sur la page, avant que plus loin les colonnes de RAS reprennent :

À la ronde de 3 h 30 Zanetti chantait.

Quand je vois cette page et que j'imagine cette voix isolée de jeune fille, chantant pour elle-même, depuis un cachot, monter dans la nuit au milieu de cette immense prison, alors que les matonnes font leurs rondes, c'est comme si une grande main se posait sur mon torse, appuyant doucement, le même phénomène physique éprouvé à la lecture d'un poème très beau ou devant certaines statues, tableaux, paysages : cette puissance d'arrêt-là.

Les voix des pupilles reprennent les succès populaires de l'époque et les romances noires des grandes chanteuses réalistes, dont le timbre tendu, intense, donne à ressentir les vertiges de l'amour, de la perdition, la violence de la vie des laissés pour compte. La même vibration fait trembler le chant des jeunes filles de Fresnes, chant solitaire que les hommes de la première division écoutent et parfois appellent, pendant les longues heures nocturnes. De leur côté, se souvient Monique N., quand les punies entendent les hommes « taper le rappel », c'est-à-dire frapper en même temps sur tout ce qui peut résonner et faire du bruit afin d'exprimer une revendication ou protestation collective quelconque, elles y participent. Allongées sur le dos, elles se mettent à frapper avec les pieds, *d'une façon rythmique,* les grilles du mitard : *une espèce de tam-tam lancinant qui pouvait durer des heures.* Elles se relayent, aussi longtemps que les hommes tapent. *Une atmosphère très angoissante monte entre les murs*, explique l'éducatrice, attaquant les nerfs du personnel ; les arrêts maladie, l'absentéisme et les départs se multiplient. Certaines éducatrices et employées, qui ne viennent pas de la région parisienne, dorment dans le pavillon même, en dortoir, en attendant une autre solution de logement. Ce n'est pas le cas de Mlle Sollacaro mais lorsqu'elle travaille le soir elle entend, écrit-elle, les cris des punies s'élever du cachot et battre les fenêtres *comme des vagues. « Didine, envoie des doudous à Catherine, des gros-gros à Joséphine, nous, ça va bien et vous, ça va ? »* hurlent-elles en scandant chaque syllabe.

*Elles enchaînent par d'autres cris rituels pour oublier l'appréhension qu'elles éprouvent toujours pendant le crépuscule*, poursuit l'éducatrice. *« Nous, ça va bien, on ne s'en fait pas, on l'aura, la dodoche, on lui fera la croix des Vaches. »* La jeune femme a du mal à ne pas reprendre elle-même la chanson de révolte qui suit, le chant de foire, elle doit s'en empêcher : *Je suis obligée de me gendarmer pour arrêter la reprise du chœur.* Un jour, fin avril, elle voit remonter du cachot l'une des jeunes filles, les deux yeux pochés. Une fille qu'elle aime beaucoup, sa meilleure élève et une bonne couturière. *La plus sympathique, mais hélas aussi l'une des plus indisciplinées.* Elle la surnomme Colibri. Elle a été envoyée au cachot car elle a frappé la directrice qui lui a mis une gifle. La fille lui raconte :

> Vous savez ce qui s'est passé cette nuit ? Nous avions appris que la dirlo et son mari étaient allés au théâtre à Paris, alors après le passage du veilleur de nuit nous avons organisé une veillée autour du feu, nous avons fumé des mégots qui durent longtemps et raconté nos histoires, mais nous n'avions pas tout prévu, et la dirlo, quand elle est rentrée avec son homme à 2 heures du matin, a entendu du bruit et elle nous est tombée dessus sur la pointe des pieds. Elle nous a fait descendre en chemise dans le couloir, par ce froid, elle voulait savoir qui était la meneuse, vous connaissez sa méthode, je ne voulais pas me laisser battre, je l'ai giflée. Alors ils se sont

mis à deux contre moi, elle et son mari. J'étais par terre et tandis que l'homme me tenait Mme Dumont me bourrait le ventre et me marchait sur la figure, ah ma mère qu'est-ce que j'ai pris.

J'ai retrouvé l'incident, narré cette fois par la directrice. Mlle Sollacaro a édulcoré les choses, c'est avec un coup de poing que Marie Ribon, car j'ai reconnu une autre Marie, Marie Ribon, a répliqué. Mais à part ça, même histoire, racontée de l'autre côté. Version de la directrice :

> J'ai l'honneur de vous rendre compte d'un nouvel incident dont cette fois j'ai été la victime. En rentrant chez moi, j'ai entendu chanter du côté des fenêtres donnant sur l'avenue. Je me suis rendue dans le dortoir d'où les chants paraissaient venir. J'ai fait descendre les élèves et les emmenai dans mon bureau, la plus coupable ayant été conduite à l'isolement, j'admonestai les cinq autres dans le couloir.

Marie Ribon rentre tout juste de l'hôpital où elle avait été placée en traitement, écrit la directrice, et lui répond *d'une manière très impertinente et même avec une certaine arrogance comme elle le fait d'ailleurs chaque fois qu'elle est prise en faute depuis son retour. Impatientée par une telle conduite, je lui ai donné une gifle, elle se débattit et riposta d'un coup de poing.* La directrice s'en tire avec un coquard et sa branche de lunettes cassée. Mlle Sollacaro, dans son récit, raconte qu'elle essaye de raisonner la pupille, de lui dire de ne plus se rebeller contre la directrice, de lui présenter ses excuses. Marie répond qu'elle préfère rester au cachot jusqu'à ses vingt et un ans plutôt que demander pardon. Mlle Sollacaro adore Marie Ribon. Sur la fiche de cette dernière, dressée par l'inspecteur, j'apprends qu'elle a été déclarée par l'expert psychiatre *grande perverse*. Elle s'est prostituée, c'est pour syphilis qu'elle est sous traitement. Notée en prison comme *indomptable*. À la suite, entre d'autres brèves indications, il est noté : *Hospitalisation antérieure pour une blennorragie contractée à dix ans*. Cette jeune fille a été violée avant ses dix ans. On le note au passage, et à voir les phrases se suivre ainsi, on ne peut s'empêcher d'y lire comme un second diagnostic sur sa nature perverse. Cahiers de surveillance des cachots du 18 mars : *Ribon m'a dit que la prochaine fois, elle tuera Mme la directrice. Elle était en colère parce que je n'ai pas voulu lui donner de couvertures.* Le 23 mars : *Bonne attitude de chaque pupille sauf Ribon qui menace de tuer son père à sa majorité et que demain, si on ne lui donne pas ses vivres, elle fera un crime – elle crie et cherche à parler avec ses compagnes.* Pendant la révolte, elle vole du vin, du chocolat et du sucre *au préjudice d'autrui* et *outrage par la parole* des agents de la force publique dans l'exercice de leurs fonctions : six mois de prison. Marie avait prévenu Mlle Sollacaro ; d'une voix douce elle lui avait expliqué :

> Ne craignez rien encore, tant que nous chantons des chansons violentes et que nous finissons par des chansons sentimentales, ce n'est pas grave, ça nous détend. Mais quand nous commencerons par des chansons sentimentales et finirons par des chansons violentes et des cris de mort, alors, que la directrice prenne garde.

Quelques jours plus tard, un matin, poursuit l'éducatrice, toutes les filles du dortoir se sont réveillées en chantant des chansons sentimentales, après quoi elles sont allées délivrer les punies du cachot. La mutinerie de Fresnes a commencé.

Il y en a d'autres, dont les articles ne parlent pas et que je vois seulement être punies de temps à autre, comme Alice Zavone, dont je viens de recevoir le dossier de procédure que j'avais demandé, attaché au jugement qui l'avait placée en institution à douze ans, pour avoir volé des pois et un chou. *Vol de produits attachés à la terre.* Son père la frappait si elle revenait sans rien. Elle a ensuite envoyé un recours en grâce aux autorités judiciaires pour être relâchée de chez les sœurs, mais on lui répond que cette procédure n'existe pas : pour modifier le placement il faudrait repasser devant le juge. Depuis, Alice n'a plus vécu en liberté.

Sur l'une d'entre elles, notamment j'aurais aimé en savoir plus. Je croise sa trace dans les journaux, mais sans connaître son nom, au début, car il n'est pas cité. Fin juin, un entrefilet paraît dans la presse : *L'une des jeunes filles qui se révoltèrent, il y a quelques semaines, à la prison de Fresnes, pour protester en particulier contre la sévérité de leur surveillante générale, vient de saisir le procureur de la République d'une plainte en coups et blessures. Cette plainte vise M. et Mme Dumont, directeurs de la maison d'éducation surveillée de Fresnes.* Je trouve un second petit encadré dans un autre quotidien, dont le titre est : *ET S'IL NE ME PLAÎT PAS, À MOI, D'ÊTRE BATTUE !* On y apprend également qu'une des révoltées de Fresnes a porté plainte au parquet par l'organe d'un avocat pour coups et blessures contre M. et Mme Dumont. Je sais ce qu'est devenue cette plainte et j'ai découvert le nom de la jeune fille en question, car dans un dossier d'archives j'ai retrouvé une lettre du procureur de la République, chef de parquet du tribunal pour enfants, destinée au directeur de l'Éducation surveillée.

> Vous avez bien voulu, comme suite à ma lettre du 10 juin 1947, relative à la plainte de la nommée Moulin Jeannine, me communiquer l'enquête administrative effectuée sur les incidents survenus à l'institution publique d'Éducation surveillée de Clermont repliée à Fresnes. J'ai l'honneur de vous

rendre compte que j'ai procédé à l'enquête sous l'angle coups et blessures dont je me trouve saisi. Considérant les circonstances où ont éclaté les incidents, la moralité défectueuse des jeunes révoltées et les nécessités exceptionnelles auxquelles dut faire face l'Administration pour parvenir à dominer une situation difficile, j'ai décidé de classer sans suite la plainte de Jeannine Moulin.

Pourtant Jeannine Moulin n'a pas pris part à la mutinerie. Elle était enfermée au cachot car elle n'était pas rentrée à temps de permission la semaine précédente, et n'en était pas sortie. Désignée par Mme Dumont car indisciplinée et embarquée par la police, elle l'explique dans sa fiche à l'inspecteur. D'ailleurs, elle ne passe pas en jugement. En juin, majeure, elle est relâchée. Elle décide de porter plainte. Je trouve ça incroyablement courageux. J'ai retrouvé quelques éléments de son parcours. Si peu. Premier placement à seize ans. L'Assistance publique demande qu'elle soit envoyée en section corrective chez les religieuses, comme on le faisait pour mieux dresser les adolescentes, les chèvres folles. *Placement par voie de correction paternelle*. L'Assistance exerce donc l'autorité paternelle à la place des parents. Le juge l'envoie dans un Bon Pasteur. Second passage devant le juge, un an plus tard : on apprend à la lecture du jugement qu'elle s'est sauvée à deux reprises du Bon Pasteur, et qu'elle a subtilisé une robe et un corsage dans une buanderie. Je ne peux connaître le déroulé exact des choses, mais je sais que dans le lieu de réclusion d'où elle s'est enfuie, on était dépouillé de tout vêtement personnel pour endosser un uniforme. Les fiches de signalement des gendarmes lancés aux trousses des évadées de Cadillac, par exemple notent qu'elles s'évadent parfois nu-pieds, et toujours vêtues des tenues obligatoires, facilement reconnaissables. Où s'était-elle réfugiée, Jeannine ? Le jugement note que de mauvais renseignements ont été fournis sur la prévenue et sur ses parents : *Il y a lieu de la soustraire aux liens familiaux et de prendre à son égard des mesures d'une certaine sévérité.*

Le juge déclare Moulin Jeannine coupable de vol et la fait conduire en institution corrective *pour être élevée et gardée jusqu'à ses vingt et un ans* : elle est envoyée à Fresnes.

# XX

Je referme les cahiers, je les referme difficilement. Une fois par semaine je quitte 1947, à regret. Je vais faire mes visites, à la maison de retraite de Bagneux, ou dans des petits appartements où personne ne vient voir les vieilles personnes qui y demeurent. Je fais ça avec une association qui organise des visites de bénévoles pour les personnes âgées isolées. J'aime bien ça, je les écoute, je les emmène faire des petites promenades quand ils sont valides. Comme tous les mois de mars, d'avril, je me dis le printemps – encore le printemps – toujours le printemps – c'est fou –, les arbres n'ont-ils donc rien compris ? Je me souviens d'une interview de Benoît Poelvoorde, ce génie. Il disait cette phrase à peu près. Il parlait des petits bourgeons. Il se disait c'est dingue, ils n'ont donc toujours pas compris, à force ? Ils recommencent, tous les ans – il le disait beaucoup mieux que ça. Je ne retrouve pas l'interview. C'était très beau. On est nombreux à avoir ce sentiment au printemps, je crois. Une admiration, une envie, une perplexité en regardant les bourgeons et les oiseaux qui font leurs nids. Yaël, Langmann de son nom de famille, a remonté son message de l'année précédente, même époque : « Joyeuses Pâques et désolée si les miens ont crucifié votre Seigneur. » Dans les commentaires, le mien est remonté, des années précédentes. Une citation de Lenny Bruce, de son nom de naissance Leonard Alfred Schneider : *« A lot of people say to me, "Why did you kill Christ ?" – I dunno, it was one of those parties, got out of hand, you know. »* Comment traduirais-je ? « Tu sais, c'était une de ces fêtes, qui à un moment partent en sucette… » Putain, à chaque fois ça me fait rire. Merci Lenny, c'est toi le Christ, le sacrifié, persécuté pour avoir été libre, pour avoir été drôle. On dit que les flics ont remis la seringue près de ton bras pour les photographes, après ton overdose…

J'avais prévenu Jonathan : en ce moment, je ne suis pas capable de faire plus d'un mi-temps. Je crois que c'est ce que pensent la majorité de ceux qui travaillent à plein temps. Jonathan avait dit OK. En me donnant un travail, un emploi du temps, il m'avait sortie de l'eau. Il m'avait aussi donné le meilleur conseil, aider les autres. « Tu as toujours été tourmentée par le fait d'être trop paresseuse et instable pour le faire, c'est le moment. » Quand on va très mal, c'est impossible. Mais je ne vais pas mal comme j'ai été mal dans ma vie. Techniquement, ça va. C'est seulement que j'ai tant de chagrin. Benjamin essaye de me donner des arguments pour ne pas être si triste, il a cette théorie : enfanter, c'est la mort de la morale. « Tu vois, dit-il, je pense que tu serais capable de mourir pour une cause ou pour sauver des vies, tu as une dose d'héroïsme en toi, je t'ai vue dévaler une falaise pour aller sortir la tête de l'eau d'une femme qui était tombée, je t'ai vue me défendre et ne pas fuir quand je me suis retrouvé avec un flingue sur la tempe en Corse, prétendument parce que j'avais mal parlé à des autochtones à la buvette du village. Mais si tu deviens mère, ça sera fini. Si tu es mère et que tu as deux boutons devant toi, et que tu dois choisir entre la disparition d'un continent avec tous ses habitants et la vie de ton enfant, tu sauves ton gosse. Paf l'Asie ! Et puis tu commences à avoir peur pour ta vie en général, tu ne veux pas laisser seul ton gosse, tu commences à estimer beaucoup trop haut ta vie pour être héroïque. Je t'assure, la morale et l'éthique chutent, on devient intéressé, on courbe le dos, on pense avant toute chose à la becquée qu'on doit lui enfoncer dans le gosier. » Mais moi je lui réponds : « Ce que je veux, ce n'est pas seulement à cause de ces conneries d'histoire de gènes et de généalogie, c'est donner ce que j'ai reçu de plus beau, la vie, des bras, des jambes, des yeux. Des terminaisons nerveuses pour sentir. Des cellules olfactives. Marcher, voir. Ce que j'ai reçu. Je ne sais rien faire, rien donner d'important. Mais ça, je sais que c'est immense, j'aurais voulu réussir ça, être capable de ça... »

Quand on ne peut pas avoir d'enfant et que l'on a absolument, depuis toujours, souhaité en avoir, évidemment les gros ventres sortent de partout et se multiplient, les ballons poussent depuis les abdomens, dans toutes les files d'attente, les rues se remplissent de ces ballons. Et l'absence de ce qui ne sera pas vous vide, vous vide les veines, vous vous sentez n'être plus rien, un rebut sec, un bout de bois ; son ventre à soi : plein de bois, fait de bois. Je n'aurais pas pu aller m'occuper d'enfants, faire du bénévolat auprès d'enfants. Je détourne la tête des sorties d'école et des parcs. Mais j'avais toujours voulu aider les vieux, je les aime bien. Cette fois je l'ai fait. À eux, je supporte de parler, eux, je supporte de les écouter. Ils sont ailleurs. Je cherche qui ils aimaient comme chanteurs, comme musique, je leur fais des compilations, l'association récupère des vieux iPods. Je me suis dit j'aurais dû faire ça avec ma grand-mère. Avec elle, je regardais parfois les photos de famille. Elle inventait. Parlant de mon ancien beau-père : « Lui ? C'est un cousin de Munich. » Munich que son père Joseph avait quitté en 1933, en disant : « Je ne veux pas que ma fille grandisse dans un pays où les parcs sont interdits aux chiens et aux Juifs. » Il avait été artilleur à Verdun, du côté allemand, à chaque fois qu'il tirait il priait Adonaï pour que l'obus ne touche personne. Le reste de la famille n'y a pas cru. Le reste de la famille est resté. Direction la Vistule et le ciel. Elle inventait sans mentir, son cerveau n'avait plus ces cases-là en place. Les heures, les jours, les années qui se disloquent et tombent ensemble comme un château de cartes. Les souvenirs qui s'effacent par le haut de la pile. Les phrases qui tombent dans un trou ou alors surgissent de l'enfance : « Mais où est maman ? » « Je vais rester là longtemps ? »

En sortant du métro, avant d'arriver à la maison de retraite, je fais souvent un détour par le cimetière de Bagneux, où mes grands-parents sont enterrés. Ce n'est pas pour aller les voir. Dans les autres cimetières, l'homme jeune et la jeune fille inoubliable, je ne vais pas non plus les voir. Chair de nos chairs, sang de nos sangs. Ils nous précèdent mais ne nous attendent pas. Non, je ne hante pas les cimetières comme une vieille adolescente gothique, ou comme dans le film *Harold et Maude,* mais j'avoue que les cimetières me parlent, je les écoute, je tends l'oreille à ces flottilles au milieu des villes, au bord des routes, comme encalminées, en attente d'un vent qui ne viendra jamais… Et puis il est vrai que dans les cimetières on peut pleurer tranquille, sans que personne vous pose la question absurde : pourquoi ? Enfin, Elvire, pourquoi ?

Je ne passe pas par les vieux carrés juifs du cimetière car la réalité, le présent, disparaissent tout autour, gommés. Comme si depuis, rien n'avait réellement eu lieu. La terre tourne encore ? Mais enfin quelle blague. Quelle mascarade. J'évite aussi les autres carrés anciens où, à mesure que l'on recule dans le temps, les dates de naissance et de décès se rapprochent l'une de l'autre, sur la même ligne, sous le même nom. Je vérifie si les familles sont parties dans l'ordre. Certaines dates, certaines séries de dates. Le sadisme ahurissant du destin. Sur une tombe quatre portraits, d'abord la petite fille, puis le jeune homme en matelot, ensuite le père qui lui ressemble, et en dernier la mère, *enfin réunis* dit la tombe. Tant de malheurs, comment est-ce possible, où est-ce que ça part, où est-ce que ça va… On peine à comprendre que la souffrance, la souffrance humaine portée à de tels degrés, aux degrés écrits par ces dates illogiques, ne se matérialise pas, à force. Ne fasse pas céder, exploser quelque chose, par trop-plein, par densité trop forte. Le bonheur, la joie, sont d'une essence volatile, on le sait que ça disparaît comme couleur et poussière sur l'aile de l'insecte. Mais la douleur n'est pas de cette matière, la douleur est compacte comme une pierre et toutes ces pierres devraient faire des montagnes, des sommets cachant le jour. L'accumulation.

L'air ne pèse toujours rien. Comment est-ce possible ?

Pour les autres, les autres enterrés là, ceux qui ont eu le temps de vivre, la mort redevient la mort, seulement la mort. Rien à voir. Je marche à travers les grandes allées, à ma gauche, à ma droite, les taches de vert et de roux bougent avec une régularité de machines. Des écureuils qui font penser à des caricatures d'écureuils, des enluminures, se figent et fuient, des corneilles se répondent. Le vert des perruches à collier perce le petit vent, tombe et monte en ligne, en diagonale à travers le gris de l'air, fluorescence incongrue.

J'ai lu que Georges Simenon avait fait incinérer sa fille suicidée. Il vivait alors à Lausanne, dans une toute petite maison. Il n'écrivait plus de romans. Dans son jardin il a dispersé les cendres de Marie-Jo. Tous les jours il y répandait des graines pour attirer les oiseaux, qui venaient picorer l'herbe et se renvolaient dans les chemins des airs. Après sa mort, comme il le lui avait demandé, sa compagne a mêlé ses cendres à celles de son enfant.

Ici, à Bagneux, les oiseaux font leurs nids.

Les humains retournent à la terre.

Vieux cadavres : les couronnes de pensées en faïence, mauve à liséré jaune, les noms presque effacés. Frais cadavres : le granit neuf, la dorure récente des lettres. Et aussi les diagonales des carrés militaires. Au début, après la Grande Guerre, les sépultures étaient hérissées de grandes corbeilles métalliques ouvragées, de berceaux de fleurs, décorées par les familles, comme une petite ville de fées au-dessus des morts. Ensuite, dans les années vingt, ç'a été interdit – interdiction d'individualiser les tombes, de les fleurir, pour ne pas rompre l'harmonie de la mort au carré, ne pas compliquer l'entretien par le Souvenir français. Pauvres mères. Et maintenant ils sont tous pareils, les soldats couchés là, chaque stèle un angle de l'oubli. Sur mon parcours habituel il y a certaines plaques funéraires ornées de dessins gravés, que je connais maintenant bien. Un camion : *Ton souvenir sera toujours un soleil dans notre cœur*. Un bouliste en train de pointer, casquette et chemisette rayée avec des boules géantes et un cochonnet : *Tout s'éteint, tout s'en va, seule l'image reste*.

Romain Gary – Señor Galba, dans *Clair de femme* :

> Il se toucha le cœur.
>
> – Trois petits infarctus. *Smrt*.
>
> – Pardon ?
>
> – En serbe, la mort, ça se dit : *smrt*. Je parle sept langues, mais ce sont les Slaves qui ont su trouver le meilleur nom, le son le plus vrai, pour la chose... *Smrt*, en serbe, *smiert*, en russe, *smierc*, en polonais... Vipérin, reptilesque... Chez nous, en Occident, ce sont des sonorités assez nobles : la mort, *la muerte*, *tod*... Mais *smrt*... On dirait un pet ignoble qui file le long de la jambe... plus venimeux qu'un scorpion. En général, je trouve qu'on fait beaucoup trop d'honneur à la mort.

Quand je parle de la mort avec de trop grands mots, des sonorités trop graves, je ne parle pas de la mort. Je parle du deuil. Le deuil. L'âme de l'homme. Nous vivons à la place des morts, sans le mériter. Les morts sont plus nombreux que nous. Le poids des morts est toujours plus grand et le poids des vivants dérisoire. Et il faut les quitter, ils nous le disent s'ils nous aiment, de partir, de les trahir. Il est impossible d'oublier. Il est impossible de se souvenir.

Lorsque je vois une femme ou un homme devant une pierre tombale, tête inclinée, corps penché comme pour laisser la douleur aller vers la tombe, la verser autour des os de l'absent pour lui redonner chair, je détourne les yeux comme devant la nudité, un objet sacré qu'on n'a pas le droit de voir, le saint des saints.

Je passe par le cimetière plein de morts, ainsi lorsque j'arrive à l'établissement les vieux me semblent très vivants, malgré leurs corps froissés, les coulures de leur peau. Vieux oisillons, on s'attend presque à voir la boule du cœur, bleue, verte, outremer, les spirales des intestins, le trajet de la purée qu'ils avalent. J'ai toujours bien aimé les vieux. Même les vieilles dames avec leur cabas, leur manteau beige ou gris à protéger de tout, qui attendent l'apocalypse devant les grandes portes transparentes du rayon produits laitiers d'un supermarché. Nul énervement : seulement l'idée vague de les soulever et les déplacer, délicatement et d'un geste sûr, et la question : se rendraient-elles compte qu'elles sont désormais devant le rayon de

Danette au chocolat à la place de celui des mini faisselles ? Lorsque je vois une vieille dame, je pense toujours à la jeune fille qu'elle était. Et quand je vois des adolescentes, de très jeunes femmes, je pense toujours à la vieille dame qu'elles seront, le chemin fulgurant d'un extrême de la femme à l'autre. Comme si ces deux âges en miroir étaient les seuls instants de vérité, débarrassés de tout le ventre de la vie sociale, le travail, le couple, les enfants à élever. Ce clin d'œil – une vie – qui sépare l'être gorgé de sa propre jeunesse, illuminé de l'intérieur par la surabondance de sa jeunesse, ce clin d'œil – une vie – qui le sépare de sa forme finale. Une vie ou encore, dit autrement, le Mystère, la magie cruelle qui va les défigurer. La jeune fille enfermée dans les décombres, petite, au centre de la vieille elle-même, en son essence, comme la dernière figurine d'une série de poupées gigognes.

Aujourd'hui je n'ai pas fait le détour. Il est 17 heures. Je ne pense à rien, des gouttes de pluie légères et molles dévient avant de toucher le sol, pourtant il n'y a pas de vent. En regardant ma manche, je vois que ce sont de minuscules flocons, sans forme. De la neige en mars. Les giboulées... Le temps change tous les jours, comme si l'on avançait et reculait dans le calendrier, comme si le froid ne voulait pas rendre les armes sans combattre les assauts de la vie nouvelle. J'observe leur petite et transparente agonie. Ils n'en font pas un drame, de tomber moches à l'heure moche du jour. Je devrais prendre des leçons. Les voitures passent en reflet dans les flaques, lentes, fondues mais semblant déformées par la vitesse. Les feuilles mortes sont étalées par terre, collées, complètement plates, comme un motif de lino, de papier peint.

Le jeune kiné est dans le hall, petites lunettes rondes, yeux bleus, mise de gendre idéal. Je le croise depuis le premier jour où je suis venue faire mes visites hebdomadaires. Il m'a fait rire la première fois. Car il m'a dit que pour l'instant il aimait faire ça parce que les patients racontaient des souvenirs de périodes historiques qui l'intéressaient, mais que, quand les soixante-huitards arriveraient en masse dans les maisons de retraite, il penserait à changer de métier. « Quand je pense qu'ils croient avoir fait la révolution sexuelle… La révolution sexuelle, c'est la pilule plus la pénicilline, alors qu'avant, si tu chopais la syphilis, ton nez tombait, tu devenais fou et tu mourais dans d'atroces souffrances. D'ailleurs, comme par hasard, la révolution sexuelle, ils l'ont oubliée quand le sida est arrivé… » À chaque fois lui et moi prenons un café, dans cette maison séparée du monde comme un vaisseau spatial échoué, aux couleurs pastel, où tout déraille, où le temps n'est pas soumis aux mêmes lois. On ne sait rien de nos vies respectives, on n'en parle pas. On prend un café au distributeur et on s'accoude à la table haute en fer, à côté d'une de ces plantes vertes qu'on voit toujours dans ce genre d'endroits, les collectivités, les hôpitaux, les administrations, soi-disant tropicales mais dont on ne sait jamais si elles sont en plastique ou à moitié crevées. On se raconte les histoires des patients, leurs étrangetés. En attendant que le jet de café remplisse ma tasse en carton, je le lance. « Alors, t'en as une nouvelle ?

– J'en ai une nouvelle. Attends, j'essaye de me souvenir exactement. »

Il me raconte sa dernière visite à Mme Lebel, quatre-vingt-sept ans, jolie, toujours impeccable, très courtoise. Lorsqu'il est arrivé dans sa chambre, elle était seule dans le noir.

Au bout d'un moment, elle lui dit :

« Ça vous dérange pas j'espère, les enfants ?

– Non non, ça va, mais y a... Y a des enfants, là ?

– Bah oui, vous les voyez pas ?

– Bah non, non...

– Bah moi non plus. Moi non plus. Je pense qu'il va falloir que j'aille chez l'ophtalmo, parce que je crois j'ai les yeux qui... »

Il abandonne la discussion à propos des gamins, « ces gamins qui ne sont pas là » dit-il, et à la fin, après ses soins, en partant il dit :

« Bon... Je pars, est-ce vous voulez que j'éteigne la lumière ? Est-ce que vous voulez que j'allume ou que j'éteigne la lumière ?

– Ça sert à rien de parler en latin, je... je... »

Il part.

Après avoir quitté le kiné, en prenant l'ascenseur vers les chambres, je me demande encore une fois dans quel état je vais retrouver la mère de Serge Valère. Gâteuse, au fond d'un Ehpad ? Comment réagirait-elle ? Une joie, une terreur, un tourment, des remords tortionnaires ? Combien de chances pour qu'elle soit encore vivante ? L'esprit encore clair ? Une tombe, une vieille femme abîmée, à quoi bon…

Je monte voir les miennes, de petites vieilles. Il y a Mme Lanfranchi, qui perd la boule. Le solitaire de sa bague de mariage a disparu, le sertissage est vide. Paraît-il tombé quelque part. Bien sûr quelqu'un le lui a pris, profitant de son état. Elle oublie. Elle perd la boule donc j'y vais direct, je lui dis d'emblée. Quand elle me dit : « Oh bonjour, vous allez bien ? » avec, comme à chaque fois, sur le visage l'air d'être surprise par la visite d'un extraterrestre amical qui viendrait l'emporter, je lui annonce :

« Le 6 mai, je m'évade, je vais danser nue sur les toits.

– Ah très bien !

– Oui, j'étais en prison.

– Oh la ! Et pourquoi ?

– J'ai couché avec un Américain.

– Ah très bien, très bien ! Moi aussi je vais faire ça. Mais attention aux maladies… Il y a, il y a… »

Elle oublie ce qu'elle voulait dire et conclut, pas à propos des maladies mais à propos de la fin de sa phrase : « Oh et puis on s'en fout ! »

Pause. Va-t-elle garder le fil ? Oui, elle le garde, c'est une très longue portion de discussion suivie pour elle, vu l'état de ses circuits.

« Et il ressemble à quoi votre Américain ?

– Il ressemble à Gary Cooper.

– Oh bah mon neveu ! »

Les perspectives de la pièce s'étendent et l'odeur de l'hospice disparaît. La fenêtre a grandi, c'est une grande et belle fenêtre, il n'y a plus de montants, elle est comme découpée dans du papier. Page ouverte dans une autre page. Le ciel avance. La lumière se propage. Le regard de Mme Lanfranchi devient flou et fixe, entre la rêverie, l'attente, la résignation, la patience, l'incompréhension et l'incuriosité. Mi-rêveuse mi-poisson rouge. « Bon, c'est pas tout ça… » dit-elle. Elle tapote ses genoux comme pour se lever, et oublie ce qu'elle vient de dire et ce qu'elle allait dire, après ce reste, relique du temps englouti où elle avait des choses à faire.

Ensuite je vais voir Mme Hoarau. Née au début des années trente, elle a l'âge des plus jeunes des filles de Fresnes. J'ai des chansons à lui lire, des paroles que j'ai copiées. Je veux lui demander si elle les a déjà entendues, si elle les entendait souvent quand elle était jeune, est-ce qu'elles étaient en vogue. Comme ça. Pour en parler à quelqu'un de ce temps. J'aimerais qu'elle les reconnaisse et les fredonne, j'aimerais entendre quelqu'un les chanter vraiment, pas sur un disque, même si j'ai déjà retrouvé quelques enregistrements, ce n'est pas pareil d'avoir le souffle face à soi d'une vraie personne qui chante. Ces paroles que j'ai copiées, ce sont celles que les jeunes filles chantaient à Fresnes. Celles rassemblées dans les cahiers de chants que j'ai retrouvés au archives.

Il y a un cahier, *le cahier à Sylviane Laurent* a écrit la jeune fille sur la page de garde, avec des photos d'acteurs et d'actrices, de bébés, découpées dans des magazines et collées pour décorer les pages, à côté des paroles de chanson. Ce qui est extrêmement touchant, dans ces deux cahiers, c'est que les écritures sont appliquées, beaux jambages, vrilles enroulées sous les majuscules, mais avec parfois une orthographe erronée ou un peu phonétique, car on voit qu'elles les copient à l'oreille, elles n'ont jamais eu les paroles sous les yeux. Et Gilberte Sollacaro le raconte : lorsqu'une nouvelle arrive, sous bonne escorte, envoyée d'un Bon Pasteur ou d'ailleurs, la première chose que lui demandent les prisonnières, c'est « Tu connais des chansons ? » Elle précise que ces arrivantes, à qui l'on confisque les photographies, lettres, allumettes qu'elles cachent sur elles, passent avant ça par *la sinistre cérémonie d'écrou* : je constate donc que je me suis plantée, elles avaient bien un numéro d'écrou, mais je n'ai pas été capable de retrouver où était conservé aujourd'hui le registre. Dans l'autre cahier, celui de Josiane Roux, il y a des chansons de Piaf, d'Yvonne George, des chansons qui parlent des faubourgs, des amours violentes ou passagères, mais aussi d'idylles claires, des bras et des yeux de l'aimé, et il y a une chanson qui me dit quelque chose. Mme Hoarau reconnaît certaines chansons et les fredonne, mais la chanson qui me dit quelque chose, elle ne la connaît pas.

Je sors de la maison de retraite et je rentre chez moi. Je regarde dans ma boîte aux lettres car, lorsque je suis partie ce matin, le facteur n'était pas passé. Il y a une lettre de la mairie de Bezannes, qui m'apprend que Madeleine Lauris est décédée il y a treize ans.

J'écris à Serge Valère, qui me répond : « C'était prévisible. Vous pouvez transmettre à mon fils ? Je me demande s'il va vouloir continuer les recherches sur elle, maintenant que nous sommes fixés. Essayez de tâter le terrain et dites-moi, que je sache à quoi m'attendre. » Cela me choque qu'il me demande ça, qu'il ne le fasse pas lui-même, de transmettre à son fils, mais je ne le dis pas.

J'écris au fils Valère.

Il me remercie et me répond : « Et la demande de consultation du dossier de l'Assistance, des nouvelles ? »

Je lui dis non. Il me demande : « Vous l'avez postée quand ? » Je lui donne la date à laquelle son père l'a postée. Il me dit : « C'est mon père qui l'a postée ? Ça risque de prendre du temps alors. »

Avec l'acte de décès, je dispose donc du lieu où est morte Madeleine Lauris, l'adresse exacte, qui correspond à une maison de retraite dans les Yvelines, luxueuse, je m'en aperçois sur Internet. Je téléphone le lendemain, la directrice se souvient de Madeleine Lauris. Je lui demande si nous pouvons convenir d'un rendez-vous. La dame me dit : « Oui, venez, bien entendu. »

# XXI

Dans la soirée, je descends chercher à la cave mes cartons de livres de Tel-Aviv, pas ouverts depuis que je suis rentrée en France. Je cherche des mots. Les mots de Madeleine Lauris sont perdus mais je sens qu'il y a des livres qui m'en parlent, je dois les voir, les feuilleter, les remonter près de moi. Je remonte l'un des cartons et l'ouvre, c'est bien celui-là. Le livre de Pierre Goldman est dedans. Je lis le passage *Est-ce qu'on peut dire la prison,* que je ne peux décrire, résumer, il faut le lire. À un moment il cite, dans le flux de la prose, intégrées à la prose, des chansons de taule, celles qui circulaient à Fresnes je suppose. Où ailleurs les aurait-il entendues ? Il était incarcéré dans la seconde division, quartier de superhaute sécurité, seul en cellule, mais en contact avec d'autres détenus au quotidien, durant ses six ans et demi d'incarcération. Le livre est écrit en prison, avec la matière de la prison. Fait à Fresnes, contenant Fresnes. Je reconnais la chanson que j'ai lue dans le cahier de chants de Josiane Roux, la chanson qui me disait quelque chose. Pierre Goldman ne cite qu'un vers :

> Le coupable au fait j'vais vous le dire c'est les hommes avec leur amour

Dans le cahier de chants, je vois que la chanson s'appelle *Du gris*, une chanson des années vingt. C'est une fille, qui s'est prostituée, a aimé la fête et les faubourgs, qui demande, avant de mourir jeune, une dernière cigarette roulée avec du tabac gris, parce que

> C'est bon et ça vous laisse un goût
> Presque louche
> De sang, d'amour et de dégoût
> Dans la bouche.
>
> Monsieur le docteur, c'est grave ma blessure ?
> Oui je comprends, il n'y a plus d'espoir
> Le coupable, je n'en sais rien, je vous le jure
> C'est le métier, la rue, le trottoir
> Le coupable, ah je peux bien vous le dire
> C'est les hommes avec leur amour
> C'est le cœur qui se laisse séduire
> La misère qui dure nuit et jour.

Je n'ai presque rien sur Josiane Roux, presque aucune information. Je sais qu'elle était fiancée et demandait à être libérée pour se marier, et j'ai lu son nom une fois, dans un des cahiers de surveillance des cellules d'isolement : *Roux pleure sans discontinuer.*

Je me rends compte que les autres paroles de chansons citées dans le passage écrit par Pierre Goldman à Fresnes, sur Fresnes, figurent presque toutes dans les cahiers de chants des pupilles, entre des chansons tendres à la mode : des chansons d'apaches des faubourgs, de mères au cœur brisé, de destinées fatales... Il reproduit le refrain des *Enfants de Cayenne*, celui que les filles chantaient sans cesse, et qu'il entendait donc encore chanter vingt-cinq ans plus tard par les taulards.

> Mort aux vaches mort aux condés vivent les enfants de Cayenne à bas ceux de la Sûreté pas de chance pas de pitié pour tous les enculés qui nous ont enfermés

C'est cette chanson que cite Mlle Sollacaro dans *France-Soir*, pour donner un exemple de celles dont elle doit se retenir de reprendre le refrain quand les filles l'entonnent, à force de l'entendre ; ce sont ces paroles qu'elle entend monter des cachots, dans les belles voix des jeunes filles. Dans le journal, la fin des paroles est remplacée et devient :

> pour tous ceux qui nous enfermés...

Je retombe sur les livres d'Albertine Sarrazin, lus à vingt ans, et sur une biographie d'elle. Dans le même carton, il y a aussi un livre de souvenirs de Paul Lombard, le mentor de Serge Valère, qui, en tant qu'avocat, s'est battu pour faire reconnaître l'erreur médicale qui l'a tuée à vingt-neuf ans. Le ténor a gagné, la jurisprudence a changé, la responsabilité des médecins depuis est engagée dans ces cas de négligence. L'avocat raconte le moment où il a fait exhumer la jeune écrivain pour une autopsie, et raconte l'apparition de son petit corps frêle préservé, avec tous ses bijoux, vêtue et parée comme une princesse antique par son mari Julien, sa grande passion, elle qui s'était sauvée, avec son amante, du Bon Pasteur où son père adoptif l'avait fait enfermer, elle, la fugueuse, violée à dix ans par un voisin, qui s'était prostituée sur les chemins de la liberté et qui aimait, aussi, faire l'amour avec des amants de passage, qui aimait le plaisir de l'amour physique. Julien l'avait ramassée sur la route où elle se traînait, un os du pied, l'astragale, fracassé, après s'être évadée d'une forteresse où la justice l'avait mise. Je feuillette sa biographie, et je vois une page, retraçant sa vie alors qu'elle est incarcérée à Fresnes, et qu'elle écrit des fragments de texte, au quartier des mineurs, dans l'attente de son procès pour braquage commis avec la fille qu'elle aime. Je lis quelque chose dont je n'avais aucun souvenir. Une dame qui l'a prise en affection écrit à l'aumônier de Fresnes pour obtenir son soutien. C'est l'abbé Popot. L'abbé Popot que je retrouve. Il lui répond par une lettre. Nous sommes en 1954. Il dit qu'il l'a vue.

> J'ai interrogé les assistantes, les éducatrices, les surveillantes, et je dois reconnaître que toutes ont été unanimes à voir en elle une perverse. C'est elle qui a l'intelligence pour deux, c'est elle qui a tout mené et je crois vraiment qu'il sera bien difficile de relever cette pauvre enfant, surtout qu'elle veut échapper à toute influence religieuse.
>
> On ne sait jamais ce qui peut se passer dans une âme, mais j'avoue que pour ma part je n'ai guère d'espoir dans son redressement, et il est évident que ce dernier drame fait suite à des fautes répétées qui montrent son entêtement dans le mal.

En 1948, un an après la mutinerie, un autre gamin, un garçon cette fois, est bouclé au commissariat, envoyé devant un juge. Son père demande la « correction paternelle » : l'enfermement en maison de correction. Le gamin a dix-sept ans, tête rasée, voleur, menteur, syphilitique car il va voir les putes. Le psychiatre du centre d'observation qui l'oriente vers un établissement l'étiquette *instable psychomoteur à tendances perverses*. Comme Antoine Doisnel dans *Les Quatre Cents Coups*. Car ce gamin est François Truffaut. Truffaut n'aura pas le temps avant sa mort de tourner son dernier scénario, *La Petite Voleuse*, sur une fille qui vole, et couche avec des hommes, et s'évade d'un Bon Pasteur avec son amante, s'amourache d'un voyou, tombe enceinte, devient fille-mère. Truffaut est sauvé par sa passion du cinéma, une psychologue et un protecteur le sortent de là. Entre-temps, il a participé à une révolte. Sarrazin, Truffaut, et Genet – qui ne supporta pas d'être traître au silence – ont été sauvés car ils étaient des artistes. On les a entendus, écoutés. Pas elles, pas les mutinées, les rebelles de Fresnes, leurs sœurs pourtant. Qualifiées, réduites, par les mêmes mots définitifs, plaqués sur leur vie, consignés sur des fiches.

# XXII

« Non, pas de famille, pas de visites dont je me souvienne, sauf la dame qui l'avait emmenée, je ne sais pas trop quel était leur lien, c'était elle qui payait, oui, mais ce n'était pas sa fille. Elle gérait la tutelle, en tout cas ici à la maison de retraite on n'a jamais eu affaire à personne d'autre. C'est quand même lointain, tout ça… un peu flou. Et vous me dites que son fils la recherche, madame Lauris ? Il arrive bien trop tard. Quand même… se brouiller ainsi, c'est dommage. Une maman, on n'en a qu'une. Elle n'avait pas de fils à ma connaissance, madame Lauris n'a jamais parlé d'un fils qu'elle aurait eu… La visiteuse ? Elle était si élégante… raffinée. Fine, blonde, une allure. Et très attentionnée. Elle nous apportait des chocolats. Accompagnée parfois. Un monsieur. Qui restait en bas en attendant, en lisant, on discutait un peu, souvent… »

La directrice de la maison de retraite a l'air émue, l'air de celle qui regarde dans ses souvenirs, et ses souvenirs lui reviennent comme un parfum, un nuage de parfum dans lequel elle passerait en essayant d'en retenir le plus possible avant qu'il s'évanouisse dans le jour.

« Alors oui, vous voyez, je me souviens très bien de cette dame et du monsieur qui l'accompagnait. La dame venait quelquefois avec un bébé. Mme Lauris appréciait beaucoup de le voir. Mais elle était déjà très confuse, elle perdait la mémoire. Elle confondait les gens, elle ne savait plus qui était qui. Elle n'était pas très vieille, par rapport à nos autres pensionnaires, mais la maladie a commencé tôt, pas Alzheimer, autre chose, une autre forme, qui concerne les personnes moins âgées. »

J'ai coincé Serge Valère à son cabinet, entre deux rendez-vous, je l'ai attendu deux heures dans la salle d'attente. Quand je l'ai eu en face de moi, je lui ai demandé : « Je l'écris à votre fils dans le dossier, tout ça, maître ? Peut-être pourriez-vous lui dire, lui raconter, à votre fils, qu'il a connu sa grand-mère… Jonathan a tout de suite compris qui était cette dame très blonde et très élégante, votre amie Gaby, c'est ça ? Et il a aussi compris qui était le bébé quand je lui ai raconté, en rentrant de la maison de retraite, d'ailleurs vraiment très bien, nickel, très grand parc… Les âges correspondent, moi aussi j'y ai pensé dès le début. C'est bien Théo, ce bébé, n'est-ce pas ? Mais depuis combien de temps vous l'aviez retrouvée, votre mère, avant de la faire mettre là-bas ? Et pourquoi vous alliez à la maison de retraite si c'était pour ne pas la voir ? »

Après un silence, Valère m'a répondu : « Au début, je ne voulais même pas y aller, seulement savoir si elle était vivante. Parfois les avocats travaillent avec des enquêteurs privés, c'est interdit mais c'est très fréquent. J'avais une affaire comme ça, j'avais eu besoin de ce genre de service... Je lui ai dit : "Au passage, à côté, cherchez si vous ne trouvez rien sur cette personne." Je lui ai donné l'acte de naissance. Vous savez, je ne l'ai eu en main qu'à vingt et un ans, ce papier, avant je savais que mon nom était Lauris mais c'est tout, je n'avais pas plus, jusqu'à la majorité l'Assistance ne donne accès à rien aux pupilles, pas même à ça. Il a trouvé très facilement, désolé Elvire de vous vexer, dans le bled où elle est née, il y avait encore une personne qui portait le même nom de famille, un cousin éloigné qui voyait très bien qui était Madeleine Lauris, qui savait même où elle était. »

J'ai dit : « Il n'y a plus personne de son nom là-bas, j'avais vérifié.

– Je sais, ce monsieur est mort depuis. C'est donc lui qui a donné le nom de l'Ehpad où était ma mère, elle commençait à perdre la tête, avant elle vivait seule, pas mariée pas d'enfants ; Gaby a voulu aller la voir dans la maison de retraite quand je lui ai raconté, je l'ai laissée faire. Je ne sais pas pourquoi, elle y tenait. Elle est revenue en me disant que c'était un pourrissoir, les vieux avaient des escarres, ça sentait la merde. Elle l'avait vue, dans une chambre avec une autre femme qui criait, qui râlait. Elle m'a dit que c'était une petite vieille sans rien de notable, elle ne lui avait pas parlé, seulement Bonjour madame ; ma mère commençait à être perdue, mentalement. Gaby m'a convaincu de la sortir de là, elle m'a dit : Sinon tu t'en voudras toute ta vie. Bon. Elle m'a dit ça et elle a ajouté : Même si tu ne veux rien savoir d'elle. On a cherché cette maison de retraite, je lui ai dit : Trouve-moi la meilleure maison, on la met là-bas et puis lâche-moi avec cette histoire, j'aurai été un bon fils, elle mourra dans des draps propres et tout sera bien. Mais ce n'est pas si simple. On ne peut pas arriver comme ça et clamer je prends ce vieux, là-bas, dans le fauteuil à droite. J'ai dû faire établir la tutelle, grâce à la preuve de filiation. Gaby s'est chargée de tout, elle allait la voir dans la nouvelle maison de retraite, un jour elle me dit : Serge, elle m'a parlé de toi. Je lui ai dit que je ne voulais pas le savoir, je lui ai demandé de se taire. Gaby m'a dit : Serge, va la voir. Je lui ai répondu : Dis-lui que je suis mort. J'étais en colère. C'était trop facile. Si au moins elle m'avait abandonné. Je ne supportais pas cette comédie des retrouvailles, je voyais déjà le tableau, je ne sais pas pourquoi ce que je ressentais, c'était de la colère. Je ne sais pas ce que Gaby lui a raconté pour expliquer sa présence dans sa vie, qu'elle était d'une association, je crois. Elles chantaient. Gaby lui ressortait des chansons de cabaret, des restes de ses numéros du temps du Carrousel, la vieille chantait des chansons, assez bien paraît-il.

– C'était il y a combien de temps ?

– C'était il y a exactement dix-huit ans. Juste avant que je décide de me marier et d'avoir un enfant.

– Et donc ensuite, quand il est né, Gaby emmenait Théo là-bas ?

– Gaby emmenait Théo, jusqu'à ses trois ans, quand ma mère est morte. J'ai voulu qu'elle fasse ça. Qu'elle l'emmène parfois. »

J'ai pensé : il a voulu un enfant pour le donner à sa mère. Et comme s'il m'entendait, Serge Valère me dit : « Je vous entends penser, Elvire... N'allez pas par là. » Et il se marre un peu en coin ; il me jette un coup d'œil rapide et il se marre en coin. « Les analyses les plus connes sont souvent les plus vraies, Elvire, vous avez sans doute raison. J'en parlerai à Mme Krakowski si ça peut vous faire plaisir. D'ailleurs je pense que Mme Krakowski va avoir un orgasme en apprenant toute l'histoire, ça promet.

– Vous n'êtes jamais monté la voir ? Vous n'avez jamais rien voulu savoir de sa vie, pourquoi elle ne vous avait pas récupéré ? Sous quel statut vous étiez placé, si elle prenait des nouvelles ?

– Non. Je sais qu'elle ne m'a jamais abandonné légalement, j'ai appris cela, tout de même, de l'Assistance. J'avais un numéro d'immatriculation à l'assistance, je vous l'ai donné pour la demande, mais je n'ai jamais voulu à en savoir plus. En tout cas pas depuis que je suis sorti de la petite enfance, que j'ai eu l'âge de faire certains choix.

– Au départ, je pense que vous avez dû être pris en charge dans la catégorie des recueillis temporaires, c'est ce qui arrivait aux souvent enfants de parents incarcérés, je me suis renseignée. Mais ensuite, sans le dossier, impossible de savoir, il y avait aussi beaucoup d'enfants qui étaient confiés au service par décision du Juge des Enfants. Il a pu estimer que Madeleine n'était pas à même de vous élever. Elle a pu le penser aussi, ou s'en laisser convaincre... Je ne comprends pas pourquoi vous ne lui avez pas parlé. Vous ne savez même pas si elle a pris des nouvelles de vous, si elle a disparu, si elle a essayé de vous reprendre, si elle avait le choix... Je ne comprends pas.

– Qu'est-ce que vous voulez que vous dise, Elvire ? Que j'ai eu peur ? J'ai eu peur. Je ne voulais pas être bouleversé, encombré. Il ne fallait pas que les choses changent, j'étais construit. Je suis Serge Valère, je ne suis pas le fils de cette femme, si elle m'avait abandonné à la naissance, j'aurais peut-être été adopté, je ne sais pas. Elle m'a laissé entre deux eaux. Et si elle a été pute, si elle a été baisée par son père, par son frère ? Est-ce qu'il fallait que je le sache ? Est-ce qu'elle aurait voulu que je le sache ? J'avais un ami scénariste, il était ulcéré car un critique lui avait un jour fait le reproche de ne pas avoir créé "des personnages suffisamment fouillés" ; il disait : Je ne suis pas gendarme, je ne suis pas là pour fouiller les poches de mes personnages. Alors disons que je n'ai pas voulu fouiller les poches de ma mère. Cela n'aurait rien changé, rien apporté à quiconque.

– Et pourquoi l'avoir caché à votre fils ? Ne jamais lui en avoir parlé ?

– Je crois qu'il faut voyager léger. Je ne voulais pas le charger d'un poids. Vous voyez, les cordes à la patte, les sacs de nœuds à traîner... Pour quoi faire ? Il réfléchit. Et puis elle a sans doute eu raison de me laisser. C'était terrible à l'époque d'être fille-mère, dans n'importe quel milieu, et surtout quand on n'avait pas d'argent.

– Je n'ai pas trouvé grand-chose sur votre mère, rien dans les cahiers, mais comme je vous l'ai dit, il en manque, j'ai seulement vu sa présence mentionnée à l'infirmerie. Comme elle avait un bébé, elle était peut-être la plupart du temps à l'infirmerie du pavillon, où l'on mettait les filles avec enfant. Vous n'étiez pas le seul bébé là-bas, il y en avait quatre autres. » Je sors une pochette contenant des feuilles imprimées de ma sacoche et je la tends à Serge Valère. « Je n'ai pas trouvé grand-chose sur elle, mais j'ai trouvé des choses sur l'infirmerie où étaient les bébés, et les mères avec bébé. Tout ce qui est là-dedans, elle l'a vu. »

Il prend la pochette, l'ouvre, passe le regard sur la première feuille.

« Vous savez que Théo pense que vous n'avez pas envoyé les demandes de dérogation pour consulter votre dossier de l'Assistance ? Il a raison ? » Valère ne dit rien, ne dit pas non. Il ne répond pas non. Il dit : « Il pourra le faire lui. Ce choix lui appartiendra si ça l'intéresse. »

En rassemblant les éléments sur la vie des filles de l'IPES qui avaient un bébé avec elles à Fresnes, je me suis dit que ça donnerait peut-être à Serge Valère une idée de ce qui a pu passer par la tête de Madeleine, après avoir vécu ce que ces jeunes mères ont vécu à l'infirmerie. Après la mutinerie et sa condamnation à un autre enfermement, en tant que détenue cette fois. Après la séparation forcée avec son fils, car une fois le jugement prononcé elle a été, comme toutes les autres, envoyée dans une autre prison pour purger sa peine. Les bébés n'ont pas suivi. Peut-être essaiera-t-il d'imaginer, de comprendre, peut-être Valère se dira-t-il qu'elle a pu penser que son fils serait mieux chez des paysans dans le Morvan qu'avec elle. Moi en lisant tout ça, j'essaye d'imaginer. Je ne sais pas si ce qui s'est passé dans sa tête, dans sa vie, dans son cœur, mais je sais que c'est possible, qu'elle a pu le penser.

C'est dans l'un des articles de Gilberte Sollacaro parus dans *France-Soir* où j'avais appris que les mères, toutes des filles-mères – aucun bébé ne porte un autre nom de famille que celui de sa mère –, étaient placées à l'infirmerie avec leur bébé, et qu'elles y passaient la majeure partie de leur temps. L'infirmerie était située à côté des cachots, elle l'écrit et je l'ai vérifié en voyant dans l'un de ses cahiers le plan détaillé, très professionnel avec ses petites hachures, que la directrice a tracé du pavillon de l'IPES et de chacun de ses étages. Les jeunes filles y étaient installées dans une sorte de dortoir : *Une cage divisée en petits box toujours fermés à double tour.* Les fenêtres sont toutes grillagées, parfois elles s'y accrochent, *elles regardent du côté de la prison des hommes et appellent leurs compagnes des cachots.* Les éducatrices n'ont pas le droit de les visiter, mais chaque samedi, la visite du psychiatre de Fresnes provoque à l'infirmerie un état de terreur, *une crise collective d'hystérie,* écrit Mlle Sollacaro. *Il leur pose des questions brutales qui les révoltent : elles ont peur qu'il ne découvre qu'elles sont folles et qu'il les enferme.* En lisant ça, je me souviens d'avoir lu, dans un livre sur les institutions correctives religieuses où l'on plaçait les « mauvaises filles », que dans certaines on se débrouillait pour faire interner les récalcitrantes à l'hôpital psychiatrique du coin, en guise de punition.

L'une des pupilles, Yvonne Gimenez, aide à l'infirmerie. Je le découvre en lisant les cahiers de service de l'époque. Lorsqu'elle évoque la jeune fille dans *France-Soir*, Sollacaro change son nom mais je l'identifie grâce à certains détails. Elle la décrit ainsi réconforter une autre pupille, Josette, qui pleure son bébé, *dont elle n'avait pas voulu mais que maintenant elle aimait* et qui, né en prison, y a passé ses premiers mois avec sa jeune mère, avant d'y mourir. Je ne sais pas de quoi il est décédé, l'éducatrice dit que l'enfant était né rachitique. *Le désespoir de Josette fait peine à voir, cette fille se serait peut-être tuée*, écrit l'éducatrice, si Yvonne ne l'avait pas réconfortée. Josette s'appelle en réalité Juliette Maellec. Dans le journal, tous les prénoms sont changés mais elle aussi, grâce à d'autres éléments, je la reconnais. Avec Madeleine Lauris, à l'infirmerie, il y a eu trois autres mères : Juliette Maellec, qui avait un bébé garçon, Gabrielle Raynal, elle aussi avec son bébé garçon, et Jeannine Pujol, qui avait deux bébés filles, des petites jumelles. Sur la fiche de Juliette Maellec, dressée par M. Recht, il est noté qu'elle semble anormale et qu'elle s'occupe mal de son enfant. Qui lui a dit ça ? Est-ce la vérité ou un mensonge qu'il répète ? On ne sait pas exactement pourquoi elle est là, elle a été confiée jusqu'à sa majorité par le tribunal de Paris le 5 novembre 1945 *sur incident* après un premier placement. Un incident, je l'ai découvert pour une autre fille, cela pouvait être d'écrire à son père, à seize ans, depuis un Bon Pasteur alors que l'on en avait l'interdiction et qu'il a mauvaise réputation. Le caractère de Juliette est noté *mauvais*, sa moralité *douteuse*. Elle est dans le lot de celles estimées *inéducables* et figure sur la liste de celles qu'il faudrait transférer dans un *établissement de type école-prison* : travail forcé, cellule, discipline carcérale. Lorsque la révolte éclate, elle y participe. Lorsqu'elle comparaît devant le juge, elle fait partie des douze à demander le délai légal de trois jours pour préparer sa défense. Elle comparaît sans avocat, elle part en prison.

Dans l'un des cahiers de surveillance, à la date du 3 février, je lis les événements notables de la journée. Notés sur la même page, de la même façon.

*Mme Leclerc est venue voir sa fille, elle ne comprenait pas pourquoi le parloir était supprimé.*

*Le bébé de Maellec a été trouvé décédé par Gimenez à 7 h 30 dans son lit. Le docteur appelé a constaté le décès dû à des convulsions liées à une méningite.*

*Gallard s'est montrée insolente.*

M. Recht, dans sa fiche sur cette pupille, rédigée en mai après la révolte, ne dit pas que le bébé de Juliette est mort trois mois plus tôt à la prison de Fresnes. Il écrit qu'elle a été placée à l'IPES enceinte et a accouché à l'hôpital de Rennes, avant le transfèrement à Rennes. Il écrit donc aussi qu'elle s'occupe mal de son bébé. Il a rencontré la jeune fille, puisqu'il note qu'elle lui semble anormale et qu'il rapporte ses brefs propos, visiblement il est difficile de la faire s'exprimer : *J'appartenais au groupe B. Je n'ai jamais été battue. J'étais souvent à l'infirmerie.* Il omet que son bébé est mort. Je ne me l'explique pas. Autres notes dans les cahiers de février et mars : *Mise en bière du petit Patrick Maellec. Préparation des pupilles qui accompagnent Maellec et Gimenez à l'enterrement du petit Patrick. Attitude positive de ces pupilles à leur retour. Maellec et Gimenez sont conduites au cimetière par la dame de cuisine.* Plusieurs autres fois, on voit Juliette se faire accompagner pour aller au cimetière sur la tombe de son bébé. Comme je n'en croyais pas mes yeux, que M. Recht ait rédigé la fiche de Juliette Maellec sans mentionner le fait que son bébé était mort en prison trois mois avant la mutinerie, j'ai vérifié auprès de la mairie de Fresnes. Le service d'état civil a retrouvé l'acte de décès de l'enfant.

> Le trois février mille neuf cent quarante-sept à huit heures, décédé 1, avenue de la Division Leclerc à Fresnes : Patrick, Georges, Joël Maellec, né à Rennes (Ille-et-Vilaine) le 25 juillet 1946, domicilié 1, avenue de la Division Leclerc, Fresnes (Val-de-Marne) ; fils de Juliette Maellec domiciliée à Fresnes 1, avenue de la Division Leclerc.

Quelques mois de vie, passés en prison. Et sa mère, Juliette Maellec, intellectuellement faible, se mutine trois mois après la mort de son fils, et veut préparer sa défense, et espère un avocat.

Au début du printemps, un mois après la mort du petit Maellec, trois autres bébés ont été malades, à l'infirmerie de l'IPES Le fils de Madeleine Lauris, Serge Valère Lauris n'est, lui, pas signalé comme malade, rien sur Madeleine et Serge, je sais seulement qu'ils sont là-bas à ce moment, qu'ils assistent à tout ça. Madeleine et son fils ne bougent pas de Fresnes mais les trois autres bébés – les trois bébés restants, puisque le quatrième, le petit Patrick, vient de mourir – sont envoyés à l'hôpital Bretonneau, dans le XVIIIe arrondissement de Paris. 5 mars : *Trois bébés ont encore de la fièvre ce matin. L'après-midi les trois bébés partent à l'hôpital.* Il s'agit du fils de Gabrielle Raynal et des jumelles de Jeannine Pujol. 6 mars : *Bonnes nouvelles des bébés hospitalisés.* 7 mars : *Nouvelles satisfaisantes des bébés hospitalisés.* 8 mars : *Très bonnes nouvelles des bébés hospitalisés.* Le 20 mars, le fils de Gabrielle Raynal décède à l'hôpital, où sa mère a été autorisée à le visiter tous les jours. Je retrouve Gabrielle dans le récit de Sollacaro, sous un faux nom. *Elle qui adorait son nouveau-né n'a pas pu lui fermer les yeux, car partie ce jour-là en permission chez sa tante, n'a pas été prévenue à temps. De retour elle a été assommée par la douleur, puis folle de rage, elle est rentrée dans sa famille. Vis-à-vis du pénitencier, elle était en état d'évasion.* Je ne sais pas si cela s'est passé exactement ainsi, mais je sais que l'essentiel des faits correspond parfaitement à la réalité ; je peux le vérifier et le constater, car je lis dans les cahiers de service, à la date du 20 mars, qu'à 19 h 30 un coup de téléphone de l'hôpital Bretonneau *annonce la mort du petit Alain Raynal.* Le service de l'hôpital doit envoyer un pneumatique dans la soirée pour avertir administrativement la directrice, Gabrielle est à ce moment en sortie auprès de sa tante, à Paris, où elle a été autorisée à passer quelques jours. On précise : *Raynal que j'ai à l'appareil ne me donne pas l'impression de vouloir rentrer.* Le jour de la mort de son fils. On enchaîne : *Groupe bruyant à l'heure du coucher.*

Décès – N° 33 – d'Alain, Jean, Paul, Bernard Raynal. Le vingt mars mille neuf cent quarante-sept est décédé, 2, rue Carpeaux : Alain, Jean, Paul,

Bernard Raynal, né à Rennes (Ille-et-Vilaine) le 18 septembre 1946, fils de Gabrielle, Amélie, Marguerite Raynal, sans profession, domiciliée à Fresnes (Seine).

Le 2 rue Carpeaux est l'adresse de l'hôpital Bretonneau. Le 26 mars, Gabrielle n'est toujours pas revenue à la prison de Fresnes. Un brouillon de la directrice la déclare officiellement en état d'évasion et demande que la police la fasse réintégrer l'établissement. Gabrielle Raynal rentre à Fresnes. Presque majeure, elle est, semble-t-il, libérée avant la révolte.

Jeannine Pujol, dix-huit ans, est la mère de deux petites filles, des jumelles. Elle a donc vu deux autres mères qui vivaient avec elle à l'infirmerie perdre leur enfant. Elle a été placée en institution corrective pile un an avant la mutinerie pour « vagabondage », ce qui, je le sais maintenant, peut vouloir dire absolument tout et n'importe quoi. Elle est entrée à l'IPES de Fresnes durant l'hiver. Sa fiche indique que ses bébés sont nés en prison, on l'a sans doute placée à la maternité de Fresnes le temps d'accoucher, car elle était en état de grossesse au moment de la décision du juge, avant de la transférer au pavillon de l'Éducation surveillée. Les cahiers notent son arrivée avec ses jumelles, sa mise à l'infirmerie, la fouille de ses affaires. En mars, elle est signalée *pour une affaire de mœurs spéciales*. L'une des jumelles, Blanche, est signalée malade à de nombreuses reprises, entre février et mai. Non daté, un brouillon dans le cahier de la directrice : *J'ai l'honneur de vous rendre compte que j'ai fait hospitaliser ce jour d'extrême urgence l'enfant Pujol Blanche pour laquelle le docteur Ferret, médecin de l'établissement, diagnostique une otite droite avec réaction mastoïcienne et température. Il m'a avertie que l'état de ce bébé est très grave, qu'il lui paraissait très difficile de le sauver.* Mais à chaque fois le bébé s'en sort et rentre en prison rejoindre sa mère. Gilberte Sollacaro, dans *France-Soir*, transforme les jumelles en jumeaux, et change la région d'origine de leur mère, qu'elle décrit de santé fragile et qui, se souvient-elle, élevait très bien ses deux bébés. Dans les comptes-rendus des récréations des pupilles, dans la cour où il y a quelques arbres, j'ai vu que parfois Jeannine Pujol peut s'y joindre et que les autres pupilles en profitent pour jouer avec les jumelles. À M. Recht, elle dira avoir été battue par M. et Mme Dumont, constamment privée de parloir, et se plaindra de ne pas recevoir d'autorisation de sortie alors qu'elle a deux bébés. Ses infractions au règlement sont notées, je la retrouve souvent chantant ou criant à la fenêtre, ou lançant des insultes au personnel. Elle menace un jour une employée de l'Éducation surveillée de lui « défigurer le portrait ». Mlle Sollacaro reconnaît qu'à l'infirmerie il arrivait à Jeannine de *délaisser ses bébés pour aller faire des signaux aux prisonniers d'en face*, mais qu'elle *faisait penser à une lionne ombrageuse lorsque quelqu'un d'autre touchait ses petits.* Le jour de la révolte, raconte encore l'éducatrice, Jeannine n'a pas essayé de casser les carreaux, pas volé, *mais lorsqu'elle a vu les policiers se jeter sur les filles et les frapper, sa vieille haine pour la police lui est remontée au cœur et derrière les grilles de la maternité elle a crié sa haine : « Assassins ! »* Elle a été arrêtée aussitôt. *« Sois tranquille, tes moutards te suivront à la Petite Roquette »*, lui dit un policier quand elle se débat, *ne voulant pas que l'on touche à ses petits.* La Petite Roquette est la prison pour femmes où effectivement Jeannine Pujol va passer après le Dépôt, avant d'être envoyée purger sa peine ailleurs. Elle est condamnée à quatre mois de prison pour avoir *recelé des denrées alimentaires, notamment du chocolat, provenant d'un délit commis au préjudice d'autrui* et *exercé des violences à l'égard des agents de la fonction publique dans l'exercice de leurs fonctions en leur lançant un bol et en se débattant à coups de pied et de poing.* Mais ses bébés ne la suivront pas.

Cahier de surveillance de l'IPES de Fresnes, à la date du 9 mai 1947, après le passage de Jeannine Pujol devant le juge, mauvaise écriture et mauvais français d'une surveillante : *Journée calme. Départ des deux bébés à Pujol, ont été mises à l'Assistance.*

# XXIII

J'avais des intentions en commençant ce livre. Je voulais raconter la mutinerie de Fresnes et parler de ces jeunes filles rebelles, mais je ne voulais pas romancer la réalité. Pourtant je souhaitais écrire un roman. J'ai donc inventé une histoire, une fiction, et des personnages pour lier cette fiction aux faits réels et aux personnes ayant réellement vécu. J'ai créé le personnage en fuite de Madeleine Lauris à partir du profil d'autres pupilles de Fresnes. J'ai créé les personnages d'Elvire, Serge Valère, Théo Valère... Pour les créer, j'ai parfois utilisé des éléments de ma biographie et de mon passé. Elvire me ressemble par certains aspects mais est différente de moi par d'autres. Certaines parties de sa vie et de son histoire familiale sont les miennes. Israël, son grand-père, la mort de son père et les circonstances de sa naissance. Ma vie et l'histoire de ma famille ne sont pas contenues dans ce livre. J'ai un enfant, mais j'ai connu ce moment qu'Elvire traverse dans ce roman, j'ai cru que je ne pourrais pas devenir mère. Il fallait que je trouve une raison de vivre et quelle personne je pouvais bien devenir, sans homme, sans enfant, sans être le maillon d'une chaîne familiale qui vivrait après moi, à travers moi ; je me sentais définitivement, pour cela et pour d'autres raisons, une fille perdue. Je me suis mise à la place d'Elvire, vivant ce moment de stupeur et de chagrin, et j'imaginais que lorsqu'elle découvrait la grande révolte de Fresnes, qui la fascinait, l'attirait, elle finissait par trouver un recours en écoutant la voix ensevelie de ces jeunes filles, filles perdues elles aussi. Ces jeunes filles l'aidaient, lui indiquaient un chemin, une autre généalogie, une appartenance. Et voilà que ça m'est arrivé, pendant que j'écrivais et alors que j'achève ce livre. Car enfant ou pas, mère ou pas, amante ou pas, la question de la honte est posée, la question de l'honneur. Je finis d'écrire cette page à la main, main appuyée sur le stylo, l'encre pénètre le papier et leur colère me porte, une colère que je nomme fierté.

## Sources et références

J'ai découvert l'existence de la mutinerie des jeunes filles de Fresnes à travers le portrait fictif de Blanche, figure de la rébellion, dans le magnifique livre *Mauvaises Filles : Incorrigibles et rebelles*, de Véronique Blanchard et David Niget, paru en 2016 aux éditions Textuel. Des lettres de pupilles et manchettes de presse consacrées à la révolte sont exposées à Savigny-sur-Orge au Centre d'exposition « Enfants en justice XIX$^{e}$-XX$^{e}$ siècles » (ENPJJ) conçu par l'historien Mathias Gardet et inauguré en 2001 par la Direction de la Protection Judiciaire de la Jeunesse.

Deux chercheuses, Françoise Têtard et Béatrice Koeppel, ont écrit sur la mutinerie de Fresnes, respectivement dans l'article « Fresnes 1947 : la révolte des inéducables », publié par la revue les *Cahiers de Vaucresson* du Centre de formation et de recherche de l'Éducation surveillée (CFRES) en 1982, et le livre *Marguerite B : une jeune fille en maison de correction*, de Béatrice Koeppel, paru aux éditions Hachette en 1987.

La lecture des numéros de la *Revue d'histoire de l'enfance « irrégulière »* (RHEI), consacrée au champ de l'enfance et de la jeunesse marginales ou marginalisées, m'a été essentielle pour essayer de comprendre le contexte de la mutinerie de Fresnes – en particulier celle des articles de Jean-Jacques Yvorel, Jacques Bourquin, Michel Chauvière, Véronique Blanchard, Mathias Gardet, Ludovic Jamet, David Niget, Anne Thomazeau, Françoise Têtard et Pascale Quincy-Lefebvre (journals.openedition.org/rhei/) –, ainsi que celle des ouvrages *Filles de justice : du Bon-Pasteur à l'Éducation surveillée (XIX^e^-XX^e^ siècle)*, de Françoise Tétard et Claire Dumas, paru en 2009 aux éditions Beauchesne et de *Vagabondes, Voleuses, Vicieuses – Adolescentes sous contrôle, de la Libération à la libération sexuelle* de Véronique Blanchard paru en 2019 aux éditions François Bourin.

## Ouvrages évoqués

*Un captif amoureux*, Jean Genet, Gallimard
*Les Murs de Fresnes*, Henri Calet, éditions Héros-Limite
*Souvenirs obscurs d'un juif polonais né en France*, Pierre Goldman, Seuil
*Les Valises de Jean Genet*, Albert Dichy, éditions de l'Institut Mémoire de l'édition contemporaine

*Le Passe-peine*, Albertine Sarrazin, Julliard
*Albertine Sarrazin, une vie*, Jacques Layani, éditions Écriture
*François Truffaut*, Serge Tubiana et Antoine de Baecque, Gallimard
*La Chasse du matin*, Jean Prévost, éditions Zulma
*L'affaire Berthet*, Jean Prévost, éditions de La Thébaïde
*Les enfants du Malheur*, Henri Danjou, La manufacture des livres
*J'étais aumônier à Fresnes*, l'Abbé Jean Popot, Éditions Perrin
*Ateliers*, Jean-Claude Carrière, éditions Odile Jacob

Centres d'archives consultés

Archives Nationales de France
Archives de l'École nationale de protection judiciaire de la jeunesse (*ENPJJ*)
Archives de la préfecture de Police de Paris
Archives départementales de :
- Val-de-Marne,
- Gironde,
- l'Aisne,
- Ille-et-Vilaine,
- Paris,
- Alpes Maritimes,
- Calvados,
- Loiret,
- Manche,

– Meurthe et Moselle,
– Morbihan,
– Nord,
– l'Oise,
– Rhône,
– Vaucluse.

Merci pour leur aide aux Bureau du Droit et de l'Adoption de la Mairie de Paris et au service Archives et Documentation de la Mairie de Fresnes.

La visite aux archives de catholicité du diocèse de Paris est fictive.

PRINCIPAUX QUOTIDIENS ET MAGAZINES CONSULTÉS

*Ce Soir, La Croix, L'Aube, L'Aurore, Ce Matin, Combat, Le Figaro, France Soir, L'Humanité, Libération, Le Monde, Paris-Presse, Le Parisien Libéré, La Bourgogne Républicaine, Les Dernières Dépêches de Dijon, La Gazette provençale, Inter Magazine, Détective*

J'ai pu avoir accès à ces titres de presse en grande partie grâce aux sites internet Retronews, de la Bibliothèque Nationale de France et Crimino-corpus, musée numérique dédié à l'histoire de la justice, des crimes et des peines.

De nombreux documents et articles m'ayant été utiles figuraient sur les portails Enfants en Justice (enfantsenjustice.fr) et Protection de l'enfance XIX^e–XX^e siècles (histoire-protection-enfance.fr). L'entretien de Monique N., recueilli par Béatrice Koeppel, fait partie du fonds Michel Chauvière du CNAHES (Conservatoire national des archives et de l'histoire de l'éducation spécialisée et de l'action sociale) aux Archives Nationales, cote AS/208(XXX)/8, il est également consultable sur Adolie, bibliothèque numérique patrimoniale de l'ENPJJ (adolie.enpjj.justice.fr), comme l'entretien de Jean-Louis Costa, recueilli par Jacqueline Costa-Lascoux.

Henri Danjou a écrit le scénario de *La Cage aux Filles*, film réalisé par Maurice Cloche et sorti sur les écrans en 1950 : une scène de révolte dans une maison de rééducation y figure.

## Remerciements

Merci à Véronique Blanchard, historienne et responsable du Centre d'exposition « Enfants en justice » de Savigny-sur-Orge (ENPJJ), pour sa générosité et ses pistes de travail.

Merci à Annette Wieviorka pour son soutien et ses conseils dans mes recherches d'archives.

Merci à mon éditrice Stéphanie Polack, qui a changé ma vie d'écrivain et étayé la création de *La Révolte des filles perdues*, depuis l'idée première jusqu'à l'écriture de la page finale.

Merci à Léa Marty, éditrice de *La Révolte des filles perdues*, pour son formidable travail sur le manuscrit.

Merci à Jean-Marc Parisis pour son soutien chevaleresque à mes livres, à Lolita Pille pour sa foi contagieuse en la littérature, à Elsa Guiol pour son œil de rédac chef d'élite, à tous trois pour leurs lectures du manuscrit et leurs précieux conseils.

Merci à Isabelle Gaggini pour ses souvenirs de combat.

Merci Benoit Sabatier d'avoir un jour prononcé la phrase concernant les capacités intellectuelles et le talent créatif des enfants citée page 163 de ce livre et merci à Framboise pour son travail d'enquête chez les ieuv.

Merci au jury et aux créateurs du prix Maison Rouge pour leur confiance.

*Cet ouvrage a été composé*
*par PCA*
*et achevé d'imprimer sur Roto-Page en août 2023*
*par l'Imprimerie Floch à Mayenne,*
*pour le compte des Éditions Stock*
*21, rue du Montparnasse, 75006 Paris*

PAPIER CERTIFIÉ

**Stock** s'engage pour l'environnement en réduisant l'empreinte carbone de ses livres. Celle de cet exemplaire est de :
550 g éq. $CO_2$
Rendez-vous sur www.editions-stock-durable.fr

*Imprimé en France*

Dépôt légal : août 2023
N° d'édition : 01 – N° d'impression : 102903
40-02-3285/1